Fanny Laurent

Eldorado

Roman

ÉDITIONS KAPLUME

15, rue Gautherin – 10000 Troyes

www.editions-kaplume.com

I. Marco

Un village endormi

Un nuage de poussière s'éleva du sol lorsque le jeune homme sauta du bus. Sans un regard pour le passager qui venait de quitter son véhicule, le chauffeur, qui avait à peine ralenti, reprit sa route pour s'éloigner indolemment de ce village abruti de chaleur. Le jeune homme, pantois, fixa un instant ses pieds ancrés dans la terre battue avant de se mettre en mouvement.

C'était l'un de ces innombrables hameaux qui émaillaient l'arrière-pays de Campanie. Il se trouvait parfois un randonneur pour s'égarer au détour du col de Conza et se pâmer devant le charme de cet ensemble de bâtisses qui apparaissait sur sa carte sous la forme d'un minuscule point sans nom. Les maisons dégringolant de la colline et les vignes qui mangeaient les murets de pierres blanches suscitaient alors des soupirs ravis et des transports poétiques. À l'automne, les cimes du mont Cervialto se nappaient d'un manteau neigeux d'une pureté immaculée, dont les pans s'abattaient sur les toits obliques en hiver comme une mère bordant son bébé d'une couverture chaude. L'immobilité parfaite d'un paysage si bucolique évoquait les peintures de grands maîtres impressionnistes ; et quand les premiers oiseaux pépiaient, l'on franchissait les portes de bois et empoignait une pioche ou un sarcloir pour réveiller la terre endormie, en une danse bien orchestrée, un ballet immuable. Les couleurs s'avivaient, le vert tendre des jeunes pousses tranchait avec le ciel devenu bleu pâle.

Mais cette harmonie et ce calme bienvenus, à l'écart de l'agitation du monde, ne semblaient nullement apaiser l'âme troublée du jeune homme ; et le village enclavé au cœur de cette vallée oubliée ne lui apparaissait qu'à travers une brume opaque. En outre, un œil averti ne s'y trompait pas : derrière le vernis pastoral, sous la poussière agglutinée au fil des générations, il décelait l'ennui, un ennui sourd, le terreau de la médisance et de la mesquinerie. Il repérait, sous les mouvements mécaniques et répétés des paysans, l'angoisse face à un sol calcaire et cruel, jonché de cailloux, qui donnait chaque année de moins en moins de fruits. Il considérait la broussaille des cyprès envahissant les jardins comme une barbe rebelle qui grattait le menton de l'homme en débâcle, et il devinait, derrière les murs décrépis, des secrets de famille bien gardés. Des frères se disputaient une parcelle de terrain, bien que chacun eût largement de quoi subvenir à ses besoins. Dans l'ombre de la pendule, une aïeule n'en finissait pas de mourir, se desséchant sous le tic-tac impitoyable et sous l'œil avide de ses enfants espérant l'héritage. Au fond d'un jardin, une fillette frêle et frissonnante priait, tandis que résonnaient des ordres hurlés par la fenêtre. Un curé aux épaules lasses attendait tout le jour les pécheurs, seul dans sa petite église sans vitraux et sans orgue. Quelques vieux se rassemblaient sur la place, entretenant une convivialité forcée, mais ruminant en silence des jalousies anciennes et des querelles oubliées. Un maire aviné tentait de maintenir un semblant de discipline chez ses concitoyens en contenant la violence latente d'adolescents qui, dès leur majorité, fuiraient vers Salerne ou Naples en fourrant leurs espoirs et leur faim de vivre au fond d'un maigre baluchon. Et tout était comme suspendu dans le temps et l'aridité en cet après-midi de 1946.

Le jeune homme qui venait de descendre de l'autocar était parti de Casalnuovo six ans auparavant, et rien n'avait changé. Une telle inertie, songea-t-il, aurait dû faire naître en lui une douce nostalgie, une chaleur réconfortante face à ce village qui l'avait vu grandir : avec une surprise détachée, il constata pourtant qu'il ne ressentait rien de plus qu'une impression diffuse d'étrangeté. Il remonta, depuis l'arrêt de car, la rue principale qui serpentait à flanc de colline. Nul n'avait estimé nécessaire d'aplanir cet amas de pierres irrégulier qui constituait l'allée, ou même d'y façonner un escalier afin d'en faciliter le pas : on évitait nids-de-poule et obstacles sans même y prêter garde. Les villageois n'imaginaient pas modifier quoi que ce soit à cette rue qui les avait vus grandir, et dont les aspérités s'étaient par ailleurs souvent révélées utiles quand il s'agissait de freiner la course d'une bille dévalant la pente ou d'une orange tombée d'un sac de provisions. Combien de fois le jeune homme lui-même n'avait-il pas défié Vittorio lors d'un rallye effréné à bord d'une planche sur laquelle il avait fixé des roulettes qui tressautaient à la moindre secousse ? Il dépassa, quelque peu rebuté, une décharge jonchée de squelettes de carrioles percluses de rouille et de meubles dont on devinait à peine l'ossature. Un masque à gaz était posé sur un petit tas de bois mort. La scène dégageait une impression de fuite et d'abandon, comme si la guerre avait parachevé la tâche dûment commencée par le soleil et la sueur. Son échine fut parcourue d'un désagréable frisson.

Il se rappela que naguère se dressait là une grange déjà vieille, d'où saillaient des clous et des panneaux bardés d'échardes, et où Vittorio, Alfredo et lui s'amusaient à cacher les poupées de chiffon jaunâtres des filles. Lui-même, en essayant de tenir debout sur l'un des cerceaux de ferraille, vestiges d'on ne sait quelle machine agricole, était un beau jour tombé d'au moins trois mètres et sa fesse droite s'était colorée d'un hématome violacé de la taille d'un crapaud. Les genoux des garnements étaient constamment couverts de croûtes. La mort, en ces temps-là, planait dans l'arrière-pays campanien telle une parente omniprésente : le père de Nino, qui l'aidait à la menuiserie, s'était blessé et avait attrapé le tétanos ; les employés qu'avait rassemblés Mario au sein de sa petite entreprise de maçonnerie accumulaient les accidents ; le propre père du jeune homme allait périr de fatigue après une vie de labeur écrasant. Les enfants attrapaient le croup ou le typhus, la grippe ou la variole… Il fallait alors se rendre chez le médecin en transportant le malade sur un âne pendant des kilomètres. La simple évocation de ces multiples dangers secoua rétrospectivement le jeune homme d'un spasme soudain, et ce fut comme si une main glacée lui tordait l'estomac.

Néanmoins, ses amis et lui s'en tiraient toujours indemnes, avec de bénignes égratignures, sans que personne sût comment il était possible que de tels casse-cou ne se brisent pas les os à chaque nouvelle bêtise. Mais il était si difficile pour Alfredo et lui de s'opposer à Vittorio, à son énergie brute, pure ; d'autant que les mères du village fondaient littéralement devant cette frimousse gouailleuse, ce sourire à mille fossettes et ces yeux noirs, liquides. Tout lui était pardonné : le linge sali, les vêtements à raccommoder, les poux qu'il rapportait dans ses boucles soyeuses. Il irait loin, ce petit, disait-on ; avec ce charme irrésistible, personne ne pourrait lui dire non. Ses amis, qu'il entraînait sur ses pas en dédaignant leurs réticences, n'avaient pas cette chance, et ne comptaient plus les sévères réprimandes de leurs parents. Alfredo restait en général à l'écart de ces acrobaties, par peur de perdre les épaisses lunettes qui faisaient sa fierté. Le jeune homme esquissa un sourire attendri en y repensant, même s'il sentait confusément que ces souvenirs auraient dû déclencher chez lui de plus fortes émotions.

Cette grange avait été leur refuge secret, leur cachette pour échapper aux frères Gallone qui les attaquaient en leur lançant des pierres, répétant les insultes les plus vulgaires vomies par leur père à longueur de journée. Ils s'acharnaient particulièrement sur le potelé Alfredo, brisant ses lunettes et le forçant à avaler divers insectes – et même, un jour, une limace luisante à l'intérieur blanc et noir. Alors, les herbes folles fouettant leurs mollets, les trois enfants fuyaient vers la mansarde presque écroulée dont les occupants, d'énormes rats des champs aux yeux rouges, s'écartaient à leur vue.

Malheureusement, nul n'avait non plus estimé nécessaire, parmi les illustres ancêtres bâtisseurs des habitants de Casalnuovo, de doter cette rue, artère principale et cœur battant des lieux, d'un système d'évacuation. Par conséquent, des détritus en tout genre flottaient dans les eaux sales que les ménagères balançaient sans ménagement par la fenêtre, et qu'une brise chaude comme une haleine bringuebalait çà et là, charriant une odeur douceâtre de poubelle. Des chattes faméliques aux oreilles râpées gisaient avec abandon sur les rebords souillés de fientes. Si la rue était déserte, le jeune homme ne s'y trompait pas : derrière chaque vitre, derrière chaque voilage, on l'observait. Il constata néanmoins qu'il n'en avait cure.

Il dépassa avec indifférence la maison des Buonanno, dont les volets étaient fermés bien qu'on fût au beau milieu de l'après-midi. Il se souvint de la sœur aînée, Nina, qui brodait des motifs s'entremêlant si bien qu'on les imaginait dessinés par les anges, et dont toute la famille s'enorgueillissait – alors même que Nina, d'une timidité maladive, repoussait chaque compliment et n'adressait la parole qu'à sa mère. Sur la façade d'en face s'écaillaient encore les mots « *Il Duce ha sempre ragione*[1] », et le jeune homme remarqua, un pincement au cœur, que les graffiti obscènes qu'Alfredo et lui avaient gravés par-dessus avaient mieux résisté aux outrages du temps que le message officiel. Là, la rue bifurquait légèrement à droite, tandis qu'à gauche un chemin menait vers le champ des Gallone, où travaillaient le père et ses fils aînés. Ces derniers, deux brutes épaisses et illettrées dont il ne fallait pas croiser le regard quand elles avaient trop bu, portaient perpétuellement sur eux l'odeur des feuilles de tabac qui séchaient partout sur leur propriété. L'un d'entre eux avait un jour laissé entendre qu'il avait séduit la petite Rita alors qu'elle n'avait pas douze ans.

Par réflexe – ses pas ayant conservé la mémoire de ses habitudes –, il tourna à droite pour rejoindre l'école municipale, où les résidus d'affiches lacérées représentaient à grand-peine un garçonnet aux traits aussi durs que ceux d'un adulte. Ce visage fermé suscitait un malaise qu'il était ardu de cerner, et le jeune homme, malgré toutes les années qui s'étaient écoulées, se sentit nauséeux en l'apercevant : un observateur aguerri attribuerait cette réaction à la cruauté de l'expression, si peu naturelle pour un enfant de cet âge. Il s'agissait de Balilla, le célèbre petit Piémontais qui, deux siècles plus tôt, avait repoussé l'armée autrichienne qui s'avançait sur Gênes d'un jet de pierre. Un jeu très populaire chez les écoliers était d'ailleurs de reproduire la scène sous les cris « *Che la rompa*[2]*!* » Mais comment s'identifier à un héros de guerre lorsque, comme Alfredo ou le petit

---

1 « Le Duce a toujours raison », slogan célèbre dans l'Italie de Mussolini.

2 « Qu'elle vous blesse ! », aurait déclamé l'enfant en jetant la pierre aux Autrichiens.

Gino, qui trottinait tout le temps derrière eux, l'on ne savait distinguer le tableau noir sans d'épaisses lunettes ? Comment chantonner des comptines sanguinaires lorsqu'il était bien plus drôle de cacher les poupées de chiffon des filles sur le toit de l'école, ou de grimper à l'arbre au centre de la cour, dans l'espoir d'y savourer quelques mûres acidulées ?

Le jeune homme osa un coup d'œil par-dessus le muret, simplement pour vérifier si les uniformes avaient été remplacés, ou bien si un grand *m* ornait encore la chemise brune des enfants, mais il ne vit rien d'autre qu'un espace déserté, accablé par la chaleur et le silence pesant. Il se demanda si son vieil instituteur, une personne affable qui oscillait en permanence entre la sévérité face à l'impertinence de ses écoliers et son enthousiasme devant l'inventivité de leurs jeux, était en vie. Les dernières années, le ravissement qui s'épanouissait sur ses traits quand il assistait aux fantaisies infantiles de ses élèves avait semblé, dans un second temps, se teinter de crainte. Cette sensation s'était accentuée après la visite d'un haut fonctionnaire de la région, lorsque le jeune homme préparait l'examen pour entrer au collège : si ses amis et lui n'avaient pas modifié leurs habitudes, le changement d'atmosphère était devenu palpable pendant les mois suivants. Les activités sportives avaient pris une orientation belliqueuse, et chaque jeu était dorénavant le prétexte de compétitions et de classements. Un véritable culte du corps s'était développé. Gino, qui était plus petit qu'eux, subissait des brimades que l'instituteur résigné n'interrompait plus que rarement. Cette pensée, comme les autres, glissa sur le jeune homme avant de s'évanouir dans les airs.

À cet endroit, la rue s'élargissait jusqu'à se transformer en une place bancale qui voyait deux institutions s'affronter dans un duel digne des westerns que l'Italie enviait encore à l'Amérique. D'un côté se dressait l'église, fierté des villageois qui se targuaient de la fréquenter assidûment, dont le fronton modeste, d'un orange usé, n'était percé que de rares ouvertures sans vitre. Par un curieux agencement architectural, elle était constamment plongée dans l'ombre et aurait semblé à l'abandon si le curé ne penchait pas par moments réguliers sa haute carrure par la porte d'entrée, son œil circonspect balayant la place. C'était un homme qui tenait la patience pour vertu la plus élevée : chaque jour passé dans cette tanière à attendre ses « âmes perdues », comme il les nommait d'un air indulgent et moralisateur à la fois, était pour lui un pas de plus vers l'absolution. Car cet Italien sans âge, dont la tête s'enfonçait dans les épaules comme s'il était dénué de cou, et dont tous les gestes dénotaient un engoncement rigide dans des principes immuables, ne souhaitait rien tant que rejoindre son Créateur. Son désespoir croissait lorsqu'il constatait chaque année que de moins en moins d'enfants s'inscrivaient au catéchisme, et que les familles poussant leur progéniture à la communion n'agissaient ainsi que par souci d'étaler devant leurs voisins leur piété exemplaire. Il officiait sans passion des mariages d'intérêt. Il ne comptait plus les éclats de voix et les disputes advenant aux enterrements dans un langage de charretier et, accablé, il assistait impuissant à l'abandon de toute retenue des petits qui singeaient les pulsions animales des grands. Au fil des ans et à mesure que son église se vidait, le brave curé s'éloignait davantage de ses brebis ; et s'il conservait une cordialité et une dignité propres à sa fonction, il s'était peu à peu convaincu que Dieu avait délaissé sa paroisse. Les rares habitants qui s'adressaient à lui en recherche de réconfort se heurtaient à une porte close et muette.

De l'autre côté de la place se tenait le véritable centre du village : avec ses quelques tables de bois collant, ses chaises branlantes et ses mégots de cigarette tapissant le trottoir, le bistrot, au lieu de vin de messe, proposait une bière tiède et des cafés tout le jour. C'était Marcello Milo qui gérait, à l'époque, le bar ; et la pancarte surplombant l'entrée et encadrée de deux lampadaires affichait encore « Bar Milo », même si la rouille avait eu raison du dernier *o*. Là aussi, les volets étaient clos, et aucun siège ne ployait sous la pose arrogante d'un paysan avachi. D'ailleurs, la majorité du mobilier extérieur avait disparu, probablement volé.

Le garçon, curieusement désorienté, buvait une gorgée d'eau dans la fontaine attenante au bar lorsqu'il entendit une voix grelottante mais puissante appeler son nom, qu'elle énonça sur un ton interrogatif :

– Marco ?

Il se retourna lentement, interdit : sur le pas d'une maisonnette tassée au fond d'une impasse, devant laquelle séchait un linge d'une propreté relative, se tenait une femme vêtue d'une robe de toile grossière, ceinte d'une cordelette, qui bâillait au niveau de sa poitrine tombante. Les sandales qui chaussaient ses pieds laissaient dépasser des ongles noircis. Son corps était étrangement potelé ; ses bras courtauds s'achevaient par de petites mains aux doigts recroquevillés. Sur ce tronc massif était posée une tête au visage sillonné de rides, dont la vieillesse tranchait avec l'apparente solidité de sa silhouette. Ses cheveux, étonnamment épais et d'un blanc étincelant, étaient rassemblés en un chignon sur la nuque. Des yeux engoncés dans leurs orbites et cernés d'ombre se plissèrent pour mieux voir cet étranger qu'elle pensait cependant reconnaître, et sa lèvre inférieure pendit en une moue incrédule. À la vue de cette silhouette de gnome, le jeune homme, loin de ressentir un quelconque dégoût, se sentit au contraire comme ranimé.

– Marco, c'est bien toi ? Comme tu as maigri !

– … *Nonna*? articula-t-il en clignant des paupières.

Elle éclata d'un rire grave et hoquetant, et le doute ne fut plus permis : dans ce croassement résidait toute l'enfance de Marco. Enfin, il observait un émoi, un semblant d'affection, faire tressaillir son cœur – car en dépit de la résurgence de souvenirs évocateurs, il se sentait comme engourdi. Ce rire de corbeau, raillé mais redouté par tous les garnements du village, avait bercé ses jeux et ses promenades. Il retentissait lorsqu'un écolier était rossé par le professeur dont il avait séché la classe, ou quand le curé sermonnait l'ivrogne qui s'effondrait en pleine messe ; il perçait à la vue d'un combat entre chatons affamés pour un quignon de pain, et troublait parfois le silence d'une soirée de semaine sans raison apparente – par l'évocation d'un souvenir manifestement désopilant ? Ce rire ponctuait les menus événements du quotidien et s'abattait sans distinction sur les jeunes comme sur les adultes, sur les riches comme sur les pauvres. Ce rire était l'hymne de Casalnuovo, le sceau qui le différenciait des autres patelins qui émaillaient la montagne, et la preuve donnée à Marco qu'il était bien rentré chez lui.

La *nonna* était la doyenne du village et la grand-mère d'Alfredo, mais en réalité, tous la considéraient comme leur propre aïeule et par conséquent l'appelaient ainsi. Marco s'approcha lentement de la vieille femme dont on avait, elle la première, cessé de compter les anniversaires et qui semblait aussi immortelle qu'imperturbable. Elle prit son visage entre ses mains courtes et bouffies par une vie de labeur : la caresse le fit frémir de plaisir. Le regard de la *nonna* détailla l'épaisse chevelure brune du jeune homme, son front droit, ses sourcils fournis et la mèche qui tombait sur ses yeux doux ; elle se plongea dans ses iris couleur ambre qui lui donnaient un air pensif et à mille lieues de là. Malgré son commentaire inquiet, elle remarqua rassérénée la mâchoire carrée, les épaules élargies, les muscles ronds et les lèvres pleines : l'adolescent dont elle se souvenait était devenu un adulte costaud et râblé, et les privations qu'il avait dû subir et qu'elle n'osait imaginer avaient simplement creusé ses joues et fait saillir ses côtes. Elle éclata de nouveau d'un croassement sonore et l'entraîna dans son antre dans l'objectif de le nourrir jusqu'à ce qu'il criât grâce. En victime consentante, Marco, esquissant un sourire réservé, se soumit à la logorrhée de la *nonna* qui, après toutes ces années, n'avait toujours pas la langue dans sa poche.

– Bien sûr, tu ne verras sans doute pas beaucoup de jeunes gens ces prochains jours, ne t'en étonne pas ; ceux que la guerre a épargnés sont encore sur le front, ou bien on ne sait où, il semblerait que les combats ne prennent en réalité jamais fin, et les nouvelles peinent à arriver jusqu'ici ; nous n'avons appris qu'à l'hiver 44 que nous avions changé de camp, et aujourd'hui, celui qui affirme avec certitude que l'armistice est définitivement acté se berne lui-même ; et puis, ceux qui ont été réformés ont été réquisitionnés pour aller reconstruire les villages alentour qui ont subi les bombardements ; heureusement qu'ici, nulle bombe n'est tombée, nous sommes si insignifiants pour notre plus grande félicité, nous avons été oubliés par l'ennemi, ou bien les Alliés, je ne sais plus…

– Et Alfredo ?

La *nonna* suspendit son souffle l'espace d'un instant puis soupira d'un air vague, empreint de tristesse.

– Sa mère n'a plus de nouvelles. On n'en a aucune de Vittorio non plus.

Marco accusa le coup, et il lui sembla qu'une trappe s'ouvrait, béante, dans sa poitrine. Il n'avait rien ressenti à son retour dans le village qui l'avait vu naître. Bien sûr, il se souvenait de chaque escalier, chaque recoin, chaque intersection. Il reconnaissait les arcades dont l'ombre abritait les travailleurs en pause, les balcons disparaissant sous le linge étendu par les grand-mères, le soupirail par lequel Vittorio avait un jour laissé tomber toutes ses billes sans pouvoir les récupérer, et même la devanture du cordonnier où le cheval des Rossi avait mâchonné une magnifique paire de chaussures en cuir fabriquées sur mesure par les frères Romano, un incident à l'origine d'une longue querelle entre les deux familles. Rien n'avait changé, bien qu'en réalité, rien n'était plus comme avant ; et Marco n'éprouvait aucun plaisir à parcourir ce pays aride et abandonné de Dieu. Depuis qu'il avait reçu l'autorisation de rentrer chez lui, il baignait dans un nuage flou, détaché de tout ce qui l'entourait. C'était comme s'il flottait en pleine illusion. Il arrivait fréquemment qu'il se demandât s'il n'était pas en train de rêver et si, à son réveil, il ne se retrouverait pas plongé dans le chaos du champ de bataille. Il se sentait comme en sursis, et il importait qu'il ne s'impliquât pas trop, de peur d'être de nouveau transporté dans la furie. Mais la sentence implacable de la *nonna*, en scellant le destin de ses plus chers amis, sonna le glas de sa léthargie : son pouls ralentit, ses jambes s'alourdirent, plombées par ce brusque rappel à la réalité. Sa voix trembla lorsqu'il salua la *nonna* avant de sortir de chez elle, le regard flou. Le fruit blet qu'il venait de croquer roula sous la table.

Années d'insouciance

Marco et Alfredo s'étaient rencontrés sur les bancs de l'école : le doux rêveur et l'élève appliqué ne s'étaient plus quittés depuis lors, jusqu'à ce jour funeste de 1940. Alfredo, déjà bien en chair à cette époque-là, avait conservé les traits de l'enfance à sa grande indifférence : c'était un garçon d'esprit. Sous ses cheveux gominés séparés par une raie nette se nichait un cerveau érudit, avide de connaissance ; grâce à son aide, le petit Marco avait pu réussir ses examens de justesse. Alfredo avait grandi entouré d'ouvrages de la collection « La Scala d'Oro », des manuels éducatifs destinés aux écoliers, tandis que chez la plupart de ses camarades on ne trouvait aucun livre – les parents ayant eux-mêmes quitté la primaire au bout d'un ou deux ans. Il dévorait tous les écrits que contenait la petite bibliothèque de l'école municipale, depuis le recueil de poésie jusqu'aux recettes de cuisine. Il ne savait vaquer à ses occupations sans avoir de quoi lire, et souvent sa mère le grondait gentiment lorsqu'il passait le balai, un fascicule à la main, ses lunettes à triple foyer en équilibre sur son nez rebondi, répandant la poussière aux quatre coins de la pièce d'un air étourdi. Ses parents, originaires de la ville, tenaient l'instruction comme bien suprême qui sauverait les masses d'une destinée abrutissante et qui redonnerait à la campagne cette beauté romantique et immobile que d'assourdissants défilés et d'intrusifs saluts romains ternissaient depuis quelques années. Ils étaient férus de littérature russe, et se pâmaient à la lecture d'un roman de Dostoïevski ou de Gogol. Alfredo était leur fils aîné, et ils faisaient en sorte que ses résultats scolaires soient à la hauteur de leurs ambitions : pour accomplir ce noble dessein, le garçon, chaque semaine, devait se munir d'un sachet de sucre destiné à l'instituteur, courtoisie de toute la famille Damato. Cette bizarrerie lui avait valu quelques coups à la sortie de l'école de la part de ses camarades, qui moquaient également la sensibilité et la douceur que ses joues pleines et sa silhouette ronde, loin de dénoter un caractère particulièrement gourmand, révélaient. Mais l'amitié d'Alfredo donnait à Marco l'impression d'être le détenteur d'un précieux secret.

C'était l'année de leurs huit ans que Vittorio avait redoublé et rejoint leur classe. Comme Marco, que ce nouveau copain avait d'abord effrayé puis captivé, il n'avait ni frère ni sœur, alors que les autres enfants étaient tous issus de fratries nombreuses. Les résultats de cet enfant au teint sombre et à la beauté déjà troublante étaient médiocres, au grand dam de ses parents, qui ne parvenaient pourtant pas à rester en colère face à l'unique fils que la vie leur avait accordé. La famille Tosi irradiait le bonheur, et quiconque croisait le chemin du couple se couvant du regard que formaient les Tosi s'en trouvait allégé et joyeux. Les premières années de la Grande Guerre, le père et la mère de Mme Tosi, alors demoiselle, avaient caché un jeune fugitif napolitain dans leur poulailler. L'arrière-pays campanien étant resté relativement épargné et ses habitants ayant chacun un bout de jardin dans lequel poussaient quelques légumes, ils bénéficiaient d'un sort enviable par rapport aux citadins menacés par la famine. Chaque jour donc, la fille Tosi allait chercher les œufs, et en profitait pour apporter au fugitif dissimulé sous la paille une assiette de potage, un peu de vin et, l'été, une pêche juteuse. Il en était ainsi allé pendant quatre ans. La guerre finie, la fille Tosi et le fugitif avaient convolé en justes noces et donné naissance, après six ans de mariage, à un enfant beau comme le soleil. Le fugitif, qui avait développé une certaine méfiance des autorités, avait adopté le nom de famille de sa femme adorée. Chose rare à Casalnuovo, Vittorio avait grandi dans un foyer harmonieux, sans subir le moindre châtiment corporel. Marco, malgré l'affection qu'il portait à son ami, ne pouvait parfois s'empêcher d'éprouver un pincement amer de jalousie lorsque, après une bêtise, il le retrouvait fringant et impertinent, quand lui-même souffrait du souvenir cuisant des coups de canne paternels. Mais les trois garçons étaient devenus inséparables et leurs facéties déclenchaient souvent le rire de corbeau de la *nonna*, toujours ébahie par les trouvailles de ces trois trublions.

L'adolescence les avait cueillis sans qu'ils s'en soient rendu compte.

– Hé, Rita ! Dis, tu ne viendrais pas faire un tour avec nous ce soir ?

La belle aux yeux en amande avait coulé un regard plein de promesses à Vittorio avant de se raviser et de continuer son chemin en roulant des hanches, accompagnée de ses camarades qui ricanaient.

– Vittorio, laisse tomber… Elle est avec Sergio Gallone, avait murmuré Marco.

Les bravades de Vittorio le plongeaient toujours dans la plus grande gêne.

– En effet, avait ajouté Alfredo. Je les ai vus dans sa voiture, l'autre jour. Il conviendrait que tu redescendes sur terre, mon cher.

Alfredo adoptait un ton docte dès qu'il s'agissait de calmer les ardeurs séductrices de son ami. Il était de toute façon insensible aux charmes de Rita ou des filles de leur âge, qui évoquaient dans son esprit cartésien des oies gloussantes. Certes, Rita, avec sa peau lisse, ses joues ovales et ses longs cils bruns, était, en toute objectivité, dotée de tous les attributs qui plaisaient aux hommes. Ses amies et elles faisaient partie des Jeunes Italiennes, association où leur étaient inculquées des valeurs telles que le dévouement à la vie familiale, l'instinct maternel et l'admiration des faits guerriers. Les exercices quotidiens de gymnastique avaient délié leurs membres et rosi leurs pommettes, et leurs corps musclés respiraient la santé. Cependant, Alfredo était saisi d'un malaise indéfinissable à la vue de ces filles uniformes, et la beauté unique des « anges du foyer » en devenir, ces madones glaciales, le laissait de marbre.

D'un air nonchalant, Vittorio s'était désintéressé de Rita l'espace d'un instant pour jeter un regard moqueur à Alfredo. Il l'aimait comme un frère, mais ne pouvait s'empêcher de le trouver par moments trop condescendant. C'était comme s'il planait au-dessus des basses considérations de ses amis, comme s'il était trop bien pour eux. Alors que Marco et Alfredo affichaient encore des traits enfantins, lui avait grandi d'un coup l'année précédente et paraissait plus âgé qu'il ne l'était. Les filles étaient un sujet récurrent dans leurs conversations, malgré les réticences introverties d'Alfredo. Vittorio avait conclu, s'adressant cette fois-ci à un Marco rougissant de timidité :

– De toute façon, je préfère les vraies femmes, pas les fillettes dans son genre.

Du haut de ses quinze ans, Vittorio était peu à peu en train de réaliser qu'il plaisait en effet tout autant aux adolescentes qu'à leurs mères. Celles-ci battaient des cils lorsqu'elles croisaient le chemin de ce beau garçon coquet et toujours bien apprêté, au sourire éclatant de blancheur, aux mèches d'un noir de jais tombant sur des yeux qu'on eût crus maquillés de noir. Quelques jours plus tôt, la sienne l'avait mandé d'aller porter quelque course chez une cousine de vingt ans son aînée. Il était entré sans frapper et, au détour d'une porte, avait entr'aperçu la ligne d'un mollet dénudé, une jarretelle délicatement posée sur la rondeur de la cuisse, la combinaison enlaçant une silhouette encore ferme et s'évasant juste après le bas des reins, une bretelle caressant la douceur de l'épaule, une dentelle épousant des courbes généreuses. Si la dame, n'ayant pas remarqué l'intrusion, était restée dos à la porte, un affriolant grain de beauté, au renflement délicieux, avait regardé l'adolescent droit dans les yeux. L'émoi qu'il avait ressenti alors l'avait tenu éveillé et enchanté des nuits durant. Dans ses fantasmes, il tendait la main pour effleurer le grain de peau, glisser sous le tissu, sentir la chaleur palpitante du corps… Il avait tu cette expérience à Marco et Alfredo, ne sachant que faire de cette soudaine fièvre qui s'était emparée de lui, et la seule manière qu'il avait d'exprimer son trouble était de lancer des commentaires bravaches qui, s'ils trompaient son entourage, ne dupaient pas ses deux camarades.

Les trois jeunes garçons, qui n'étaient pas encore des hommes, avaient poursuivi leur conversation ponctuée de rires : c'était un beau matin dominical, ceux qui n'étaient pas à la messe savouraient leur café sur la terrasse baignée de soleil du bistrot, la vie était douce. La rue principale de Casalnuovo, qui en semaine devenait de plus en plus souvent le théâtre de défilés d'une solennité presque grotesque, bruissait de jeux et de babillages enfantins. L'harmonie de ce tableau avait été momentanément rompue par la course effrénée d'une forme qui avait déboulé de derrière l'église et traversé la place à toute allure, bousculant Alfonso, le fils de Mario le maçon, et manquant de le faire tomber sur les fesses. Le fugitif avait bifurqué devant le bistrot et s'était perdu dans le dédale des ruelles. Quelques secondes plus tard, on avait vu les frères Gallone et le petit Gino, qui depuis quelques années s'était acoquiné aux deux brutes par, devinait Marco, souci de protection, surgir du même endroit et scruter les alentours d'un air alerte. L'un des Gallone – ils étaient si semblables et prévisibles dans leur attitude que nul ne parvenait à les distinguer – s'était penché vers Gino pour lui murmurer un ordre puis avait tourné les talons. Alfonso, hilare et effaré, s'était retourné vers les trois spectateurs en leur lançant :

– Agostino s'est encore fourré dans un sale pétrin, on dirait !

Alfredo avait acquiescé silencieusement tout en saluant le garçon qui, remis sur pied, avait continué son chemin d'un pas léger. Marco appréciait beaucoup Alfonso pour sa générosité et son éternelle bonne humeur, que l'accident n'avait pas réussi à entamer.

– C'était lui ? On aurait dit qu'il avait le diable aux trousses, je l'ai à peine reconnu, avait remarqué avec légèreté Vittorio.

– J'ai entendu dire qu'il faisait partie de la Camorra, avait chuchoté Marco, dont l'imagination galopante parait la mafia napolitaine d'atours romanesques.

– Qu'est-ce que tu racontes, Acampora ?

Les trois amis s'étaient retournés comme un seul homme ; Alfredo intrigué, Vittorio provocateur et Marco apeuré. Derrière eux, les mains sur les hanches comme s'il s'apprêtait à en découdre, se tenait Sergio Milo, le fils du propriétaire du bistrot. Vittorio, railleur, avait soutenu son regard.

– Ce n'est pas un secret ! Tout le monde sait qu'il a participé au braquage de la villa Ricci le mois dernier…

– Et puis, il y a ces rumeurs de jeux clandestins…

– Des rumeurs ! avait coupé Sergio, dont les veines du cou avaient enflé de façon disproportionnée. La Camorra n'est plus qu'un mythe ! Et ses membres sont tous sous les verrous à l'heure qu'il est. Le Duce a fait le ménage !

Marco, que l'assertion de Sergio avait fait sursauter, s'était tourné vers Vittorio. Avec force grimaces, celui-ci avait récité d'une voix de fausset les litanies martelées dans leur enfance et qui n'avaient aucune résonance dans leur esprit :

– « Au nom de Dieu et de l'Italie, je jure d'exécuter les ordres du Duce et de servir de toutes mes forces, et si nécessaire de mon sang, la cause de la révolution fasciste[3] ! »

Alfredo, qui n'avait pipé mot jusqu'ici, avait émis un bref grognement qui ne laissait aucune suspicion quant à son avis sur le commentaire de Sergio.

– Quel bon fils de la louve tu fais ! Mes félicitations.

Sergio l'avait dévisagé avec colère. Son père avait beaucoup souffert des nombreuses incursions de la mafia napolitaine qui, une dizaine d'années plus tôt, ponctionnait de façon irrégulière une taxe fictive dans les caisses du bar Milo. Terrorisé, il en était presque devenu paranoïaque et dissimulait ses économies dans divers lieux connus de lui seul. Il se méfiait de tous et de tout, sursautait dès qu'un client posait trop brusquement son verre sur la table, interrogeait ses fils sur leurs fréquentations et harcelait sa femme sur ses activités quotidiennes. Celle-ci, excédée, avait fini par faire ses valises. Les visites des hommes en costume s'étaient espacées depuis quelques mois, et le gouvernement se targuait d'avoir éliminé toutes organisations mafieuses d'Italie. Marco, malgré ses plaisanteries et la légère antipathie que le garçon de bar lui inspirait, compatissait à la détresse de Sergio. Celui-ci avait poursuivi, menaçant Alfredo de son torchon à la propreté douteuse :

– Tu peux te moquer, prendre tes grands airs intellectuels, Damato. Il n'empêche, le Duce nous a rendu notre fierté, et

3 Serment que chaque Italien devait prononcer lors de son inscription dans une association.

je n'ai pas honte de dire que je me range sous son drapeau. Qu'êtes-vous, bande de bouseux, sans la Grande Italie ? Des paysans, des fils de fermiers, dans un trou perdu au fin fond d'une région dont personne n'a rien à foutre ! Alors que notre peuple a autrefois régné sur toute la Méditerranée, que notre civilisation a rayonné jusqu'en Arabie !

– On la connaît par cœur, ta rhétorique éculée...

– Ce n'est pas qu'un discours théorique, justement. La politique d'expansion territoriale du Duce, par exemple, est la solution logique à tous les problèmes de population excédentaire. Surtout dans ce village où chaque famille pond une douzaine d'enfants ! L'annexion de l'Éthiopie va vous permettre d'aller jouer les paysans sur des territoires fertiles, au lieu de vous briser le dos sur ce sol caillouteux ! Tout cela s'inscrit dans une évolution historique ra-tio-nnelle.

Vittorio, dont l'œil s'était allumé à l'évocation des exploits d'Agostino, perdait tout intérêt dès qu'une conversation prenait un tour politique. Il avait négligemment lancé :

– Et ton ego, il est rationnel ?

Les trois amis s'étaient esclaffés devant un Sergio désabusé, qui avait préféré serrer les poings et s'en retourner à ses affaires.

– Lorsque l'on connaît sa tante, il fallait s'y attendre... avait énoncé Alfredo d'un air pensif.

– La tante à Sergio ?

– Mais non, voyons : la tante d'Agostino !

Agostino Esposito[4] était orphelin de père et de mère et avait été bringuebalé toute son enfance d'une cousine à l'autre, atterrissant finalement chez une tante lointaine qui

---

4 On attribuait alors aux orphelins un nom signifiant « de l'hospice », « inconnu » ou, comme ici, « abandonné » (*esposito* en italien).

s'était révélée être une véritable mégère. Dans ce village où il était illusoire de vouloir protéger son intimité, chacun savait ce qu'il se passait derrière les portes closes qui résonnaient de hurlements et de bruits de coups. Agostino arrivait parfois à l'école avec un uniforme déchiré, un coquard ourlant son œil vif et enfoncé, un pied bizarrement tordu. Même son visage taillé à la serpe et son menton en galoche semblaient forgés par les épreuves dès son plus jeune âge. Un matin, il n'était plus du tout venu : sa tante disait qu'il était allé se fourrer dans les bois, se perdre dans la montagne peut-être, elle ne pouvait tout de même pas suivre ce gamin intenable jour et nuit ! Marco et Alfredo, intimidés par son caractère tête brûlée, n'avaient jamais osé lui adresser la parole, mais il exerçait une étrange fascination sur Vittorio. Ce dernier, que les élucubrations politiques de plus en plus fréquentes ennuyaient au plus haut point, avait de nouveau changé de sujet :

– Que vas-tu faire l'année prochaine, Marco ?

C'était devenu leur interrogation de prédilection au fur et à mesure que l'année s'écoulait. Quand était arrivé le mois de mai, ils ne parlaient plus que de ça. Marco, d'abord bousculé par ces nouvelles réflexions, bottait généralement en touche. L'organisation du travail et des loisirs avait été complètement repensée par le régime de Mussolini, et de nombreux observateurs européens se rendaient régulièrement en Italie pour étudier ce système novateur, qui apparaissait comme une réponse à la crise de civilisation et aux dysfonctionnements économiques auxquels faisaient face les nations libérales. Le corporatisme fasciste intégrait les masses laborieuses à sa formidable expansion par l'avènement d'un État prolétaire dans lequel patrons et ouvriers seraient solidaires. Marco savait qu'il n'aurait pas à choisir son avenir : il y aurait un travail pour lui, tout comme il y avait des loisirs variés à sa disposition, dans le ferme encadrement du Parti. La plupart des parents de leurs camarades étaient d'ailleurs intimement convaincus du bien-fondé de cette nouvelle société, où la discipline, valeur maîtresse, jugulerait ces sales mômes qui juraient et commettaient les quatre cents coups dès que l'on avait le dos tourné. Si cet état de fait lui procurait une certaine sérénité, il songeait parfois que la vie devait probablement comporter davantage de chemins que ceux qui leur étaient imposés.

– Il faut déjà que je passe mon examen de fin d'année, avait-il répondu avec un haussement d'épaules. J'ai pas la moyenne dans plusieurs matières. Et t'as bien vu mes notes en latin…

– Que nous perdions notre temps avec cette langue morte m'a toujours horripilé. Tout cela pour flatter notre fierté nationale, avait rétorqué Alfredo, avec une moue impérieuse.

– C'est facile à dire pour toi, t'as que des 9 ou des 10 !

Les joues rondes d'Alfredo s'étaient teintées d'un rose délicat. D'une timidité maladive en primaire, il s'était épanoui au collège, étanchant sans crainte sa soif de connaissance. Les camarades qui avant piétinaient ses lunettes et lui lançaient des boules de papier trempées dans l'encre avaient pour la plupart quitté l'école ; les autres avaient acquis une sorte de retenue respectueuse, une conscience aiguë de l'écart intellectuel qui les séparait de ce garçon, peut-être le seul à pouvoir échapper au destin implacable de la misère rurale. Alfredo ne s'exprimait jamais en dialecte, lui préférant un italien châtié qui ajoutait à son charisme quand, depuis l'estrade, il résolvait un problème inscrit sur le tableau ou présentait un exposé. Il irait loin, plus loin qu'eux tous.

– Mon père est d'accord pour m'envoyer au lycée. Mais cela nécessitera plusieurs arrangements. Je devrai probablement loger la semaine chez mes cousins de Salerne.

Marco avait senti une mélancolie inexpliquée grandir dans son cœur encore enfantin. La plupart de leurs camarades devraient quitter l'école, choisir d'entrer en apprentissage pour succéder à leurs parents, voire pour échapper à la mauvaise influence du professeur du collège que l'on disait bolchevique – on l'avait vu comploter avec M. Damato, dont il partageait les idéaux antifascistes. Son ami Alfredo avait des horizons plus lointains. Lui-même serait probablement amené à reprendre la ferme familiale qui, depuis la mort de son père, tombait lentement en décrépitude. Cela ne l'enchantait guère.

– Et toi, Vittorio ? avait-il demandé pour chasser ces sombres pensées.

– Mes parents n'envisagent même pas de m'inscrire au lycée ! avait rigolé Vittorio.

Les époux Tosi, bien que pétris d'adoration pour leur unique rejeton, ne savaient ni lire ni écrire et voyaient l'avenir comme un doux cocon où tous trois prendraient soin les uns des autres sans jamais se quitter.

– En as-tu seulement exprimé le désir ? avait interrogé Alfredo d'un ton moqueur.

– Le désir, le désir... Quel bien grand mot ! Je désire manger à ma faim, être autorisé à boire de l'alcool chez Milo, devenir riche, séduire les filles, profiter de la vie, quoi !

L'œil de Vittorio s'était allumé alors qu'il esquissait un petit pas de danse, pendant qu'Alfredo s'employait à lui démontrer que les plaisirs décrits ne duraient qu'un temps tandis qu'une éducation suivie lui permettrait de s'accomplir pleinement et lui ouvrirait les portes de la connaissance.

– Je préférerais ouvrir les portes de la chambre de la belle Rita !

Tous trois avaient éclaté de rire, insouciants, et étaient inéluctablement revenus à leur second sujet favori : les filles.

Mais la conversation avait tourné court, les adolescents n'ayant qu'une expérience limitée à quelques baisers et des tentatives de séduction maladroites. Vittorio se réjouissait de vivre dans un si petit village, où l'école se devait d'être mixte et où plusieurs classes étaient mélangées par manque d'enseignants. Pourtant, on ne lui avait jamais connu de bonne amie, en dépit des fanfaronnades de ce beau garçon au regard envoûtant. Il recevait de nombreuses lettres et des déclarations enflammées, mais aucune de leurs camarades ne semblait trouver grâce à ses yeux. Marco l'avait par contre récemment surpris à rougir violemment lorsque l'élégante Mme Damato, dont le port noble jurait avec l'aspect rustre des autres mères, interpellait son fils de sa voix grave. Quant à Alfredo, il considérait les filles avec un dédain certain : il les voyait comme des greluches avec qui il n'était pas possible d'avoir le moindre échange sérieux, ou bien comme des statues de glace embrigadées par une quelconque association – à tout âge, les enfants faisaient partie d'une association, quelle qu'elle soit, bien qu'il fût ardu de précisément les différencier. Marco, à son habitude, se contentait de sa place : ni érudit ni épicurien, il écoutait le dernier ayant pris la parole et s'accordait à celui-là. Avide de consensus, il réalisait parfois que son empathie et sa tolérance dénotaient un manque de passion, même s'il n'était pas dépourvu de caractère. Il ne savait tout simplement pas où se dirigerait sa vie, et ne souhaitait rien tant que pouvoir figer ces instants précieux passés en compagnie de ses amis. Soudain, il avait senti un léger frémissement dans l'air : Vittorio et Alfredo s'étaient tournés vers lui, attendant manifestement une réaction de sa part.

– Alors, Marco ? T'as pas répondu à la question. Où est-ce que tu seras, l'année prochaine ?

– C’est vrai, jamais tu ne nous parles de tes ambitions personnelles… Sais-tu que tu n’es pas enchaîné à la ferme de tes parents ? avait suggéré Alfredo.

Embarrassé, Marco s’était perdu dans un bredouillement indistinct. Il souffrait d’une affliction bien particulière : il était incapable de se projeter. Si son imagination l’emportait souvent dans des pays exotiques où des oiseaux au plumage flamboyant chantaient les louanges des arbres et du vent, ses pas effectuaient toujours le même trajet. La poésie de ses rêveries n’avait d’égal que l’inertie et le manque d’initiative dont il faisait preuve. Cela ne lui causait guère de souci ; il se cantonnait à sa posture de spectateur, laissant défiler sa jeunesse d’un air désintéressé, dans l’espoir qu’un beau jour, il verrait la mer. Ah ! Quel moment merveilleux ce serait ! Comme le doux bruissement des vagues le bercerait alors, et comme son regard se perdrait dans l’immensité bleutée ! Depuis qu’il avait feuilleté ce livre d’images dans la petite bibliothèque de l’école, il ne rêvait plus que de cela : sentir les embruns salés flotter depuis l’écume légère jusqu’à sa peau, s’aveugler du scintillement de la houle, fendre les flots à bord d’une embarcation et caresser la surface de l’océan.

Malheureusement, si peu de chose rapprochait un adolescent de Campanie des hautes sphères du pouvoir, Marco partageait avec Mussolini un certain attrait du large. Il était outrageusement évident qu’un pays ne saurait être libre qu’à la condition d’avoir un accès privilégié aux voies de navigation. Le Duce avait par conséquent décrété que la Méditerranée était une prison dont les barreaux avaient un nom – Corse, Tunisie, Chypre –, et les gardiens également – Gibraltar, Suez, Malte. C’était le destin de l’Italie fasciste de s’épandre jusqu’en Atlantique et dans l’océan Indien. Pour servir ces nobles desseins, elle devait se pourvoir d'un allié de taille. Le 22 mai 1939, l'Italie et l'Allemagne d'Hitler avaient signé le Pacte d'acier. Le 10 juin 1940, le pays avait déclaré la guerre à la Grande-Bretagne et à une France moribonde. Le 15, Marco avait été appelé sous les drapeaux.

Soudain le chaos

Tout cela s'était déroulé dans la plus grande confusion : en va-t-il autrement des guerres absurdes qui déchirent les nations ? Alors que Mussolini, se voulant César, étouffé par ses ambitions démesurées, imaginait déjà l'Afrique et le Moyen-Orient envahis par d'innombrables cohortes et légions d'hommes nouveaux chassant l'usurpateur anglais, c'était une chair à canon fébrile qui avait rejoint le front, équipée de fusils archaïques et menée par des généraux réticents.

Vittorio avait été appelé lors de la deuxième vague de mobilisation, au printemps, tout comme la plupart de leurs camarades ; ses yeux joueurs s'étaient agrandis, puis vidés de toute l'assurance taquine qui faisait leur renommée. À l'aube de son départ, sa mère avait poussé un hurlement qui avait déchiré le cœur de tous ceux qui avaient pu l'entendre. Ses traits s'étaient figés en une grimace hideuse et elle s'était affaissée, brisée, dans les bras de son mari, dont les joues rugueuses étaient humides de larmes. Ils étaient restés ainsi tout le jour et une partie de la nuit, effondrés, sans parvenir à puiser en l'autre un peu de force pour tenir, jusqu'à ce qu'une voisine charitable vînt les relever pour les reconduire chez eux. On ne les avait plus vus : devant la maison des Tosi aux volets désormais hermétiquement clos, les plants de tomates s'étaient asséchés et les choux avaient jauni.

Marco, qui était plus jeune d'un an, n'avait pas tardé à suivre les pas de son ami. Son indolence enjouée s'était muée en préoccupation subite pour sa mère qui l'avait regardé partir de son œil vide. Il s'était demandé avec angoisse comment, sans lui, elle parviendrait à gérer la ferme où ils trimaient depuis des années sans réussir à extraire du sol aride autre chose que des feuilles de tabac aussi minces que du papier. Placide, elle n'avait pas semblé concernée par toute cette agitation : il n'y avait pas eu d'adieux déchirants, et Marco s'était éclipsé sans bruit après l'avoir embrassée, incapable de se projeter dans son propre avenir tant il était inquiet pour la vieille femme.

Alfredo, ayant quitté prématurément le lycée où il était sur le point de passer son examen, s'était retrouvé seul au village. La réputation de la famille Damato, ouvertement antifasciste, n'avait pas œuvré en sa faveur. Pendant quelques semaines la rumeur avait couru : les Damato avaient des relations, ils connaissaient du monde, ou du moins on l'imaginait, après tout ils étaient si instruits, ils venaient de la grande ville, et puis le fils étudiait à Salerne maintenant, peut-être avait-il bénéficié d'un passe-droit par ses fréquentations – l'établissement miteux dans lequel il avait été envoyé était décrit comme un haut lieu de diplomatie où se nouaient des intrigues nationales. Et les racontars allaient bon train : n'était-il pas injuste que leurs enfants aillent se faire tuer pour la patrie, sauf ce binoclard rondouillard qui se pensait au-dessus de tous? La situation n'avait guère duré : l'un de ces jours de septembre où l'air crépitait encore de chaleur, alors que père et fils se réfugiaient à l'ombre d'un auvent, on avait vu les carabiniers entrer dans Casalnuovo et se précipiter sur le jeune homme au visage enfantin et parfaitement coiffé. D'un coup de matraque assené sur la nuque, ils avaient fait choir ses lunettes sur le sol, comme un écho des brutalités d'écoliers. Celui qui semblait être le chef, et que l'on reconnaissait à ses yeux exorbités et sa mâchoire crispée, avait aboyé l'ordre de lui passer les menottes et de l'embarquer, sous le regard de son père tétanisé.

On avait appris l'explication bien plus tard. Alfredo avait bien sûr été appelé sous les drapeaux fascistes en même temps que Marco, Alfonso et les autres, mais la convocation n'était jamais parvenue jusqu'à lui. Où donc avait-elle disparu ? Comment était-il possible que seule cette missive ne fût pas arrivée à destination ? L'avait-on adressée au lycée de Salerne, qui l'avait égarée au milieu de toute sa paperasse ? La réponse s'était révélée bien plus alambiquée. Il s'était avéré que M. Damato, féru de généalogie, s'était penché sur les racines familiales et, en remontant au fil des générations, avait découvert ceci : ses aïeux avaient fait partie de la haute société italienne au siècle dernier, tutoyant le roi et frayant avec les grands de la cour. De plus amples recherches avaient mené les Damato à la conclusion suivante : ils étaient bel et bien issus d'une lignée aristocratique, telle que décrite dans les romans de Pouchkine, avec les bals de Saint-Pétersbourg où virevoltaient beautés slaves et élégants gentilshommes sous des lustres aux mille reflets, les salons rassemblant érudits et poètes, l'émulation intellectuelle intense d'une philosophie éclairée et brillante, ouverte sur le monde et les hommes. Voilà pourquoi ils s'étaient toujours sentis si déconnectés du quotidien fruste et banal de Casalnuovo ! Émus et tout pénétrés de leur importance nouvelle, les parents d'Alfredo avaient voulu affiner, polir, corriger ce qu'ils pensaient être une bévue, et même une injustice, de la déliquescente administration du pays : leur nom. La vérité devait être rétablie, afin que leur rang fût affiché clairement aux yeux de tous ; ils avaient entamé les démarches pour ajouter une particule à ce Damato si grossier, si... plébéien. Désormais, ils se nommaient les d'Amato. S'était ensuivi un cafouillage qui avait duré plusieurs mois, le temps que la nouvelle de ce changement parvînt à toutes les oreilles concernées. Le pauvre facteur, qui couvrait une bonne partie de la région et par conséquent ne passait qu'une fois par semaine à Casalnuovo, avait donc égaré plus d'une lettre à l'attention de ces gens qui modifiaient leur nom de la même manière qu'on déménageait – chose qui le plongeait également dans la plus grande confusion. Mais si le courrier perdu n'avait eu jusqu'alors qu'une importance anecdotique, une lettre, en n'arrivant pas à destination, avait bouleversé la vie des d'Amato : c'était la lettre d'engagement d'Alfredo. Puisque ce dernier ne s'était pas présenté, pensant ne pas y avoir été invité, il avait été considéré comme déserteur et interné en tant que tel, sans que quiconque dans le village s'interposât entre les forces de l'ordre et le garçon éploré.

Marco apprendrait tout cela des années plus tard avec ébahissement. Il avait rejoint à pied l'une des multiples divisions dont le nombre croissait de manière exponentielle – en corrélation avec l'ego du Duce, disaient quelques rares détracteurs –, la mobilisation hâtive n'ayant pas permis la mise en place de moyens de transport appropriés aux troupes. Harassé, assommé, il avait été distraitement formé par des militaires à peine plus âgés que lui, puis propulsé à la frontière libyenne, avec pour seule certitude celle de n'être pas suffisamment préparé. Tout n'était que chaos : la moiteur collait leurs uniformes élimés à leurs torses amaigris, la fumée dégagée par les armes vétustes datant de la dernière guerre floutait les lignes et des vertiges étourdissaient leurs esprits en sous-nutrition. La soupe délayée qu'on leur servait le soir ne faisait qu'empirer les gargouillements de leurs intestins moribonds. Et ce n'étaient que pétarades, poussière et piétinements. Chaque jour, chaque nuit se ressemblait et finissait par se fondre en un vaste désordre invraisemblable, dans lequel des êtres humains sensibles se métamorphosaient en coquilles vides aux gestes machinaux. Il ne convenait pas de s'attacher à des camarades qui se renouvelaient dans un roulement constant : entouré d'Africains et d'Arabes en plus des Italiens, Marco ne distinguait plus les traits de ces visages anonymes sur lesquels s'accumulait une crasse noire. Parfois, les soldats étaient saisis par l'absurdité totale dans laquelle ils baignaient, lorsque, en face d'eux, ils apercevaient un regard égaré, une course effrénée, une grimace terrifiée ; et ils se reconnaissaient en eux, en ces pauvres bougres contre lesquels ils tiraient, catapultés d'un côté de la frontière de la même façon qu'eux avaient été placés de l'autre côté, par un hasard facétieux.

Il avait participé au siège de Tobrouk. Il n'avait aucune idée de la durée de l'opération ni de l'endroit exact où il se trouvait quand les Anglais l'avaient fait prisonnier – presque à son soulagement, puisque cela signifiait qu'il échapperait dorénavant aux combats. Rampant dans la touffeur de l'air vicié, il appuyait mécaniquement sur la détente dans la brume qui lui faisait face, supposant qu'il visait les troupes ennemies sans vraiment en avoir la certitude, puis tout était devenu noir comme l'enfer – comme si son esprit avait disjoncté. Il avait entendu quelque temps après que la Libye avait été pacifiée avec succès. Il avait alors perdu près de dix kilos, et était dans un état d'extrême fatigue ; il avait tout de même eu un sursaut moqueur et désabusé en apprenant la nouvelle.

En 1942, l'expansion italienne avait banni toutes les frontières : un régime autoritaire avait été instauré en Espagne, en Yougoslavie, en Grèce et dans les Balkans, et le rayonnement de l'Axe avait touché de sa grâce une grande partie de l'Afrique du Nord, naguère aux mains de la Grande-Bretagne.

Mais Mussolini avait subi de lourdes pertes humaines lors de la campagne égyptienne : Marco était venu grossir les rangs des quelques dizaines de milliers de prisonniers de guerre, sans compter la masse de cadavres qu'il avait enjambée en essayant de ne pas y réfléchir. Les Britanniques avaient l'intention avouée de profiter de cette main-d'œuvre bienvenue qui, bien que proche du trépas, leur serait utile pour appuyer leurs tentatives d'asservissement des peuples colonisés à travers le monde, et qui avait en plus le bon goût d'être gratuite.

Avait alors commencé une longue errance sur les flots, à bord de rafiots où les conditions de vie étaient tout aussi épouvantables que sur terre, bien que d'un genre encore différent. L'horreur revêtait de nouveaux habits. Les prisonniers étaient entassés dans la cale, ballottés d'un port à l'autre, sans qu'ils n'aient jamais su où ils se trouvaient ni même si c'était le jour ou la nuit. Le sel irritait leurs plaies suppurantes, des fièvres les gagnaient et nombreux étaient ceux dont les réminiscences du champ de bataille avaient raison de la santé mentale. Les cris déchirants des militaires en plein délire perçaient l'obscurité humide. Tous étaient souillés de leurs vomissures et de leurs déjections, dont la putréfaction charriait des odeurs inhumaines. Le balancement incessant achevait de les rendre fous. Alors que le Duce se rengorgeait en vantant l'écrasante supériorité romaine sur les peuples primitifs, des soldats de vingt ans voyaient leur vie se déliter peu à peu. Leurs corps lâchaient, leurs esprits aussi, et ce n'était qu'une question de temps avant que leurs âmes se corrompent définitivement.

Marco avait trouvé la force de s'enfouir tout au fond de lui-même, loin de l'injustice et de l'horreur qui éprouvaient tous les soldats. Quand la douleur, le désespoir et la vacuité le terrassaient, il se frayait un chemin jusque sur le pont pour regarder la mer. Leur première rencontre avait eu lieu à son départ de Naples : c'était comme si on lui avait pressé la cage thoracique, comme si l'on extrayait d'un citron mûr le jus qui y macérait aveuglément. Il avait pris une longue inspiration et s'était empli les poumons d'un air si piquant, si frais, qu'il avait eu l'impression de naître de nouveau. Il lui avait semblé ne jamais en avoir respiré de si pur. Sur le pont, il contemplait, sans parvenir à en cerner le dessin, les variations bleutées graciles et délicates, pailletées d'étincelles. Des milliers de particules de sel et d'eau se posaient subtilement sur les parois de son nez, comme un surplus de larmes qui se fondaient en lui afin que pût s'exprimer l'ampleur de son émoi. Il se sentait irrémédiablement attiré par cette fantastique masse, dont les mystérieuses profondeurs portaient en elles les promesses d'ailleurs et avec laquelle il voulait faire corps. Il ne se lassait pas d'admirer les mouvements d'humeur de l'océan, tantôt d'un gris mat, tantôt revêtant une robe d'émeraude translucide qui dévoilait ses secrets.

Les brefs instants qu'il parvenait ainsi à dérober l'avaient maintenu en vie, et lui avaient permis de survoler ce marasme où la folie et la déliquescence des hommes le menaçaient. Les soirs de tempête, quand le teint de ses compagnons d'infortune virait au vert, lui imaginait enchanté l'énergie des assauts des vagues, et comment après avoir ramassé ses forces, la mer affrontait le bateau pour s'éparpiller ensuite en myriades de gouttelettes qui se rassembleraient de nouveau, espérant que le prochain coup porté serait fatal. C'était comme si chacune de ces variations respirait en chœur, dégageant une paix et une harmonie telles qu'il n'en avait jamais observé ailleurs. Il lui semblait alors qu'elle était de son côté, et son âme s'évadait bien loin de la misère et de la maladie.

Parfois – qui saurait dire après combien de jours, après combien d'horribles nuits ? –, on les débarquait dans une colonie.

L'odeur changeait, l'air aussi ; autrement, il y faisait toujours chaud, et si les prisonniers étaient soulagés d'être enfin à l'air libre et sur le plancher des vaches, le labeur éreintant qui les attendait ne leur laissait guère le temps d'étudier le paysage. Il fallait construire des bâtiments, ou bien sarcler des champs, ou encore creuser les tombes, et puis marcher ou s'entasser dans des wagons pour aller construire, sarcler et creuser un peu plus loin. Des déserts d'Arabie à la touffeur du Zoulouland, les cahutes qui accueillaient leurs carcasses affaiblies étaient précaires, pour la simple raison que c'étaient eux qui étaient chargés de les édifier et qu'ils avaient, pour la plupart, à peine assez d'énergie pour laper le contenu de leur assiette. L'effarement s'était mué en lassitude infinie. Dans l'une des colonies, plusieurs cas de lèpre avaient été détectés : on avait tenté d'isoler tant bien que mal les malades, sans que leur fût prodigué le moindre soin. Marco avait assisté à une scène qui était restée gravée dans son esprit : il devait alors se trouver aux Indes, car un maharaja pansu à la moustache luisante de graisse avait reçu sous les yeux des troupes britanniques un montant d'or à hauteur de son poids – qui était considérable. Le contraste entre le *nawab* et les cadavres ambulants qu'étaient devenus ses compagnons et lui était tel que les repères de Marco, peinant à croire qu'il s'agissait de membres de la même espèce, s'étaient brouillés. Il fallait néanmoins admettre que certains prisonniers avaient tant perdu pied qu'ils étaient presque en rupture avec leur humanité.

Plus loin, plus tard : les fièvres le harcelaient. Étaient-ils arrivés à Ceylan ? La nourriture était meilleure, plus variée : on leur donnait des fruits au goût exotique et ses codétenus italiens faisaient des pâtes, en souvenir d'un foyer qu'ils pleuraient en silence le soir venu. Aveuglé par la fatigue, il lui avait néanmoins semblé entendre des nouvelles de la guerre :

les Alliés auraient bouté les forces nazies hors l'Italie du Sud, apportant leur protection et leur mansuétude à toute la partie méridionale du pays. La Sicile avait été envahie, ou libérée, on ne savait plus trop, par un stratagème ingénieux : on avait dissimulé de fausses lettres dans l'uniforme d'un officier anglais. Ces lettres évoquaient un débarquement en Sardaigne afin de tromper les Allemands, qui avaient déplacé ainsi toutes leurs troupes, laissant le champ libre aux astucieux Alliés. Ceux-ci s'en étaient frotté les mains. Les Quatre journées de Naples avaient vu un peuple napolitain galvanisé se soulever pour mettre en déroute les armées hitlériennes, pourtant confortablement installées chez ces accueillants voisins méditerranéens, avant même que n'arrivent les renforts. Mussolini avait capitulé devant la révolte, et la Campanie natale de Marco avait donc rejoint le côté anglais.

Marco avait voulu hurler, paralysé par son impuissance, et prouver à ses bourreaux au regard flegmatique – le pire étant qu'ils ne paraissaient pas foncièrement mauvais, simplement abrutis d'ordres – qu'ils étaient tous à présent dans le même camp. Il convenait de libérer les prisonniers italiens, leurs camarades, leurs frères. Mais il ne parvenait pas à articuler un mot, noyé de sueur et grimaçant de douleur, terrassé par la maladie. Des délires, des flashes lui apparaissaient avec une violence aussi brutale que lunatique. Lui revenait en mémoire l'air docte d'Alfredo lui racontant un roman qui l'avait conquis, dans lequel de jeunes aristocrates élaboraient des stratégies militaires comme ils l'auraient fait d'intrigues de cour, et partaient fanfarons se faire massacrer dans toute la beauté et la bêtise de l'inconscience[5]. D'autres souvenirs avaient ressurgi des tréfonds de son cerveau, certains apaisants, d'autres

5 Il s'agit de *Guerre et Paix*, de Tolstoï.

embarrassants, dans un tourbillon incongru. C'était comme si son esprit, n'ayant plus la force d'affronter la souffrance, se détournait du monde extérieur pour plonger dans son intériorité et poursuivre ainsi son errance. Cela faisait si longtemps qu'il n'avait pas vu la mer.

Il s'était rétabli peu avant la traversée qui le ramenait dans la tourbe du Royaume-Uni. Avec la fièvre et la douleur l'avaient également quitté, du moins lui semblait-il, son attachement à la vie et sa confiance en l'humanité. Il regagnait une Europe dévastée, ayant sombré dans la plus grande confusion. Le Reich aux yeux plus gros que le ventre s'était rendu maître de tant de kilomètres de frontières qu'il manquait d'hommes pour les contrôler. Alors qu'à l'est les Russes reprenaient du terrain, la résistance communiste de Tito grondait dans une Yougoslavie consciencieusement pillée par les nazis. Les soixante-seize divisions italiennes occupant les Balkans étaient en déroute. En Grèce, les troupes se retournaient contre leurs anciens camarades allemands, ce qui aboutissait à de si féroces massacres qu'un observateur aguerri aurait été bien en peine de distinguer un vaincu d'un vainqueur. Les pays africains passaient d'une main à l'autre de la même manière qu'on aurait redistribué un jeu de cartes avant une partie. Les armées italiennes disparates, parsemées en grains de sable dans tout le continent noir sans jamais avoir le dessus, s'étaient dissoutes comme de la neige en été, chassées d'Égypte par Montgomery, du Maghreb par Eisenhower, et tout simplement abandonnées à leur propre sort au Soudan et en Érythrée.

La destitution de Mussolini commanditée par Victor-Emmanuel III, le « petit roi », quelques mois plus tôt, avait précipité le pays dans le chaos. À la guerre entre nations s'était ajoutée une guerre civile sans queue ni tête, lors de laquelle s'étaient fondées d'éphémères républiques régionales immédiatement reconquises par les forces nazies quelques semaines après leur création. Au Nord avait été établie une république fantoche reprise en main par un Mussolini rapidement libéré par Hitler et terriblement déprimé par tous ces aléas. Or, il avait fallu se rendre à l'évidence : les derniers fascistes avaient implanté leurs quartiers sur un territoire déjà occupé par une farouche milice résistante dont la composition hétéroclite ne manquait pas de surprendre. Ainsi, militaires, nationalistes, communistes, catholiques, juifs et autres socialistes, en accord sur rien, mais rassemblés par leur haine du fascisme, avaient uni leurs forces jusqu'à ce qu'un Duce en pleins préparatifs de fuite vers la Suisse fût arrêté, exécuté et pendu par les pieds devant une station-service. Rome avait été déclarée ville ouverte, la Ligne gothique enfin franchie et le Nord libéré du joug nazi.

C'était un jeune homme déjà usé, exsangue et amaigri qui était revenu à Casalnuovo. Quelques années avaient suffi pour lui ôter son innocence, son appétit de vivre et sa candeur. La guerre avait fauché chez lui toute curiosité de l'après, et il s'observait, extérieur à lui-même, cheminant sans but, sans rêve, sans imagination. L'évolution de la situation géopolitique et ses revirements glissaient sur lui comme sur une surface imperméable ; à l'écoute – à la radio, dans les rues – des nouvelles du front, des alliances nouées et dénouées, des frontières mouvantes et des victoires diverses, la sidération l'envahissait, l'empêchant de s'identifier à quelque patrie ou quelque peuple que ce soit. Son esprit, comme empoissé dans une épaisse toile d'araignée, ne parvenait pas à analyser ces informations, et sa volonté flanchait dès qu'il s'agissait de tenter de comprendre comment, d'une dispute puérile entre Sergio Milo et Alfredo, avaient germé des exterminations dont on n'arrivait pas encore à cerner l'ampleur. De la même manière qu'il avait survécu à son errance de prisonnier en concentrant toute son attention sur la mer et en se rendant sourd aux gémissements de ses codétenus, son cerveau exerçait de nouveau une dissociation qu'il estimait salutaire, mais qui laissait le jeune vétéran vide, creusé de l'intérieur et comme anesthésié. Il n'avait pas trente ans.

En le voyant franchir le portail rouillé qui menait à la ferme, la mère de Marco sortit sur le perron, un sourcil levé, son visage ne s'animant pas davantage que ce terrible jour, six ans plus tôt, où son fils unique avait marché vers l'absurde atrocité qui avait déchiré les hommes. Leurs regards se croisèrent, elle ouvrit les bras, il vint doucement s'y réfugier, comme un chaton écorché. Il ne voulait qu'une chose : quitter cette cuirasse encombrante dont il s'était paré pour se blinder, enfin ressentir quelque chose de beau, de positif, de frais et de poétique ; s'abriter dans le silence et le calme ; et s'endormir, dormir, dormir aussi longtemps que possible. Peut-être ne jamais se réveiller. Il s'effondra dans le giron de celle qui l'avait mis au monde.

Reconstruction

Les jours suivants s'écoulèrent avec une certaine langueur, sans que Marco eût l'impression de se reconnecter à sa réalité et ses émotions d'avant, bien qu'il s'en efforçât tant bien que mal. Ce sentiment d'étrangeté qui l'avait saisi dès son retour à Casalnuovo ne le quittait plus. Il percevait chaque chose à travers un brouillard infranchissable, comme si l'on avait interrompu son chemin entre vie et mort et qu'il s'était retrouvé à flotter là, dans un espace hors du temps. Désemparé, il s'aperçut en outre que sa mère ne semblait pas tout à fait réaliser qu'il était revenu ; cela dit, elle n'avait jamais fait preuve d'un instinct maternel effréné.

La vieille avait près de soixante ans, âge vénérable dans un village où l'on atteignait péniblement la cinquantaine, ce qu'attestait son visage ridé comme une pomme. Fille de fermiers, ses parents l'avaient mariée à seize ans au fils de la ferme voisine afin de rassembler les deux maigres plantations de tabac, aussi effritées l'une que l'autre, en une seule un peu plus convenable. Le père de Marco, un gaillard analphabète qui ne vivait que pour le labeur, était un garçon intègre et affable, bien qu'une timidité maladive l'empêchât de se lier d'amitié avec n'importe quel jeune de Casalnuovo. Au moment où on l'avait conduit à l'autel alors qu'il avait en tout et pour tout échangé trois mots avec la gent féminine – incluant sa ribambelle de tantes –, il avait eu le souffle coupé devant la beauté de sa future femme. De grandes boucles brunes s'échappaient du voile blanc pour encadrer un front droit, des sourcils arqués, des yeux en amande ourlés de cils épais, de petites oreilles rondes et sans lobe si mignonnes qu'on aurait voulu embrasser, et le dessin harmonieux d'une bouche rose pâle.

Il avait peu à peu réalisé que ce visage charmant ne dissimulait ni malice ni même un semblant d'intelligence, mais était le miroir d'un esprit simple et d'une légèreté sans pareille. À l'aube de l'âge adulte, la jeune fille était restée coincée ; peut-être était-ce d'ailleurs son air si candide qui lui conférait un tel éclat. Son aura était comme une réminiscence de ce que l'on perdait en quittant l'enfance. L'expression de ses traits n'était jamais altérée par la moindre contrariété, et le père de Marco, qui avait compté sur le soutien dynamique et le sens pratique d'une partenaire, s'était enfoncé dans la gestion d'une propriété agrandie, en plus de devoir s'occuper d'une gamine éthérée qui tantôt mettait de l'eau à bouillir avant d'aller se balader sans chaussures plusieurs heures dans les champs, tantôt égarait leur vaisselle de mariage, que l'on retrouvait soigneusement empilée dans la grange. Elle ne parlait pas, se contentait d'acquiescer à ce qu'on lui disait, ses yeux magnifiques frangés de longs cils posés sur son mari, qui en restait tout engourdi. Car il l'aimait, il l'aimait tant ; rien ne le ravissait plus, après une rude journée, que de rentrer et de la voir danser de son pas leste sur les draps étendus au sol, sans avoir conscience qu'il lui faudrait, de nouveau, descendre au lavoir pour y apporter le linge.

Et c'est ainsi qu'avaient vécu les époux Acampora, l'homme ployant sous les tâches domestiques et agricoles qui l'érodaient peu à peu, la femme enfant virevoltant loin de ces considérations terrestres. Marco, qui n'était pas attendu, était né alors que le ventre de sa mère avait à peine enflé et qu'une nuit, dérangée par un sévère mal d'estomac, elle avait constaté, paniquée, que le lit était humide. Son mari, ébahi mais mû par une intuition, avait fait mander la sage-femme qui avait délivré, quelques heures plus tard, un frêle bébé auquel sa mère avait jeté un regard épouvanté avant d'aller se recoucher. L'enfant avait été principalement élevé par son père, jusqu'à ce que celui-ci, après une journée particulièrement éprouvante, allât s'étendre pour ne plus s'éveiller. Marco, un garçonnet enjoué de six ans, avait dû apprendre à vivre en tête à tête avec son écervelée de mère dont il quémandait constamment des marques d'affection, mais qui paraissait toujours intriguée, même après toutes ces années, quand elle posait les yeux sur lui.

Ils étaient miraculeusement parvenus à conserver la ferme, l'ouvrier qui épaulait feu M. Acampora ayant pris la décision de poursuivre son emploi presque bénévolement après avoir constaté à quel point la jeune veuve se trouvait démunie devant sa nouvelle situation. Plus tard, alors que la crise avait imprégné le monde entier jusqu'aux villages perdus de Campanie, le petit Marco, du haut de ses dix ans, s'était armé de courage et, éploré, était allé demander conseil au curé. La ferme périclitait, il fallait acheter une machine-outil pour l'ouvrier qui seul s'occupait des champs, autrement ceux-ci étaient voués à l'abandon et la famille à la mendicité. Il l'avait dirigé vers l'une de ses ouailles, qui venait de recevoir un héritage sans en avoir l'usage, et avait accepté d'accorder un prêt au garçon et à sa mère qu'elle avait prise en pitié. Ainsi avaient-ils survécu un moment, laissant la majeure partie du terrain en jachère, et la maisonnette s'écrouler tranquillement sur les derniers habitants des lieux.

La vieille veilla sur lui pendant les trois jours et trois nuits que dura un sommeil agité, parsemé de cauchemars affreux, seulement interrompu quelques brefs instants lors desquels il grignotait une miche de pain rassis que lui présentait sa mère d'un air amorphe. Les cadavres pourrissants qui le visitaient la nuit le poussaient, dès son réveil, à courir aux sanitaires mangés par la moisissure et à utiliser sans parcimonie le gros pavé de savon noir pour se récurer le corps entier. Il s'écoula ensuite plusieurs semaines avant qu'un soir, en manque de conversation, il sortît de chez lui, plissant les yeux dans la lumière ocre et mauve. Casalnuovo commençait à s'animer, profitant du répit offert après la chaleur écrasante de l'après-midi, levant le nez avec espoir vers les lourds nuages qui annonçaient un orage bienvenu et le début de l'automne. Par les fenêtres ouvertes, des odeurs d'ail et de renfermé s'échappaient de cuisines étouffantes pour parfumer les ruelles moites où jouaient quelques bambins qui se partageaient des sorbes granuleuses cueillies dans les haies avant le dîner. On était dimanche : ce matin, les plus sages avaient eu le droit aux noisettes grillées proposées par le marchand face à l'église, tandis qu'à la maison on malaxait la pâte à pain et que dans les jardins on farfouillait frénétiquement à la recherche de légumes rabougris. Marco se dirigea sans y penser vers la place principale, et s'arrêta devant le bar Milo. L'enseigne penchait sur le côté, et le *o* n'avait toujours pas été remplacé. Tout était resté à l'identique : les verres remplis à ras bord d'une bière délayée, les figures boursouflées des buveurs qui dissimulaient leur lassitude derrière des blagues grivoises, les grands rires et les crachats du maire dont l'imposante stature forçait au respect, quelques femmes en pantoufles. Il reconnut avec une vague sympathie le cordonnier, Nino, un oncle par alliance de Vittorio, dont le visage s'anima en apercevant Marco :

– Eh ! dites, ce serait pas le fils Acampora ?

Ses compagnons se tournèrent vers un Marco intimidé, la plupart semblant puiser dans les tréfonds de leurs souvenirs pour le remettre. Nino vacilla de sa chaise et se pendit à sa manche pour l'amener à sa table et le noyer sous des questions mal articulées.

– T'es revenu quand, dis ? Ça va, ils t'ont pas trop abîmé ! Dieu sait dans quel état on va retrouver le neveu… Et comment se porte ta mère ?

Là, les regards se firent graves ; on connaissait l'esprit simple de Mme Acampora, dont on percevait encore la beauté derrière ses traits fatigués, et à qui l'on ne pensait jamais sans une certaine émotion et un grand respect.

– Oh, tu sais… Ça va… Je ne sais pas si elle s'est bien aperçue que j'étais rentré, quoi, répondit Marco d'un haussement d'épaules, désireux de changer de sujet.

Nino acquiesça d'un air solennel et avec force hochements de tête. Tous étaient embêtés, on ne voulait pas parler de la guerre, cela avait été dur pour tout le monde, mais il fallait bien continuer à vivre, on avait assez souffert comme cela. À côté, une tablée réunissait quelques anciens camarades de Marco, dont le teint anémié, les avant-bras osseux et les paupières coulantes révélaient les privations subies. Marco, rebuté, se tint soigneusement à l'écart en se collant à Nino et en se tortillant, mal à l'aise, sur sa chaise. Après avoir observé un silence gêné, les villageois poursuivirent leurs conversations et tentèrent tant bien que mal d'inclure Marco dans les échanges, lui exposant les nouvelles de la région. Alors que non loin, Naples se hérisserait bientôt de hideux immeubles bâtis à la hâte et croîtrait de manière exponentielle, la campagne restait obstinément figée, hermétique au monde extérieur. On s'apprêtait à marier Loretta, la petite dernière du menuisier, le mois prochain, sans que la répartition des dépenses engendrées fût tout à fait claire entre la famille du jeune homme et la leur ; et le menuisier de se répandre en insultes colorées à l'endroit de la grand-mère, qui semblait particulièrement près de ses sous, et du père criblé de dettes à force de jouer son salaire dans l'arrière-boutique tous les samedis. Il montra une photo de Loretta à Marco, et le garçon, sans le moindre soupçon d'empathie, se força à exprimer de tièdes félicitations, ayant reconnu la fillette maigrichonne : quelques années auparavant, il la voyait se cacher dans les recoins les plus improbables pour échapper à la ceinture. Abreuvée d'injures et noyée sous les tâches ménagères dès son plus jeune âge, elle avait quitté l'école municipale à dix ans pour aider sa mère à tenir la maison. Elle était toute préparée à son destin.

Le maire, qui décidément avait dû commencer à lever le coude avant tout le monde, bondit alors sur ses pieds aussi soudainement que sa corpulence l'y autorisait. Saisi d'un sursaut patriotique, il se lança dans une tirade enflammée en l'honneur des combattants qui avaient défendu l'Italie, prenant à témoin un Marco dont le malaise croissait. Lui-même, pourtant dans la force de l'âge, avait échappé à la mobilisation, on ne savait pas bien comment, et, tel un poisson dans son bocal, il macérait dans le village qui l'avait vu naître et dont il connaissait tous les racontars, qu'il entretenait volontiers. Marco se rendit compte qu'autour de lui, tous considéraient que l'Italie était sortie victorieuse du conflit. On se targuait de la puissance militaire de l'Italien et de la résilience de sa population, sans jamais prononcer le mot de fascisme, préférant invoquer la fierté nationale. Dès lors, les vieilles habitudes pouvaient perdurer sans remords, les haines héréditaires se léguer comme un patrimoine familial, et les ragots aller bon train. Le maraîcher aurait fait une mauvaise chute ; son voisin, témoin de la chose, ne l'aurait pas aidé à se relever ; le cousin du premier serait allé donner un coup de poing vengeur au second ; et l'on n'en finissait pas de tergiverser, oubliant vite le sens et l'origine des conflits, tout en admettant simplement l'inévitabilité de l'escalade de la violence. Celui-ci était communiste. Celle-ci sentait le vin dès les petites heures du matin. Celle-là avait tiré ses rideaux en pleine journée, alors que son mari était sur un chantier. L'autre avait menacé d'empoisonner les enfants de sa voisine, qui jouaient trop bruyamment. Et tout n'était que tension latente, frustrations et non-dits, aussi ravageurs que l'aurait été une fureur explicitement exprimée. C'était le carcan des villages où tous se connaissaient, tous se sentaient épiés, en alerte, victimes consentantes coincées dans un quotidien abrutissant qui anéantissait toute curiosité et toute ouverture sur le monde. La sensation d'étranglement était palpable, et les ragots permettaient d'oublier, l'espace d'un chuchotement, la misère solitaire de ce huis clos que ne desservait ni route ni chemin de fer.

Marco, sans les contredire, balaya néanmoins l'assemblée d'un œil neuf : il vit des teints blêmes, des dents noires. Il se demanda qui d'entre eux avait collaboré avec les fascistes, qui portait déjà en lui le criminel de guerre. Au fur et à mesure que la soirée avançait, son jugement s'affadit : après tout, il n'en avait cure. Ses concitoyens avaient simplement essayé tant bien que mal de s'adapter à une situation qui leur avait été imposée. Ils n'avaient pas adhéré à grand-chose, rien qu'à leur égocentrisme. Quelle idéologie permettrait de faire monter le prix des tomates et de stabiliser celui des olives ? À quel moment retourner sa veste pour que la région soit épargnée par les bombardements ? Quelle patte graisser pour obtenir du saindoux sur le marché noir ? Il rentra chez lui la mine basse, perclus de lassitude, avec l'impression tenace que réintégrer cette vie-là ne serait pas une mince affaire.

Les saisons suivantes s'écoulèrent visqueusement, comme engluées dans de la mélasse. Tandis que femmes et enfants s'escrimaient dans les champs, leurs corps tendus vers l'ouvrage dans un élan de survie, les vieux se balançaient sur leurs chaises à bascule au coin du feu, puis, dès l'arrivée des beaux jours, erraient les mains nouées dans le dos dans les ruelles, réprimandant les rares adolescents à l'air hagard dont les jeux ne parvenaient pas à rompre l'atmosphère pesante. L'accablante chaleur estivale revint bientôt, et chacun se réfugia à l'ombre. La démobilisation suivait un cours tumultueux. Les hommes débarquaient, sonnés par la débâcle, s'agrippant à leur calot défraîchi et leurs maigres possessions dans un carton pendu au bout d'une ficelle. Ils étaient comme propulsés dans un passé qui leur avait échappé, dans une vie qu'ils ne reconnaissaient plus ; certains avaient quitté leur femme enceinte et déjà dotée d'un bébé, et s'en retournaient dans une maison résonnant de cris d'enfants qui l'appelaient monsieur, tandis que d'autres, ayant survécu dans l'espoir de retrouver leurs parents, apprenaient qu'ils avaient été emportés quelques mois plus tôt par les bombardements voisins.

Le jeune Alfonso, qui avant la guerre assistait son père maçon avec un enthousiasme peu fréquent chez les garçons de son âge, avait perdu ses jambes sur le front de l'Est. Naguère si extraverti et si généreux, il n'osait carrément plus sortir de chez lui, pétrifié par une gêne incommensurable dès lors que quiconque lui adressait la parole. Alors que certains de ses camarades se pavanaient, le torse arrondi, engoncés dans leur uniforme usé en quête éperdue de reconnaissance, lui s'opposait à ce qu'on le considérât en tant que vétéran. Il refusait de porter ses chemises d'avant-guerre, qu'il ne trouvait plus à sa taille : ce n'était plus lui, simplement. Dès que l'on prononçait son nom, il lui fallait quelques instants pour réaliser que l'on s'adressait à lui et tourner la tête. Malgré le confort financier de ses parents – les affaires, en maçonnerie, florissaient, et la famille s'était haussée parmi les plus riches de Casalnuovo –, il serait difficile pour Alfonso de reprendre sa vie d'avant, ponctuée de rires et de plaisanteries. Il accueillit les visites de Marco avec pudeur ; il fut silencieusement convenu entre eux de ne rien évoquer des combats ravageurs. Marco avait néanmoins la fugace impression de comprendre, rien qu'un peu, le tourment dans lequel son camarade était plongé, et pourquoi jamais il ne retrouverait la bonne humeur qui le caractérisait. Il lui sembla qu'Alfonso, comme lui, se débattait dans un brouillard épais.

En franchissant le seuil de la porte après l'une de ces visites, Marco tomba nez à nez avec le petit Gino, que son jeune âge avait permis d'échapper aux premières années de la guerre, mais qui tirait une grande fierté de ses quelques mois de service. Sans ses lunettes, Marco ne l'avait pas reconnu : le petit Gino avait poussé d'un coup, comme un long haricot à la croissance biaisée. Tout en lissant son embryon de moustache d'un air important et en plissant les yeux, il lui donna des nouvelles des frères Gallone, qu'il tenait toujours en haute estime : Sergio et Lorenzo étaient rentrés au pays quelques semaines plus tôt, pour immédiatement repartir vers Naples, où ils trimaient sur les chantiers herculéens qui florissaient de manière anarchique pour reconstruire la ville aux cinq cents coupoles. Ignorant la moue accablée de Marco, il pérorait :

– J'ai l'impression que leurs copains du front les ont beaucoup marqués... Ils ne se voyaient pas retourner chez leur père, tout seuls dans les champs. Ils n'arrêtaient pas de me dire qu'ils redoutaient plus que tout d'être de nouveau isolés, après avoir tant fait, tant partagé avec les autres combattants. On a beau dire, la camaraderie dans l'armée, ça soude les hommes, ça forge des amitiés, ajouta-t-il, d'un ton compréhensif, mais où perçait la jalousie : il regrettait manifestement la compagnie de ses anciens acolytes.

Il se dégageait de son attitude un certain mépris pour Marco, qui avait été écarté du front en étant fait prisonnier, alors que lui s'était comporté comme un vrai héros. La guerre lui avait donné une dignité, une légitimité qu'il aurait eu toutes les peines du monde à acquérir en temps de paix, et il en tirait une satisfaction affirmée. D'abord agacé par cette rencontre inopportune, Marco prit congé avec indifférence, pris d'un abattement soudain et d'une légère nausée.

Il ne réussissait pas à s'organiser selon un rythme régulier, dînant à des heures indues et veillant une partie de la nuit sans parvenir à trouver le sommeil. Il devait se faire violence pour ne pas faire sa toilette toutes les heures, ayant développé une véritable obsession de l'hygiène. Les conversations qu'il entretenait avec d'anciens appelés au front l'accablaient, et même les réformés ne lui parlaient que de la guerre, mais cela valait mieux que d'être seul. Lors de ses promenades nocturnes, il errait sans croiser personne, et commençait à divaguer, s'imaginant soudainement plongé de nouveau en temps de combat, les journées précédentes n'ayant été qu'une illusion fomentée par son esprit malade, et il s'attendait à devoir ramper pour échapper aux balles qui ne tarderaient pas à fuser. Il se sentait lâche.

– Bonjour, Marco, dit une voix derrière lui.

Il fit volte-face. Devant lui se trouvait une femme qui devait compter vingt-cinq printemps. Elle était belle comme la rosée de l'aube : ses joues ovales au grain de peau parfait invitaient à la caresse, tandis que sa chevelure sagement séparée par une raie et ramenée sur la nuque lui donnait l'air d'un ange. Mais son charme devait surtout au fait qu'elle dégageait quelque chose de sain, de frais : sa constitution robuste, ses gestes vigoureux et lascifs, ses formes généreuses la rendaient résolument... vivante. La courbe voluptueuse de sa hanche ajoutait à sa posture une sensualité à laquelle Marco fut immédiatement sensible. Il resta muet et fermé, tétanisé dans l'état de confusion avec lequel il était désormais familier, avant de reconnaître les traits de la jeune fille. Il s'agissait de la petite Rita, dont la silhouette déjà prometteuse à l'adolescence s'était épanouie avec les années. Lui-même était plutôt séduisant, dans le genre rassurant : ses larges épaules et sa musculature râblée, dont les biceps gonflaient sous la chemise, compensaient sa taille moyenne – Rita le dépassait de quelques centimètres. Il avait repris du poids, et ses côtes ne saillaient plus autant que lorsqu'il était descendu du bus, un an et demi auparavant. Il respirait la franchise et la bonté. Rita ne détachait pas ses yeux de la bouche de Marco, dont les lèvres pleines étaient soulignées par une mâchoire puissante. Timide, il balbutia quelque chose, et la jeune fille afficha un sourire éclatant, dévoilant une rangée de dents ivoire.

– Je t'ai reconnu immédiatement ! T'as pas changé, dis, depuis le collège, quand tes copains et toi m'reluquiez dès qu'j'avais le dos tourné !

Marco voulut protester sans réfléchir, elle rit en lui glissant la main sous le bras. Il sentit son corps chaud contre lui : elle avait l'odeur du linge propre et du melon blanc. Le jeune garçon fut secoué d'une émotion agréable et nouvelle. Ils cheminèrent ainsi, comme de vieux amis qui ne se seraient jamais quittés. Encore ébahi, Marco se laissa guider, tentant de se familiariser avec ce trouble qui réchauffait son corps anesthésié alors que Rita conduisait la conversation. Elle lui donna des nouvelles de ses parents – elle vivait avec eux au-dessus de la charcuterie de son père, dont les étals regorgeaient naguère de mortadelle et de saucisses, mais que par manque de moyens il avait fallu garnir de fruits et de saindoux afin de maintenir les comptes à flot.

– Y s'diversifie, il a toujours des idées pour développer son commerce, c'est vachement inspirant !

Il se remémora les deux boutiquiers tassés sur eux-mêmes, entourés de fillettes dont le joli minois était imperceptiblement terni par leur air supérieur.

– Et tes sœurs ?

– Mariées toutes les deux : leurs bons amis sont revenus de permission pour les épousailles, en 40 et 41, avant de repartir au front. Juste le temps d'consommer leur nuit de noces, tu vois c'que j'veux dire, ajouta-t-elle dans un gloussement grivois qui altéra quelque peu son charme angélique.

Et elle, comment vivait-elle ?

– J'aide maman à la maison, bien sûr, et puis, on fait appel à moi pour des travaux de couture et de broderie, j'suis pas mauvaise…

Elle esquissa un sourire qu'elle voulut modeste, en coulant des yeux séducteurs vers Marco, qui ne sut que répondre à cette affirmation. Il se morigéna intérieurement : avait-il perdu toutes ses manières, ne pouvait-il se comporter autrement que comme un ours dans un magasin de porcelaine ? Et son regard suppliait la jeune fille de ne pas le juger trop durement. Ils cheminèrent ainsi jusqu'à la charcuterie, dont la devanture tassée, nichée au fond d'une impasse, apparut plus petite que dans les souvenirs du garçon.

– C'est ici que j'te quitte… Tu sais où me trouver si l'envie t'en prenait !

Elle pénétra dans la boutique à l'abandon d'un pas lent, laissant à Marco tout le loisir de détailler sa démarche chaloupée qui plissait sa jupe sur ses mollets rebondis. Il rebroussa chemin, chamboulé et émoustillé.

Il revit Rita la semaine suivante, et les deux jeunes gens prirent l'habitude de se rejoindre le samedi pour évoquer le temps passé, Marco réussissant peu à peu à apprivoiser cette douce chaleur inconnue qui l'envahissait dès qu'elle se collait contre lui. Rita riait à chacun de ses mots d'esprit, écoutait avec attention les souvenirs qu'il souhaitait partager, mais changeait habilement de sujet si d'aventure elle sentait que la conversation mettait son compagnon mal à l'aise. Sa présence était agréable à Marco, et il éprouvait une certaine fierté à avoir à son bras la plus jolie fille de Casalnuovo. En essayant de surmonter sa gaucherie – de rêveur, il était devenu taiseux –, il confiait ses difficultés à renouer avec un quotidien dans lequel il ne se reconnaissait plus, son impression tenace d'être déraciné, son désarroi à l'idée que son retour ne semblât pas avoir affecté le moins du monde sa mère. Il tentait d'expliquer à quel point la guerre avait été pour lui l'expérience de la sauvagerie des hommes, et la crainte qu'il avait que cette sauvagerie n'eût déteint sur lui. Et peu à peu, il mesurait la profondeur de ses blessures morales et psychiques.

Rita acquiesçait d'un air grave, baissant ses longs cils sur un regard absent. Elle soupirait quand elle l'estimait à propos, frôlait sa joue avec douceur, se faisait chatte, posait la tête sur l'épaule de son compagnon – ce faisant, elle devait légèrement plier les genoux pour se mettre à sa hauteur. Elle savait toujours comment réagir, même si cela la rendait difficile à cerner : vers quoi tendaient ses pensées et son cœur ? Confus, pétrifié par ses souvenirs et par ces nouvelles conventions qu'il ne connaissait pas, Marco ne parvenait pourtant pas à se livrer entièrement. Lorsqu'il n'était pas d'humeur bavarde, Rita s'emparait de la discussion et le divertissait de ses babillages. Elle avait quitté l'école à onze ans, et n'était pas allée au collège.

– Maman avait b'soin d'aide à la maison. J'étais déjà une p'tite femme, à l'époque, glissa-t-elle d'un air mutin.

Elle ponctuait ses raisonnements conservateurs par des remarques badines, presque coquines, qui tranchaient avec la respectabilité dont elle aimait à se draper. D'après elle, la place d'une fille n'était pas sur les bancs de l'école, mais bien à l'intérieur d'un foyer qu'elle se devait d'entretenir et de sublimer. Son avis sur la question était intransigeant ; et si elle adoptait la plupart du temps une posture accommodante face à Marco quel que soit le sujet abordé, elle s'insurgeait d'apprendre que des Italiennes, madones symbolisant féminité et maternité aux yeux du monde, souhaitaient se salir les mains dans des tâches masculines et dégradantes.

– Et puis, si on s'mettait à bosser, est-ce qu'on ne volerait pas les boulots d'nos hommes, dis voir ? Nos hommes qui sont, comme toi, allés courageusement s'battre, y méritent bien de retrouver un travail, et puis une jolie maison. Le travail des femmes, c'est d'tenir la maison, bon Dieu ! On a beau dire, quand on était jeunes, les rôles ils étaient clairs : y nous fallait prendre bien soin de nous, faire de l'exercice, être bien belles bien propres, pour pouvoir faire de beaux gamins, et créer la vie, est-ce que c'est pas la mission la plus sacrée au monde ? Pourquoi diable on aurait b'soin de plus ?

Elle émaillait ses discours d'un dialecte grossier, ce qui jurait avec ses gestes sensuels et la douceur de son expression. Marco restait perplexe : il avait combattu aux côtés de soldats français qui lui avaient raconté comment, chez eux, les femmes avaient pris leur place à l'usine et aux champs pour garantir l'approvisionnement du front. Alfonso, quelques jours plus tôt, avait évoqué les infirmières, leur vivacité et leur efficacité en plein champ de bataille qui, en sacrifiant ses jambes, lui avaient sauvé la vie. Lui-même, depuis son retour à Casalnuovo, constatait à quel point les épouses abandonnées avaient pris à bras le corps le commerce ou la plantation de leurs hommes pour subvenir à leurs besoins, n'hésitant pas à mettre à contribution leur progéniture, féminine comme masculine. La guerre s'était menée avec l'appui invisible de milliers de femmes, qu'on sommait à présent de sagement quitter les lieux sans faire de bruit. Mais la compagnie de la jeune fille l'apaisait, et l'énergie pour la contredire lui manquait.

– Et j'sais pas si t'as entendu, y en a qui veulent voter, maintenant... Qu'est-ce qu'on y connaît, nous, à la politique, bon Dieu d'bon Dieu ?

Elle se targuait de partager cette opinion avec le curé, avec qui elle s'entretenait souvent à ce sujet. Tous deux étaient bien d'accord : c'était mieux avant. Bien ancrée dans ses principes, elle éprouvait un contentement palpable en exposant ses idées d'un air docte et assuré, n'envisageant pas un seul instant que son interlocuteur pût la contredire. Si elle décelait un désaccord dans la moue indécise de Marco, Rita s'empressait de battre des cils en lui coulant un regard brûlant, se serrant davantage contre son bras. Son comportement avec Marco affolait parfois le pauvre garçon, qui n'avait jamais entretenu de relation aussi suivie avec la moindre représentante de la gent féminine. Il s'efforçait alors de fixer son attention sur un lézard qui se faufilait dans l'interstice d'un mur fendillé, de se laisser de nouveau gagner par la langueur qui noyait le village et de se concentrer sur les pulsations de son cœur afin qu'elles reprennent leur rythme habituel.

Ces promenades devinrent un rituel agréable qui apportait du baume à l'âme abîmée de Marco et semblait plaire à Rita. Si le garçon taisait la plaie invisible qui le déchirait de l'intérieur, il s'abandonnait aisément au babillage de sa nouvelle amie. Ils parlaient de tout, car Rita avait un avis sur tout : de leurs familles à l'avenir de Casalnuovo – même si la jeune femme, en dépit de son âge, préférait se référer au passé plutôt qu'au futur –, de leur histoire à la société italienne, de leurs rêves et de leurs désirs. Marco évoqua pudiquement l'émoi qu'il avait ressenti face à la mer, face à la puissance des flots et la beauté changeante de l'onde, mais il sentit bien qu'il ennuyait son amie. Alors il convoqua des voyages, des pays exotiques. N'était-ce pas fascinant que le soleil se couchât plus rapidement près de l'équateur ? Il se surprenait à occulter ses idées noires pour s'intéresser de nouveau aux ailleurs, avec une pointe d'espoir dans la voix. Tout cela ne semblait pas faire résonner le moindre écho chez Rita. La jeune fille était née dans ce village, tout comme ses parents, et leurs parents avant eux ; elle tenait le respect des traditions pour valeur suprême, et n'éprouvait pas le plus petit intérêt pour ce qui dépassait les frontières de la région. Salerne, Naples ou Rome la rebutaient : ces grandes villes représentaient pour elle la crasse, la promiscuité et le libéralisme – ultime péché.

Elle insista plusieurs fois pour l'inviter à dîner : elle cuisinait les pâtes selon une recette que sa grand-mère lui avait léguée, et qu'elle se faisait une fierté de reproduire avec exactitude. Un soir qu'il la raccompagnait chez elle, il surmonta son embarras et accepta, avec un pétillement inconnu dans le ventre, de la suivre derrière les étals de saucisses jusqu'à la pièce exiguë qui faisait office de salon et de salle à manger. Cela faisait maintenant plusieurs mois qu'ils se fréquentaient, qu'ils s'apprivoisaient. Lors de leur balade hebdomadaire, ils n'avaient pas beaucoup discuté, cette fois-ci. Ils s'étaient contentés de la présence de l'autre, réconfortante dans la douceur vespérale. Alors qu'ils se tenaient tous deux dans la pénombre naissante, Rita se tourna vers lui, les lèvres humides et les yeux baissés. Marco eut une conscience aiguë du corps de la jeune femme, ce corps si harmonieux, parfait, si près de lui. Il sentit son souffle sur ses joues, tant ils étaient proches ; il vit le grain lisse et sans aspérités de sa peau de pêche, et respira son odeur de linge propre et de melon mêlée aux effluves de la charcuterie. Ses yeux étaient au niveau des lèvres pleines et pourpres de Rita. Son cœur tambourina dans sa poitrine, et une fièvre fit palpiter son front, le laissant muet de stupeur. Sans dire un mot, la jeune fille le prit par la main et l'emmena monter les escaliers jusqu'à sa chambre à coucher.

L'appel du large

L'une des pages les plus sombres de l'histoire italienne se tourna en très exactement vingt-sept minutes, sous la pluie parisienne qui rassembla les puissances des Alliés et l'ancien État fasciste autour d'un traité controversé.

L'espoir avait ressurgi de cendres encore fumantes à la suite de la création d'un gouvernement résistant – on avait invité le « petit roi » à calmement se résoudre à l'exil afin que naquît la république – avec à sa tête le prestigieux Parri, dont l'œil apaisé et sage semblait, derrière les verres de ses lunettes, toujours y voir plus clair et plus loin que les autres. Mais l'homme qui était parvenu à rassembler communistes, démocrates, socialistes et libéraux vit son action entravée par les forces des Alliés, qui comptaient bien cette fois-ci mettre leur nez dans les affaires romaines. L'ultime humiliation fut atteinte lors de l'annonce de l'exorbitant montant des réparations, qui fut jugé légitime, d'une part en tant que sanction de guerre, d'autre part pour permettre à l'Italie une réhabilitation morale qu'elle était bien en peine d'acquérir sans cela. Quelques mois à peine s'écoulèrent avant que les gauchistes soient évincés du gouvernement et que le libéralisme soit porté aux nues, avec l'appui d'une Église méfiante et conservatrice et, surtout, à cause du chantage exercé par les États-Unis, dont l'aide financière était conditionnée par un virage radical à droite. Bientôt, la lire serait dévaluée, les salaires dégringoleraient, les banques refuseraient d'accorder le moindre crédit. Les communistes, fiers défenseurs des paysans du Sud, seraient chassés et la cause des petits agriculteurs disparaîtrait du débat public.

Mais pour l'heure, on abandonnait les idées vengeresses, auxquelles on préférait le pardon, au grand soulagement de certains qui, depuis leur village de Campanie, avaient parfois choisi la tranquillité plutôt que l'honneur. Le maire respirait de nouveau : enfin, on pouvait songer à se reconstruire et à mettre toutes ces vieilles querelles derrière nous, pour se concentrer sur les ragots habituels qui rythmaient Casalnuovo. Il devisait paisiblement avec le curé quand il vit passer Marco, qu'il interpella de sa voix de stentor.

– Holà, en voici un qui fait beaucoup de randonnée, ces temps-ci !

Marco, encore tout enveloppé de la chaleur de Rita, dont il venait de quitter le lit, plissa les yeux en signe d'incompréhension. Le maire débonnaire, dont les bretelles se tendaient dangereusement sur la bedaine gonflée, lui fit signe d'approcher avec de grands gestes expansifs. Avec le curé qui respirait l'austérité, ils formaient un couple étrange.

– Eh bien, oui, jeune homme ! Il y a une sacrée trotte entre la charcuterie Costa et la ferme de ta mère, non ? Tu devrais songer à te reposer, soldat !

Il partit d'un rire gras qui fit sursauter son interlocuteur stupéfait et soudainement refroidi. Le maire paraissait être sous l'effet constant de la boisson, il était par conséquent délicat de rétorquer vertement. Marco avait appris, depuis qu'il était rentré à Casalnuovo, que l'escalade d'insultes et de bagarres pouvait survenir avec une incontrôlable rapidité lorsque l'on s'adressait à des hommes ou des femmes sous l'emprise de l'alcool – emprise que lui-même n'avait que très rarement expérimentée. Marco resta coi, incapable de répondre : la situation était inédite pour lui et il ne savait pas comment réagir. Ne voulant pas faire de vagues, il finit par se tourner vers le curé qui, comme à son habitude, le toisa d'un air légèrement condescendant. Les années avaient accentué le caractère hautain de l'homme de Dieu : loin de se ratatiner avec l'âge, il paraissait pourtant davantage engoncé et serré, comme à l'étroit, dans son long manteau noir. Ses joues tombantes, ses épaules perpétuellement haussées sur son cou inexistant et son regard affligé dénotaient la consternation permanente qui était la sienne face à son troupeau égaré, dont il se proclamait détenteur et protecteur de l'autorité morale. Marco, désarçonné, s'attendait à des remontrances, sans qu'il sût bien ce qu'il avait pu faire de mal, mais l'ecclésiastique se contenta de prononcer d'une voix solennelle :

– Il conviendrait d'officialiser votre relation aux yeux de Dieu. Quand prévois-tu de lui faire ta demande ?

Le garçon suffoqua ; quelques instants de silence tétanisé lui permirent de reprendre une contenance face aux deux notables. Il n'aurait pas dû se montrer si surpris : cela faisait quelque temps que Rita distillait au fil de leurs conversations des invitations à aborder le sujet du mariage. À son âge, la plupart des jeunes filles avaient non seulement convolé, mais étaient déjà mères. Depuis plus d'un an, Marco se glissait dans sa chambre, même quand ses parents – qui ne pouvaient décemment pas se cacher bien plus longtemps – étaient à la charcuterie. La première fois que Marco, essayant de se faufiler discrètement, était tombé nez à nez avec Mme Costa, celle-ci avait salué le garçon effaré sans aucune gêne et s'était même fendue d'un sourire qui se voulait complice. Marco comprenait à présent qu'en ce rictus égrillard, presque grivois, qui l'avait empli d'un embarras sans nom, résidait le dernier espoir de la mère de Rita : il lui fallait trouver un mari pour sa fille !

Était-il donc si naïf, si nigaud, pour que l'idée ne lui eût jamais effleuré l'esprit ? Après tout, qu'est-ce qui l'empêchait de demander la main de Rita ? Depuis cette soirée lumineuse où elle l'avait accueilli dans ses bras pour la première fois, il partageait avec elle bien plus que des conversations. La douceur de ses joues ovales, la sensualité de ses caresses expertes – alors qu'elle l'avait ardemment assuré de sa virginité, bien qu'il n'en eût cure – et les regards soyeux de ses yeux aux longs cils le rassérénaient. Les draps immaculés du lit de la jeune femme effaçaient dans un tourbillon propre et sain ses nuits agitées de cauchemars. Et la brume insomniaque qui l'enveloppait sans relâche depuis son retour à Casalnuovo s'était progressivement dissipée.

Qu'avait-il en tête, le mariage était bien sûr la continuation logique, c'était ce que l'on attendait de lui ! Il tombait des nues. Lui qui concentrait tous ses efforts à s'intégrer dans cet environnement où tout lui paraissait étranger et décalé, lui qui essayait coûte que coûte de s'impliquer dans ce quotidien encore nouveau voyait là sa chance d'entrer dans la place que l'on prévoyait pour lui. Tout à sa révélation, il n'écoutait que d'une oreille le curé pérorer à propos de Dieu et de la tendance somme toute humaine à se penser au-dessus de ses lois.

– … et c'est en se connaissant soi-même, en ayant conscience de son rôle dans une société et de sa condition, que l'on construit une civilisation : en suivant le destin que le Seigneur a planifié pour nous, sans laisser notre orgueil bafouer ce noble projet, sans nous imaginer supérieurs en quelque façon que ce soit…

Le maire acquiesçait, presque étonné d'être d'accord et bien incapable de renchérir avec autant de verve. Marco ressentit comme un étranglement, et porta les mains à sa gorge. C'était comme si le village se refermait sur lui. Il salua vaguement ses interlocuteurs avant de s'éloigner d'un pas trébuchant, alors qu'un bourdonnement insistant vrillait dans ses tympans. Rita se montrait-elle caressante, enjôleuse, dans le seul but du mariage? Certes, leurs discussions aboutissaient souvent à une impasse : Rita faisait preuve d'une morale conservatrice et rigoriste, contrastant étrangement avec le comportement polisson qu'elle adoptait quand elle était avec lui. Même si elle finissait par se ranger au point de vue de son ami et approuver en surface ses opinions, Marco voyait bien que la jeune fille maîtrisait ses gestes et ses émotions, comme si elle était en perpétuelle représentation.

En luttant contre la sensation de suffocation qui l'avait submergé face au maire et au curé, Marco se souvint d'une conversation tendue qu'ils avaient eue quelques jours auparavant. Alors qu'elle nouait ses longs cheveux en un sage chignon sur sa nuque, assise à sa coiffeuse, Rita avait vanté d'un ton pudibond les années 1930 et l'ordre qui y régnait, quand, au sein de son association fasciste, on lui inculquait les bonnes manières. C'était une autre époque, on avait une certaine moralité! Cherchant l'approbation de Marco, elle n'avait trouvé qu'un regard fermé : le garçon avait détaillé d'une voix froide comment les mécanismes de l'embrigadement avaient conduit tous leurs amis à une mort vaine au nom d'une idéologie fantoche, serrant les mâchoires pour ne pas imploser sous la colère. La jeune fille n'avait paru qu'un bref instant démunie, entrouvrant sa jolie bouche, avant de se refaire une composition et d'agréer d'un ton charmeur. L'expression de son visage était modelée au gré de ses besoins, et jamais elle ne semblait s'abandonner complètement. Tous ses gestes étaient soigneusement, mécaniquement calculés. Fréquenter Rita, comprit Marco, l'avait réconcilié avec ses sentiments et ancré dans sa nouvelle réalité, mais leurs échanges, malgré l'importance pour le garçon des sujets évoqués, restaient superficiels et sans profondeur. Jamais ne s'était instauré un véritable lien émotionnel. En était-il seulement capable, désormais ?

Les promenades des deux jeunes gens s'espacèrent peu à peu, et la relation tiède qu'ils entretenaient s'étiola. Marco ne parvenait plus à faire abstraction du sourire lubrique de Mme Costa ni de l'impression qu'il se dirigeait tout droit vers un piège habilement tendu. La conversation de Rita, si elle lui avait au premier abord paru divertissante, soulignait l'ampleur de l'écart qui les séparait, et l'odeur de sa peau devint aseptisée. Des bouffées de désespoir l'accablaient par moments : avoir assisté à tant de tueries, avoir observé tant d'hommes périr sous ses yeux l'avait-il privé de toute possibilité d'attachement ? En dépit de ces douloureuses introspections, il décida de s'éloigner peu à peu de la première femme qui lui avait ouvert son lit, et se consacra davantage à sa mère et à leur ferme.

La tâche était rude : la vieille entretenait à peine les maigres plants qui avaient résisté aux vents et aux insectes. Elle parvenait à subsister grâce aux paiements que lui faisaient les autres villageois qui, par sympathie, ou en souvenir du charme envoûtant de la maîtresse de maison, venaient eux-mêmes récolter la quantité de tabac qui servirait à leur consommation personnelle, bien que celui-ci fût de piètre qualité. Quant à s'occuper des intérieurs, elle n'en voyait manifestement pas l'utilité. Avec dévouement, Marco s'attela en premier lieu au tri des nombreux courriers qui s'accumulaient sur les meubles, sous les pieds de table ou même dans la grange, où quelques rats gourmands s'étaient délectés de ce mets nouveau. Après quelques découvertes surprenantes – quelques poèmes destinés à sa mère, dont la beauté n'avait eu d'égale dans tout le pays –, attendrissantes – les annonces de naissance ou de décès de la part de cousins éloignés – ou simplement attendues – ses propres missives du front, rédigées à la hâte sur un papier élimé, qu'elle n'avait pas ouvertes –, une enveloppe encore scellée apparut entre ses mains. L'adresse était la bonne, mais le nom du destinataire le fit tiquer : il s'agissait du sien. C'était une lettre envoyée à Marco Acampora.

Intrigué, il déchira prestement l'enveloppe : elle contenait deux feuilles jaunies. L'une était une affiche publicitaire aux inscriptions en caractères gothiques, avec un dessin de navire voguant fièrement vers les mots suivants : « Des terres au Brésil pour les Italiens », que précisait une avalanche de promesses alléchantes. « Départ de navire chaque semaine de Gênes et de Naples – Venez avec votre famille construire vos rêves – Un pays d'aubaines – Climat tropical, vivres en abondance, ressources minières – Au Brésil, vous pourrez posséder votre château – Des terres et des outils pour tous. » Marco fronça les sourcils : en quoi cela le concernait-il ? Était-ce une publicité distribuée à travers l'Italie ? La seconde feuille, grignotée par la sécheresse, était griffonnée de caractères serrés et légèrement penchés vers la droite, comme impatiente de délivrer son message. Marco reconnut immédiatement l'écriture d'Alfredo, dont il avait recopié tant de devoirs, ainsi que son ton ampoulé. Bouche bée, il dut relire ces lignes plusieurs fois pour en saisir le sens, tant son exaltation était grande.

São Paulo, le 4 juin 1945

Cher Marco,

Nous t'écrivons, Vittorio et moi, du Brésil où nous nous sommes réfugiés dès que j'ai pu sortir de prison, et Vittorio s'extraire du marasme du front des Alpes. Oui, tu as bien lu : nous sommes au Brésil !

Tout cela est l'affaire d'un fabuleux concours de circonstances. Comme je te l'ai écrit – mais qui sait ce qu'il advient des lettres en ces temps troublés –, on m'a envoyé en détention d'abord à Naples, puis dans diverses prisons dont ma mémoire a préféré effacer le nom et le nombre. Mes bien-aimés parents m'ont informé que tu avais été muté en Afrique... J'espère que, où que tu sois, tu recevras cette missive et nos pensées les plus chères.

J'ai eu l'occasion de rencontrer, dans l'une des prisons dans lesquelles on m'avait parqué, trois frères originaires de Naples. Ces hommes au demeurant charmants, quoiqu'un peu rustres, m'ont conté l'histoire de leur misérable existence : tous leurs aïeux s'étaient tués au travail, génération après génération, dans les vignobles d'Avellino – sans qu'aucun n'ait jamais gagné assez d'argent pour goûter ne serait-ce qu'une seule goutte de leur vin ! Une telle prise de conscience a incité par conséquent plusieurs vignerons de leur entourage à liquider purement et simplement tout ce qu'ils possédaient juste avant la guerre, dans le but de s'offrir la traversée de l'océan jusqu'au continent américain. Il semblerait que, depuis l'unification des provinces italiennes, ce mouvement migratoire ait pris une certaine ampleur, et nombreux sont les paysans italiens qui s'expatrient au Brésil, surtout ceux issus de la partie septentrionale de notre douce Italie. Mais loin de moi l'idée de t'administrer une leçon d'histoire !

Te rappelles-tu nos discussions d'adolescents, quand nous parlions de notre avenir ? Moi, je ne pensais qu'aux études, aux occasions d'apprendre, encore et toujours ; Vittorio ne s'intéressait qu'aux filles, et à passer du bon temps ; et toi, le plus imaginatif, tourné vers la mer, tu en disais bien peu, mais nous décelions dans ton cœur des rêves de grands espaces, de voyages, d'évasion... Le Brésil rassemble tout cela. C'est un exaltant pays de cocagne qui répond aux désirs les plus fous, une terre vierge où tout reste à inventer et à bâtir ! De célèbres entrepreneurs, comme les Matarazzo et les Crespi, sont arrivés sans une lire en poche et ont fait fortune ici. Et ce ne sont que des exemples ! Les fazendas, et plus particulièrement les fermes de café, financent même des rabatteurs pour nous recruter, séduites par les techniques d'industrialisation et les idées modernes des Italiens. On s'arrache nos services, et alors que notre Vieux Continent s'embourbe dans la crise après des années de destruction, ici l'économie connaît une croissance exponentielle.

Si tu te demandes comment nous avons été accueillis par les Brésiliens – et surtout par les Brésiliennes, me souffle Vittorio, bien que j'imagine que telle n'est pas ta préoccupation première –, eh bien, l'intégration fut et est toujours facile ! C'est bien simple : São Paulo est quasiment une ville italienne, mais contrairement à l'Italie, tout y est neuf et respire l'espoir et l'ambition. Feu le Duce aurait même dit que la langue italienne visait à devenir l'idiome officiel de São Paulo ! En outre, une différence notable entre l'Italie et le Brésil réside en la solidarité qui lie Napolitains, Sardes et Romains – pas comme au pays où chacun veut tirer la couverture à soi ! La réussite est pour tout le monde, il y a tant de ressources que chacun peut se les partager aisément et sans querelles.

Aujourd'hui, les trois frères dont je te parlais ci-dessus peuvent enfin boire du vin jusqu'à l'ivresse et manger à leur faim. Ils viennent d'ailleurs de déménager dans l'un des quartiers les plus huppés de São Paulo. Une seule chose les attriste : si leurs parents étaient encore en vie, ils pourraient les mettre à l'abri du besoin pour le restant de leurs jours.

Malheureusement, nous n'avons pas réussi à nous débarrasser des curés ; mais c'est bien là l'unique incursion de l'Ancien Monde dans le Nouveau Monde.

L'avenir est outre-Atlantique, Marco : il n'attend plus que toi.

Ton cher ami,

Alfredo

En dessous étaient précisées l'adresse des deux garçons ainsi que les indications nécessaires à la réalisation du voyage, accompagnées de quelques mots raturés – Alfredo qui en aurait corrigé l'orthographe, pensa Marco peu à peu envahi par l'émotion – tracés d'une main malhabile, bien qu'enthousiaste :

Rejoins-nous ! Ici on joue au football, et ils disent *ciao* et *mamma mia* comme des vrais ritals ! On se sent à la maison, sauf qu'on va tous pouvoir s'acheter une voiture et vivre comme des rois ! Ensemble, on va devenir plus riches qu'on osait l'imaginer à Casalnuovo !

Vittorio

La vieille surgit d'un placard qu'elle s'était mis en tête de nettoyer de l'intérieur, et contempla avec flegme les joues mouillées de larmes de son fils, avant de lui tendre un chemisier en guise de mouchoir.

Ainsi, ses deux meilleurs amis, les frères qu'il n'avait jamais eus, étaient bel et bien vivants : encore plus incroyable, ils échafaudaient ensemble des projets d'une ampleur qu'aucun n'aurait osé imaginer lors de leur jeunesse trop vite fauchée. Marco pleura longuement, de soulagement d'abord de savoir Alfredo et Vittorio en bonne santé et heureux, puis d'affliction sur ce qu'était devenu son quotidien. À la fois bouleversé et vidé de son énergie, il réalisa qu'il en avait assez de n'avoir aucune emprise sur sa vie. Jamais il n'avait saisi l'occasion d'agir, d'influer sur son présent et son avenir. Ses deux amis lui apportaient la preuve que cet état de fait, loin d'être une fatalité, était bien un choix délibéré de sa part, lui qui n'avait jamais eu le courage de façonner son existence. Alfredo et Vittorio, ses alter ego, d'autres versions de lui-même, avaient empoigné le monde et l'avaient plié à leur volonté. Ils s'étaient dessiné une voie nouvelle, avaient débroussaillé leur horizon pour se créer un chemin vers leur propre paradis.

Le sentiment d'ivresse que Marco avait éprouvé à la découverte de la lettre se mua en apitoiement sur son sort, puis en dégoût de soi face à sa posture défaitiste. Il était tétanisé, paralysé par l'effroi que lui inspirait l'avenir. De quoi avait-il peur ? Quelle direction s'imaginait-il que sa vie allait prendre, s'il poursuivait ainsi ? Il devait bien y avoir quelque chose en plus que la routine que nous imposait l'existence – seul ou accompagné, quelle différence après tout ! Sinon, pourquoi continuer chaque matin, comme la bête de somme qu'avait été son père de la naissance au trépas ? Pourquoi insister, comme le fantôme de sa mère errant dans les méandres de son esprit, déjà en route pour l'au-delà ? Pourquoi avoir survécu, quand tant d'autres étaient morts ?

Ses pensées dérivèrent vers Vittorio, pour qui la jouissance de chaque journée était un moteur. Les rares instants où l'immédiateté du monde avait cueilli Marco avec sérénité, c'était quand il admirait l'océan, sa masse immobile et compacte qui dialoguait avec la lune, sublimant son éclat. À la nuit tombée, les reflets argentés des vaguelettes évoquaient les queues de sirènes des récits mythologiques ; alors que le lever du jour parait sa robe de tons pourpres ou d'un azur sans taches. Peut-être y avait-il là matière à réfléchir. Il imagina savourer la fraîcheur d'un verre d'eau, l'acidité d'un fruit, le souffle chaud du vent méridional avec davantage d'intensité, en extrayant le jus précieux de chaque chose, sans songer au lendemain. Par la pensée, il caressa la peau de Rita et la douceur de son sein dont il ne parvenait pas à se passer malgré ses résolutions – ses visites à la jeune fille s'étaient espacées, mais pas totalement interrompues. Il se projeta dans un quotidien où il partagerait son intimité avec une femme, s'attablerait tous les soirs dans la quiétude d'un foyer, et un sentiment de perte le submergea. Le futur n'était pas encore là, et le passé était déjà bien loin : et d'ailleurs, qui aurait pu prévoir les années d'horreur qu'il venait de vivre ? Dès lors, puisque sa vie avait été pétrie par d'autres mains que les siennes dans le passé, pourquoi en irait-il différemment à l'avenir ? Mais rien à faire, son cœur se refusait à admettre une telle fatalité, que certains auraient prise pour de la sagesse. Pour Marco, l'heure était à la rébellion. L'existence s'avérait de toute façon bien trop fragile pour que la moindre bousculade changeât quoi que ce soit au cours du monde.

Le tourbillon de ses pensées se poursuivit jusqu'au soir, le laissant à la fois songeur et trépignant d'excitation. Sa méditation agitée ne s'interrompit pas lorsqu'il rassembla les lettres qu'il avait délaissées, et que la vieille s'était mise à disposer délicatement sur le perron, aveugle à la brise légère qui éparpillait aussitôt le papier. Il s'attela ensuite distraitement à la préparation du repas, pelant des pommes de terre biscornues dont il empêcha sa mère de grignoter les épluchures en spirale. Ils dînèrent dans un silence uniquement troublé par le bourdonnement d'une mouche. Et quand il alla se coucher, ses yeux restèrent écarquillés dans l'obscurité pendant de longues heures d'insomnie.

Vers l'inconnu

Agostino, juché sur le pont, balança le dernier sac de la cargaison à son collègue. Son travail achevé, il sauta à pieds joints sur la planche de bois branlante qui reliait le bateau au quai avant de rejoindre les autres dockers. Le port, malgré l'heure matinale, grouillait d'activité. Des tonneaux s'entassaient, attendant d'être chargés dans un tracteur qui transitait entre Naples et l'arrière-pays ; des mécaniciens effectuaient les réparations nécessaires aux lourds navires qui, tels des monstres marins recouverts d'algues et usés par l'érosion ou l'âge, avaient été extirpés des profondeurs le temps d'une remise à neuf ; et partout s'agitaient commis en recherche d'emploi, militaires désœuvrés, voyageurs égarés, amoureux déçus, aristocrates déchus et prostituées éplorées.

Car la cité amalfitaine poussait de plus en plus de filles à vendre leur corps aux soldats malgaches, marocains et indiens qui, d'un œil libidineux, passaient la main sous leurs jupes pour vérifier la marchandise. Des bourgeoises, des femmes de la haute société et des intellectuelles étaient jetées dans les rues, fardées et amaigries, dans l'espoir d'obtenir quelques dollars pour nourrir leur famille. Les militaires américains, tout particulièrement, avaient accueilli avec une joie sadique cet afflux de prostituées de tous âges et de toutes classes sociales, tout en condamnant la « réputation maléfique et répugnante » de cette Sodome aux charmes indéniables. Une passe coûtait une ration C, quelques conserves, une broutille, de quoi combler les besoins virils inhérents à l'accomplissement de la tâche qui leur incombait. Inévitablement, les maladies vénériennes se répandaient comme une traînée de poudre dans l'armée des Alliés. Dans les hautes sphères, on envisageait sérieusement de traiter les malheureuses femmes, tenues pour responsables de ces épidémies de syphilis et de gonorrhée, en tant que « saboteuses de l'effort de guerre », sans que quiconque réalisât l'absurdité de la mesure. La distribution de préservatifs, véritable incitation à la débauche, n'était jamais évoquée.

Agostino dépassa de sa silhouette dégingandée un groupe de militaires au rire gras qui venaient manifestement de se livrer aux joies de l'occupation. Alors que les dockers, leur travail achevé, se rassemblaient pour partager un café dilué et les soucis qui les accablaient, lui préférait la solitude. Il glissa une cigarette entre ses dents et l'alluma en la protégeant du vent. L'espace d'un instant, la lueur éclaira ses yeux vifs enfoncés dans son crâne, ses pommettes hautes et géométriques et son menton en galoche. Sa lèvre supérieure et son nez étaient reliés par un sillon profond ; le Boss aimait à rapprocher cette particularité physique à son caractère taiseux, « comme si un ange, en posant son doigt sur ta bouche, t'avait dès la naissance interdit de proférer le moindre son ». Les angles aigus de ses traits cubiques s'étaient accentués en grandissant, lui conférant un air décidé et bravache. Il n'était pas beau, à proprement parler, mais lorsque son visage s'animait, il se dotait d'un charme dévastateur.

Il expirait la fumée d'un souffle fin quand il distingua derrière un amoncellement de conteneurs une ombre qui semblait l'observer. Était-ce le Boss qui le faisait suivre, afin de s'assurer de sa loyauté ? Sceptique, il résolut d'affronter directement l'homme en filature et se dirigea d'un pas rapide vers lui. Il le coinça alors que l'autre reculait, hésitant.

– C'est le Boss qui t'envoie ? Va falloir que tu révises tes techniques d'espionnage, tu vaux pas un clou !

– … Agostino ? Tu ne me reconnais pas ?

Marco, transi de froid dans la brise humide de l'aube, ne parvenait pas à décroiser les bras. Balbutiant, il tenta de raviver ses souvenirs, ce qui nécessita un certain temps : Agostino n'avait conservé que de fugaces images de son enfance, et encore moins de l'école qu'il n'avait fréquentée qu'épisodiquement. Il se questionnait parfois sur cette propension qu'avait son cerveau à effacer son vécu, de la même façon que l'on aurait fait disparaître des traces de pas pour échapper à ses ennemis. Il finit par remettre le garçon, sans pour autant exprimer davantage qu'une froide cordialité à son égard. Mais il n'avait rien à faire, en cette aube maussade, à part attendre le soir et son rendez-vous avec son contact français. Circonspect, il ne congédia donc pas immédiatement Marco.

Les deux hommes errèrent le long des quais. Marco, rassuré, parlait, Agostino écoutait. Ce n'était pourtant pas le fort de ce dernier : tête brûlée, nihiliste et sans aucune attache, il suivait sa propre éthique individualiste. Jugement, moralité étaient pour lui des valeurs vides de sens ; il ne correspondait pas au type empathique, au bon copain avec lequel on pouvait partager ses peurs et ses espoirs. Mais en tendant l'oreille à l'histoire de Marco, dont la voix prenait de l'assurance au fil de leurs pas, Agostino fut titillé par un sentiment qu'il connaissait bien : l'appel du large. Il avait ressenti ce pincement à plusieurs reprises : lorsqu'il avait, à ses seize ans, rencontré des garçons napolitains, plus âgés, avec lesquels il avait commis divers vols à l'étalage et deux braquages de villas ; son intégration dans le formidable réseau de banditisme qui s'était tissé au moment de la République de Salò, avec l'aide des résistants du Sud ; l'adoubement du Boss, et son acceptation définitive au sein de la Camorra, la mafia napolitaine qui renaissait de ses cendres, plus puissante que jamais et prête à recouvrir de son ombre la cité du soleil.

Agostino s'identifia au désir de Marco, s'horrifia à la simple pensée de s'installer dans ce village peuplé de femmes aigries et d'hommes abrutis par la boisson, se passionna pour l'histoire de ces deux camarades qui avaient fui la médiocrité – bien qu'il n'eût pas plus de souvenirs d'eux que de Marco –, mais se demanda rapidement pour quelle raison ce dernier avait pris la peine, en cette matinée brumeuse, d'avoir fait tout le chemin depuis Casalnuovo jusqu'à ce port glauque et oublié de Dieu.

– Eh bien…

Marco tournait autour du pot.

– Depuis que nous sommes jeunes, il y a des rumeurs sur toi, selon lesquelles tu aurais des connaissances, disons, utiles… Tu t'es toujours débrouillé, tu as manifestement déjà voyagé, or moi je n'ai pas la moindre idée de la façon d'exécuter mon plan.

– Tes amis t'ont bien envoyé un prospectus avec les horaires des bateaux, non ?

– Le billet est hors de prix ! s'exclama Marco avec désolation. De plus, les bateaux sont pris d'assaut, il faut un contact pour avoir une chance d'embarquer, je ne saurais même pas à qui m'adresser pour entamer les démarches. J'imagine qu'eux ont vendu tout ce qu'ils possédaient pour accomplir la traversée.

– Tu as de l'argent ?

Marco hésita.

– Pas beaucoup. Je pense que je peux rassembler quelque chose, emprunter auprès d'un copain du front.

– Combien ?

Surmontant ses réticences, Marco le lui dit. Agostino fronça les sourcils, ce qui donna à son visage un air grave et réfléchi. Après quelques instants, il acquiesça d'un signe bref et tourna les talons, laissant son compagnon les bras ballants sans plus d'explications.

Agostino se fraya un chemin dans les décombres qui jonchaient les rues napolitaines, les mains nouées dans le dos. La ville était plongée dans le chaos le plus total depuis les bombardements des Alliés et les destructions engendrées par la débâcle des Allemands. On manquait de vivres, les gens étaient affamés et sans ressources ; le marché noir connaissait un essor sans précédent. Lui-même supervisait actuellement un petit trafic de cigarettes, après s'être initié dans les Alpes en 1940.

C'était l'attrait de l'aventure plutôt que l'avidité qui l'animait, ce qui le faisait passer pour un excentrique aux yeux de ses compères. Les clans de la Camorra se différenciaient en cela de ceux de la Cosa Nostra, leurs perpétuels rivaux : il n'était pas question d'honneur à Naples, uniquement de profit. Le retour de Lucky Luciano d'Amérique, où il n'avait purgé que neuf années de prison sur une peine de trente ans, avait facilité les relations entre les services secrets états-uniens et les mafiosi des deux côtés de l'Atlantique. Les Alliés, après s'être cramponnés au gouvernement italien, avaient évincé les politiciens s'apparentant de près ou de loin au communisme ou au fascisme pour finalement nommer à la plupart des municipalités des hommes d'État certes modérés, mais hautement corruptibles, ce qui avait permis à plusieurs entreprises mafieuses de remporter différents marchés d'urbanification et de construction. La Camorra s'établissait et connaissait une expansion phénoménale, s'intégrant dans les circuits économiques et politiques de tout le pays. Il n'y avait plus aucun défi, aucune transgression, dans cette violence institutionnalisée qui rappelait les heures sombres du fascisme, et l'appât du gain ne suffisait pas à faire vibrer le cœur téméraire d'Agostino.

Ce garçon à l'air perdu dont il oubliait déjà le nom venait de lui fournir une occasion en or de mettre les voiles. Et quelles voiles ! Un autre continent, la traversée d'un océan, enfin, le grand frisson ! La peur que cette expédition pût comporter une part de danger ne l'effleura même pas ; cela contribua certainement à sa décision. Mais il y avait autre chose : si Agostino pouvait à l'avance sentir sur sa peau le soleil réparateur, entendre le pépiement des oiseaux tropicaux et respirer le parfum entêtant de fleurs exotiques, c'était à cause de Saint-John Perse. Agostino s'était procuré le dernier numéro de *La Nouvelle Revue française* grâce à son contact français qui, séduit et intrigué par cet esprit rebelle, lui avait enseigné la langue de Molière et l'amour de la poésie. Les *Éloges*, que le magazine venait de republier, l'avaient transporté.

Palmes...! Alors

une mer plus crédule et hantée d'invisibles départs,

étagée comme un ciel au-dessus des vergers,

se gorgeait de fruits d'or, de poissons violets et d'oiseaux.

Alors, des parfums plus affables, frayant aux cimes les plus fastes,

ébruitaient ce souffle d'un autre âge,

et par le seul artifice du cannelier au jardin de mon père – ô feintes !

glorieux d'écailles et d'armures un monde trouble délirait.

Oh ! Quelle lumière baignait ces lignes, et comme le texte en était nimbé ! Comme le soleil jouait avec la peau des jeunes filles qui luisait dans le « blanc royaume » ! Et que de verdure, de vigueur et de vie ! Et la lecture d'un seul de ces vers pouvait lui agrandir l'âme. Il laissait alors son imagination vagabonder et l'emmener là où la terre était « plus sourde, et le ciel plus profond », où les « fleurs d'aube bleue » dansaient jusqu'au matin, à l'ombre des arbres « las d'un obscur dessein ». Des édens aux palmiers ciselés, à la jungle lourde de fruits que l'on cueillait en tendant la main, l'attendaient quelque part ; et le sens de l'existence résidait selon lui d'abord en l'aventure, mais ultimement en l'harmonie, et même en la fusion entre l'homme et la nature.

Ce compagnon serait fort utile à sa fuite, se persuada Marco sur le chemin du retour malgré les incertitudes dont il ne parvenait pas tout à fait à se débarrasser : ses relations, sa débrouillardise, son goût pour les intrigues et les langues rassuraient le cœur inquiet du jeune vétéran face à l'énormité de ce qu'il se préparait à accomplir. Agostino l'accompagnerait-il ? Marco l'espérait, mais craignait également que son attrait pour le risque ne révélât une piètre considération pour sa propre existence. Le but restait tout de même d'arriver vivant à bon port ! Une question le taraudait : comment un homme au visage si expressif pouvait-il bien gagner sa croûte en rusant et en trompant, alors que chaque mouvement de son âme était directement transposé sur son front ?

À partir de là, tout alla très vite. Marco revit Alfonso qui accepta de lui prêter de l'argent presque immédiatement et sans y attacher la moindre importance, comme si avec ses jambes il avait perdu tout sens des réalités. Sa mère, qui ne le laissait jamais longtemps seul, surgit au moment où Marco s'apprêtait à prendre congé pour exiger d'un sifflement mesquin un intérêt de dix pour cent. Il fallut signer un papier officialisant l'affaire, ce qui plongea Alfonso dans un embarras tel que les larmes lui montèrent aux yeux. S'il sentit la morsure brûlante de la culpabilité, Marco n'en montra rien ; il avait déjà perdu de précieuses années dans ce village mortifère. Alors que l'apathie l'avait guidé la majeure partie de sa vie, sa récente prise de conscience le menait à écouter ses tripes plutôt que son cerveau. Le sursaut existentiel qui l'avait ébranlé à la lecture de la lettre s'était avéré douloureux mais fécond. Il lui semblait finalement comprendre le monde, dépouillé de toute croyance, de toute idéologie, dans sa réalité nue.

Le jour vint, enfin. Marco, trépignant d'impatience et la peur au ventre, embrassa la vieille, qui en profita pour lui assener un coup de journal sur la tête avant d'aller danser sur le perron, sautillante et légère comme une plume. Il rassembla ses maigres possessions et partit de la ferme. Il avait abandonné Rita aux premières heures de l'aube, sans faire un seul bruit, l'espérait-il ; il s'était faufilé sur la pointe des pieds à travers le salon et la charcuterie envahie de mouches, après avoir griffonné d'une écriture hâtive une lettre pour la jeune fille. Marco sauta dans la carriole du marchand qui avait accepté de l'emmener avec lui jusqu'à Naples, cela sans même accorder un dernier regard à sa campagne, qu'il quittait cette fois pour de bon. Il se sentait léger comme un oiseau, et relégua au fond de son esprit l'once de remords qui le taraudait : il ne manquerait à personne, ici. Se jeter à corps perdu dans l'action – et peut-être dans la gueule du loup – lui faisait tourner la tête.

Il retrouva Agostino à l'endroit convenu : ils devaient embarquer avec l'équipage, qu'Agostino avait soudoyé pour que leur soient laissées deux couchettes sur le bateau reliant Naples à São Paulo. Attentif, Marco ne perdait pas une miette de la ronde tourbillonnante. On discernait sans peine les différentes strates sociales qui allaient partager le même bateau, depuis les cabines privées les plus luxueuses aux paillasses étalées au fond des cales infestées de rats, toutes également soumises aux aléas de la traversée. Il y avait là du beau monde : des industriels, mus par l'appât du gain et avides de découvrir des terres à dompter; des hommes d'affaires attirés par de nouveaux marchés et de nouveaux besoins à créer; des politiciens à l'ambition démesurée, pressés de rassembler sous leur aile des adeptes de leur idéologie; des missionnaires assurés de débarquer en terrain conquis, mais poussés à propager la parole de Dieu à travers tout le continent sud-américain; des notables bedonnants et dédaigneux voulant européaniser tous ces sauvages; des agriculteurs qui suffoquaient sous le joug des grands propriétaires et de l'aridité du climat; des biologistes chargés de lourds bagages renfermant des ouvrages traitant de plantes exotiques et d'animaux merveilleux et rêvant d'apporter leur pierre à l'édifice de la science; et de pauvres gens sans qualifications qui avaient tout vendu dans l'espoir de trouver un sens à leur vie de l'autre côté de l'océan, à la force de leurs bras et de leur sueur.

On arrivait de Calabre, des Abruzzes, du Latium pour ceux qui avaient manqué l'embarquement depuis Gênes, et d'ailleurs en Europe : Marco bouscula un garçon immense coiffé d'une casquette et au teint maladif, qui l'apostropha dans une langue chuintante, le laissant ahuri et confondu. La foule était composée principalement d'hommes seuls ou bien de familles entières. Tous avaient cette impatience fébrile, cette peur agréable au ventre, cette étincelle qui brillait au fond de leur œil. Tous étaient convaincus de trouver au Brésil ce à quoi ils n'auraient pas accédé chez eux, sans être sensibles au paradoxe : alors que l'on transposait exactement les mêmes individus d'un endroit à un autre, on imaginait créer une société nouvelle à partir des mêmes ingrédients. Certains avaient le clair désir de conserver leur situation, mais sous des cieux inconnus, tandis que d'autres aspiraient à une ardoise vierge.

Marco s'employa tant bien que mal à ne pas perdre de vue Agostino, qui savait manifestement vers quelle direction aller, louvoyant dans la marée humaine et tournant fréquemment vers lui sa face aux joues maigres, ponctuée de tics nerveux, pour vérifier qu'il suivait bien. Soudain surgit devant leurs yeux un véritable mur d'acier, pointant l'angle aigu de sa proue vers l'avenir avec arrogance. Il était pourvu de deux mâts, qu'une infinité de câbles et de cordages reliaient au pont. De petits hublots perçaient les étages supérieurs du bâtiment, et une épaisse fumée noirâtre s'échappait des cheminées à l'arrière. Le paquebot sur lequel ils allaient subsister pendant les prochaines semaines attendait, imposant, ses minuscules passagers, défiant de ses centaines de milliers de tonnes la surface mouvante de la mer.

L'excitation et l'appréhension du départ s'évanouirent soudain, lorsque Marco, arrivé au bord du quai et sur le point d'embarquer, l'aperçut. Le blanc argenté de sa peau se confondait avec les bas nuages qui effleuraient l'horizon. Elle était poinçonnée de mille frissons sous la bruine matinale. À la vue de la mer, il sut instantanément qu'il avait fait le bon choix. Il se sentait exactement où il était censé être. Une sensation fugace d'harmonie, d'ordre, le traversa. L'inexorable attrait qu'elle exerçait sur lui ne s'était pas démenti ; et, dès qu'il posa le pied sur le bateau, le clapotis berçant lui apporta une sérénité qu'il n'avait jamais ressentie ailleurs que sur l'eau.

On largua les amarres, et l'aventure se para soudain d'une réalité effrayante. La traversée fut éprouvante, la promiscuité étouffante, l'ambiance au sein de l'équipage qui acceptait leur présence à bord à grand-peine extrêmement codifiée. Ils dormaient dans d'exiguës chambres situées sur les ponts inférieurs de la proue, avec les graisseurs, les soutiers et les mécaniciens. Ils avaient eu de la chance : ils prenaient la place de deux ouvriers qui s'étaient perdus dans la boisson et le jeu dans les bouges de Naples, et qui avaient abandonné leur poste. À côté de la salle des turbines, dont le bourdonnement incessant accompagnait leur sommeil, ils étaient assurés de ne pas croiser le commandement. Coiffeurs, stewards et cuisiniers logeaient un peu plus haut, plus proches de la clientèle, dans des cabines à la salubrité douteuse, tandis que les officiers, les matelots et le second capitaine étaient les mieux lotis, à l'avant du bateau. Au fil des semaines, la nourriture se gâta, et les maladies commencèrent à proliférer.

Agostino hurlait dans son sommeil :

Mon front sous des mains jaunes,
mon front, te souvient-il des nocturnes sueurs ?
du minuit vain de fièvre et d'un goût de citerne ?

Il effrayait les petits mousses, âgés d'à peine une dizaine d'années, avec ses yeux révulsés et ses déclamations en français, langue que nul ne comprenait à bord. Marco, qui en avait vu d'autres, endura avec calme les trois semaines que dura la traversée, taisant son impatience, échappant à l'ennui qui rôdait en écoutant ce que la houle qui fouettait le paquebot lui contait, faute d'avoir accès à l'extérieur. Il ne participa pas aux jeux organisés par leurs compagnons dans une tentative désespérée de se distraire et de ne pas sombrer dans la religiosité la plus fanatique. Il prit soin d'Agostino comme d'un frère, baignant son visage brûlant d'un linge humide quand la fièvre le saisissait et veillant à son sommeil. Patient, il attendait son heure avec sérénité.

Et puis, un beau matin, le ressac des vagues se fit moins brutal. On put se redresser, se mettre debout, sans trébucher ni devoir se cramponner à ses compagnons ou aux aspérités du plafond. Agostino, qui avait beaucoup souffert du mal de mer en plus de ses délires, dormait profondément. Et tout doucement, l'atmosphère à bord changea. Les ouvriers commencèrent à s'agiter d'un bout à l'autre du paquebot. Bientôt, ce fut comme une ruche vrombissant au fin fond des entrailles du bâtiment flottant, prête à exploser, tandis que sur le pont, les passagers s'agglutinaient pour essayer d'être les premiers à distinguer on ne sait quoi au loin. Les deux clandestins furent secoués et sortis du lit : il était temps d'accoster, de jeter l'ancre, et l'on avait bien besoin de bras supplémentaires. Survolté, Marco fut affecté à la salle des turbines où il manœuvra avec entrain de lourds gouvernails aux côtés d'ouvriers en sueur, mais jubilants à l'idée d'enfin entrevoir leur destination. Un frémissement d'excitation crépitait dans l'air : le paquebot arrivait au port de São Paulo.

Retrouvailles

La terre promise s'étendait devant les yeux écarquillés de Marco et d'Agostino, qui tordaient le cou pour parvenir à voler une brève œillade à travers le hublot patiné par les vents. Alors qu'un flot de voyageurs se déversait sur le quai, dans une cohue telle que les deux amis n'eurent même pas à ruser ni à esquiver le personnel brésilien chargé de recenser les nouveaux arrivants et d'effectuer une batterie de vérifications sanitaires et administratives, ils respirèrent leur première bouffée d'air brésilien. Cela sentait le pétrole, le métal qui brûle et la friture. Bien que la chaleur fût écrasante, Marco ne distinguait pas le soleil, qui pourtant irradiait derrière un brouillard épais et gris où se mêlaient nuages bas et fumées âcres. Une humidité poisseuse s'abattit sur leurs épaules en une chape de plomb. Marco eut la sensation que sa peau étouffait sous la lourdeur de l'air, et c'était comme si une femme obèse le serrait dans ses bras, embrassant tout son corps qui luttait contre cette chair accueillante et menaçante. Agostino lui cria quelque chose, mais il ne perçut que quelques syllabes tant le bruit était assourdissant et la cohue étourdissante. Ses oreilles bourdonnaient. Ils échappèrent à l'agitation en se réfugiant derrière l'un des entrepôts dont l'impressionnante masse sur le quai s'imposait aux naïfs migrants pleins d'espoir.

Marco s'agrippait à la lettre d'Alfredo et Vittorio comme à une bouée, un laissez-passer pour la terre promise, un sésame qui lui ouvrirait les portes de la prospérité. Si Agostino avait parcouru les villes et villages d'Italie et de France, et Marco les champs de bataille africains, aucun n'était préparé à un tel bond dans l'inconnu. Médusés, ils suivirent les pauvres gens qui avaient dormi avec eux dans la cale ou en troisième classe, avant de réaliser rapidement que ceux-ci seraient directement acheminés vers des plantations de café par leurs futurs employeurs, lesquels avaient dûment réglé leurs frais de voyage. Les deux compères durent revenir sur leurs pas. Ils errèrent un moment, hagards et déshabitués à la fermeté pragmatique du sol sous leurs pieds, et finirent par tomber sur un fonctionnaire curieusement désœuvré au milieu de ce tourbillon d'activité. Marco lui répéta frénétiquement le nom du quartier où s'étaient établis Alfredo et Vittorio, comme assoiffé de renseignements. Les roulements d'yeux expressifs d'Agostino convainquirent le Brésilien impassible de leur indiquer la gare routière d'un signe las. Les deux compères, épuisés par tant de gesticulations, parvinrent à monter dans un bus après une bonne heure d'attente sous le cagnard blanc et humide.

São Paulo était située légèrement en retrait par rapport au port où leur navire avait accosté, se laissant désirer par ces hordes de migrants qui voulaient l'épouser. Il fallut traverser des chemins cahotant à travers des marécages infestés de moustiques, puis emprunter un wagon bringuebalant qui s'appelait un tramway et dont le bruit métallique emplit Marco d'effroi. Il se figea soudain, ses yeux se perdant dans le vague de pensées enfouies, sans qu'Agostino remarquât ce brusque changement d'attitude chez son compagnon. Au loin surgirent de la brume comme d'un conte les premiers gratte-ciel, blocs de béton carrés massifs hérissés d'autres blocs de béton, comme si ceux-ci se reproduisaient de façon organique. Les étages s'amoncelaient le long des façades bien rangées, droites et occasionnellement arrondies. La plupart des immeubles étaient en construction, et Marco, se sentant tout petit, s'interrogea pour la première fois de son périple : à quel point cette ville était-elle plus peuplée que Naples ? Tout semblait démesuré, inatteignable. Il se rendit compte, saisi par la panique, qu'il ne savait rien de cet endroit ; Agostino, malgré ses postures bravaches, n'en menait pas large non plus, et pour conjurer son inconfort se jetait dans la conversation avec tous les locaux qui croisaient leur route. Heureusement, son dialecte mi-parlé, mi-mimé leur permit un moment de s'orienter convenablement. Le conducteur du tramway, qui avait pris en sympathie cet échalas au visage si expressif, l'interpella quand il leur fallut descendre et leur indiqua quelle direction emprunter.

Les lumières de la ville s'allumèrent alors qu'ils cheminaient le long d'une débauche de villas coloniales aux toits de tuiles et aux hautes fenêtres. L'endroit respirait le faste et la grandeur, et tout semblait neuf et fraîchement sorti de terre ; ils se rapprochaient du cœur de la cité. Nul linge n'était suspendu aux balcons, il n'y avait aucun étal, aucun marchand de rue, ce qui accentua leur sensation d'être perdus et loin de chez eux. Le ciel s'était teint d'un jaune sale qui affadissait le lustre des murs. Un pauvre hère à la moustache triste, qu'ils finirent par croiser, leur indiqua la direction du quartier italien, en haut de la colline. Les larges allées s'étrécirent, ils passèrent sous le chemin de fer qui traçait son chemin en hauteur, en continuant à tourner la tête de tous côtés, leurs yeux écarquillés. Ils faisaient une drôle de paire, le petit costaud aux épaules rondes et à la moue timide, et la grande brindille au visage anguleux, mais dans ces lieux étrangers, ils se sentaient plus proches que jamais, liés par la peur d'être reconnus, pointés du doigt. Alors que les jambes de Marco lui paraissaient être faites de coton, il s'accrocha aux basques d'Agostino, rasséréné par son apparente assurance.

Ils marchèrent longtemps, le soleil dans les yeux, jusqu'à ce que le jour aveuglant fût remplacé par une nuit claire sans étoiles, sans que la température semblât baisser : ils étaient couverts de sueur, et des mèches de cheveux se collaient à leurs fronts moites. Les villas et les immeubles laissèrent place à des bâtisses plus basses, mais solides, puis à d'immenses usines où grouillaient des ouvriers, la plupart italiens. Malgré l'heure tardive, certains tiraient de lourds chariots, comme des chevaux de trait. Ravis de rencontrer des compatriotes, même occupés, Agostino et Marco firent une énième fois résonner le nom du quartier où ils se rendaient : Bela Vida, la belle vie, certainement une banlieue bourgeoise, élégante, raffinée. L'épuisement supplantait à présent l'excitation, sans pour autant atténuer la sourde angoisse qui sommeillait en Marco. Ils finirent par discuter avec un commis qui rentrait justement à Bela Vida. Désarçonné par l'enthousiasme de ces deux paysans tout fraîchement débarqués, légèrement méprisant, il les guida jusqu'au fond de la plaine basse.

Ils dépassèrent un bon nombre d'usines et d'entrepôts rutilants avant de s'enfoncer dans un dédale de rues malpropres. Une forte odeur d'égouts prédominait, rappelant à Agostino les quartiers mal famés de Naples où il avait l'habitude de rencontrer le Boss – à qui il avait d'ailleurs emprunté l'argent nécessaire au voyage sans l'avoir averti de sa fuite. La zone industrielle était nimbée d'un brouillard qui rendait tous les bâtiments uniformément gris. Marco marcha dans une flaque nauséabonde : les marécages qui s'étalaient autour de São Paulo les rattrapaient. Des immondices jonchaient la devanture des maisons, et ils évitèrent de justesse le jet d'eau malpropre qu'une femme balança par la fenêtre d'un balcon à peine soutenu par des cales instables. Cela sentait la présence humaine, une odeur accentuée par rapport aux riches lotissements immaculés qu'ils avaient traversés quelques heures plus tôt. Un sentiment d'urgence envahit Marco. Quelque chose n'allait pas.

Les façades salies de coulées de crasse se tassaient entre elles. Aucune des masures de briques et de parpaings ne dépassait le premier étage, et certaines étaient de fragiles amoncellements de ciment, avec une simple ouverture là où le quatrième mur aurait dû se trouver. On aurait dit des garages, excepté qu'ils n'avaient croisé aucune voiture depuis le quartier des villas. L'une d'elles évoqua chez Agostino une geôle, avec sa porte en tôle et son unique lucarne nue. Les constructions champignonnaient, comme bâties à la va-vite, dans une organisation anarchique. Des cris résonnaient à l'intérieur, comme si ces minuscules logements étaient des ruches surpeuplées, remplies d'abeilles furieuses et bourdonnantes. Quelqu'un avait allumé un feu, dont la fumée fit tousser les deux garçons. L'odeur s'accentua : ils passèrent à côté de ce qui paraissait être des sanitaires communs.

Marco, qui pressait le pas sans y prendre garde, réalisa qu'ils étaient arrivés en contournant Bela Vida par la zone industrielle, mais que non loin, face à eux, se distinguaient les lumières des édifices du centre-ville moderne qu'ils avaient traversé. Ils cheminaient dans une sorte d'excroissance de la ville, comme une verrue incommodante que São Paulo, si proche et si inaccessible, dissimulait à première vue. Les deux amis échangeaient des regards interloqués et des remarques chuchotées dans le dos de l'homme qu'ils suivaient.

– Tu m'avais dit qu'ils avaient réussi, qu'ils étaient prospères !

– Je ne comprends pas, peut-être vivent-ils au-delà de ce quartier, dans l'une de ces villas qu'on a vues tout à l'heure…

– Il n'y a pas l'air d'avoir beaucoup de villas dans ce coin de la ville ! En fait, tes villas, on les a dépassées depuis au moins trois heures !

– Peut-être ont-ils voulu s'établir à côté des autres Italiens…

– Il n'y a que des pouilleux ici !

– … ou bien du lieu où ils ont trouvé un travail.

– S'ils ont trouvé un travail ici, ce doit être avec les ritals de l'usine qui tiraient leurs charrettes comme des bœufs ou des chevaux humains…

Marco relut en diagonale la lettre qu'il tenait toujours, et dont les mots se brouillaient devant ses yeux. Il se sentait liquéfié, et essayait sans succès d'éviter le regard accusateur de son ami.

– Je ne comprends pas, je ne comprends pas, répétait-il inlassablement, une fissure dans le cœur.

Ils marchèrent encore, hébétés, avant que leur guide ne leur redemandât le nom de Vittorio et d'Alfredo. Marco le lui dit d'une voix blanche et absente ; il avait l'impression de perdre l'équilibre et de pouvoir tomber à tout moment dans un grand trou. Ses jambes manquèrent plusieurs fois de céder sous le poids alourdi de son corps.

– Tosi, oui, la famille Tosi ! Ils sont à quelques blocs d'ici, brailla un passant sans âge, dont l'haleine dégagea une odeur pestilentielle qui éloigna instantanément les deux amis.

Au bout de la rue indiquée, Marco aperçut un enfant qui devait avoir deux ans et qui, complètement nu, jouait avec de l'eau qui fuyait d'une pompe en riant aux éclats. Un homme élancé, dont les cheveux épais se détachaient en mèches venant barrer son front, sortit d'une maisonnette décrépie au toit plat surmonté d'un réservoir qui devait servir à récolter l'eau de pluie, et enlaça le garçonnet de ses bras. Ses paupières ourlées d'une frange de cils semblaient presque maquillées. Un poids tomba dans le ventre de Marco, et tout son corps flageola. Il ne parvint pas à émettre le moindre son, et sa bouche béait puis se refermait, tant il était pétrifié. Ce fut Vittorio qui se retourna vers lui, ouvrit des yeux ronds et hurla, faisant retentir son rire insouciant à travers le ghetto :

– Alfredo ! Alfredo ! Il est venu !

Nouveau départ

Marco s'éveilla en sursaut : les yeux écarquillés, essayant de percer la noirceur qui l'entourait, il mit quelques instants à s'échapper de son cauchemar et à reprendre pied. Ses premières nuits passées dans le ghetto l'avaient pourtant habitué aux mêmes rêves angoissants que ceux qui ponctuaient ses insomnies lorsqu'il était revenu de la guerre – des songes sombres, dépeignant des charognes pourrissantes mangées par de la vermine. Glacé, il se réveillait, prêt à se précipiter vers la moindre source d'eau pour se laver des pieds à la tête d'une crasse inexistante. Mais il ne vivait plus dans la maison de son enfance, en Campanie. Ici, il n'y avait pas de sanitaires ni d'eau courante, il fallait se soulager dans les latrines communes, éloignées des habitations – pas assez loin, cependant, pour échapper aux relents odorants charriés par le vent d'est. Ici, il n'y avait ni combats ni tueries : il était en sécurité.

Il posa ses pieds sur la terre battue encore fraîche, et le contact rugueux, sauvage, le surprit comme toujours. Les différents insectes et rongeurs qui pullulaient à la saison humide, traînant avec eux des maladies inconnues et anciennes, étaient en ce moment tenus à l'écart des maisons et se contentaient de harceler les badauds. Et ceux-ci étaient nombreux ! Si à Casalnuovo, on franchissait le seuil de chez soi pour un but bien précis, à Bela Vida il n'était pas rare de voir flâner enfants délaissés, adolescents désœuvrés, grand-mères glanant çà et là objets inusités et maris jetés à la porte, dans une grande informalité et une grande promiscuité. Tout comme les fils à linge et les câbles s'enchevêtraient, l'espace public et l'espace privé se fondaient en un lieu unique et commun à tous. Quelle que soit l'heure du jour ou de la nuit, les rues étaient toujours fréquentées.

Tout à fait alerte à présent, Marco enfila ses chaussures et sortit sur le perron dans l'aube déjà chaude. Ses yeux d'ambre, imperceptiblement plissés, balayèrent les environs d'un regard perçant tandis qu'il étirait ses bras costauds vers le ciel en étouffant un bâillement. Par praticité, il s'était dès le lendemain de son arrivée coupé les cheveux ras afin qu'aucune mèche n'obstruât sa vue pendant l'ouvrage – et pour éviter d'attraper des poux. Il ajusta son sac sur ses épaules encore larges et se dirigea vers la place du marché le cœur léger. Lorsque Alfredo s'était mis en tête de lui enseigner le portugais pour qu'il pût prétendre à un emploi correct, il lui avait appris, non sans malice, que le quartier de Bela Vida était parfois appelé « Bexiga », mot qui signifiait vérole ou vessie. Et c'était vrai qu'en fin de journée, une fois que les trattorias, les commerces familiaux et les gargotes aux couleurs vert et rouge avaient baissé leurs rideaux, il devenait ardu de se frayer un chemin parmi les détritus. Mais cette agitation fourmillante et rassurante lui plaisait.

Marco et Agostino avaient d'abord logé chez Alfredo, qui vivait seul. Ils avaient dû se partager un espace exigu, les deux nouveaux dormant à même le sol tandis que leur ami, qui n'avait pas de lit, occupait une paillasse de toile tissée. Vittorio, sa femme Maria et son petit garçon Giorgio habitaient tous les trois une chambre située un peu plus loin dans l'enfilade de pièces qui s'étalaient le long de l'immense corridor. Depuis l'extérieur, on n'aurait pas pensé que la façade salie par les pluies dissimulait un pareil dédale de couloirs, d'appartements à vocation multiple – chambre à coucher, salon, cuisine –, de cours intérieures et d'escaliers plongeant dans les abysses des logements souterrains. Ces maisons s'appelaient des *sobrados*. Tels des arbres enfonçant leurs racines profondément dans un sol envahi et trop fréquenté, les *sobrados* abritaient des dizaines de familles qui en utilisaient le moindre recoin, et qui essayaient dans la mesure du possible de garder propre leur espace personnel, leur *quarto*, afin qu'il ne virât pas au taudis. La sociabilité exubérante au sein de ces pensions était inévitable : dès que l'un de ses voisins se disputait avec sa compagne, perdait son emploi ou accueillait un ami, la ruche entière en était informée par l'extrême porosité des murs – ou même des draps tendus qui faisaient office de paravents entre deux appartements.

La femme de Vittorio, Maria, était une Romaine plantureuse, qui faisait plus que ses trente-trois ans, avec ses paupières tombantes, ses seins lourds et ses mollets charnus. Elle avait migré depuis sa campagne de Vénétie à l'âge adolescent ; elle avait raconté à un Marco encore sous le choc que les trois premiers mois ayant suivi son installation au Brésil, elle pleurait toutes les nuits dans le secret de son lit pour s'endormir. Vittorio et elle s'étaient mariés lorsqu'elle avait appris sa grossesse, presque immédiatement après l'arrivée de Vittorio à São Paulo. L'enfant était né prématuré, mais affichait une santé florissante : ses yeux rieurs et ses mèches brillantes gommaient tous les doutes qu'un malveillant aurait pu avoir sur sa paternité. Vittorio et Maria l'avaient nommé Giorgio, d'après le père de Vittorio qu'il ne rencontrerait probablement jamais. Lorsqu'il jouait avec son fils, le visage du bel Italien se transformait : sans son masque de coquetterie et de séduction, Marco le reconnaissait à peine.

Bela Vida n'était que l'un des premiers ghettos qui bourgeonneraient bientôt autour de São Paulo : la cité semblait déborder d'habitants, les vomir, faillant à sa promesse d'accueil. Ici vivaient les exilés, les paysans brésiliens sans emploi et les migrants étrangers en quête de prospérité, parmi lesquels Marco avait été immédiatement absorbé malgré lui, mais aussi les marginaux, les rejetés, les citadins originaires de São Paulo qui n'avaient plus les moyens de loger dans la ville. Alors, sur les collines environnantes, qui s'articulaient comme pour faire un berceau aux Paulistes, champignonnaient des cabanes de bric et de broc, anarchiquement bâties au gré des installations. Aux frêles masures de bois succédaient des blocs de béton, les plus précaires s'abritant encore à l'aide de plaques de tôle ondulée que le vent faisait clinquer. Dès que la famille s'agrandissait, on accolait un cube en parpaings à la construction existante. Et quand le ciel s'alourdissait, que les pluies diluviennes s'annonçaient, que les rivières sortaient de leur lit et que les marécages enflaient, on priait pour que le terrain glissant n'emportât pas les maigres possessions des riverains, même si l'eau nettoyait aussi les multiples déchets qui jonchaient les rues.

Les Italiens s'étaient établis un peu partout, leur avait appris Alfredo, lui-même dépassé par l'ampleur de la migration. À l'est, Brás, Mooca, Pari ou Belém-Belénzinho regroupaient la plus grande partie du parc industriel : c'est là que les cheminots se rendaient pour trouver du travail, bien qu'il existât de nouveaux dépôts ferroviaires dans le nord. Bom Retiro, Barra Funda, Lapa ou encore Água Branca regorgeaient d'usines plus petites, principalement des vitreries. Le chemin de fer et l'Avenida Paulista marquaient la distinction entre le centre des affaires et les ghettos ouvriers. Il était d'ailleurs saisissant de traverser ces frontières, et en quelques pas d'entrer dans un monde si différent du sien. Au-delà de ces derniers, il n'y avait plus que terrains vagues et immenses propriétés agricoles. Et partout, le textile restait le secteur de prédilection : jour et nuit, des travailleurs voûtés s'engouffraient dans des entrepôts à taille inhumaine, respiraient les vapeurs des teintures, poussaient de lourds rouleaux de tissu et s'arc-boutaient sur les machines à coudre. L'usine avalait les ouvriers, les aspirant dès l'aube et ne les recrachant qu'au bout d'une quinzaine d'heures.

Marco salua avec respect les quelques ouvriers afro-brésiliens qui croisèrent son chemin alors qu'il se dirigeait vers l'église. Ceux-là étaient toujours les premiers à hanter les rues, charriant des carrioles à bras débordant de sacs de café ou, pour les plus chanceux, poussant devant eux de lourds rouleaux de tissu avec une détermination remarquable. Autour de lui, les chantiers prenaient vie, et les maçons napolitains se mettaient eux aussi en mouvement, se saisissant qui d'une masse, qui d'une pioche, pour façonner la ville à leur image : Marco eut l'impression, comme tous les matins, de rejoindre une chorégraphie dont chaque danseur, en esquissant quelques pas, concourait à la création et à l'osmose. L'un d'eux, un ouvrier à la peau tannée, apostropha Marco avec entrain. Il reconnut l'un des membres de l'amicale bouliste, celui qui avait battu Vittorio à plate couture quelques jours auparavant, et le salua cordialement, un sourire aux lèvres au souvenir de l'air déconfit de son ami. Un attelage le dépassa, manquant de le renverser : un gamin noir vêtu seulement d'un short miteux, perché sur les sacs de jute, le toisa d'un œil fanfaron. Peu à peu, le pouls de la ville s'accélérait, mettait en branle toute la population. Au bout de la ruelle interminable qui reliait sa maison à la place du marché, bordée de masures vétustes et d'absurdes colonnades – vestiges d'un rêve urbaniste déchu –, se dressait, fier et solennel, un escalier qui étalait ses larges marches jusqu'au ciel. Porté par l'énergie foisonnant tout autour de lui, Marco l'emprunta, imprégné de la majesté de la construction : il lui semblait qu'à chaque marche franchie, il gagnait en assurance et en panache. Un sentiment d'appartenance ne cessait de croître en lui : c'était comme si l'escalier faisait office de tremplin, sur lequel il s'appuyait, prenant l'élan nécessaire au déroulement de sa journée. C'était devenu un rituel quotidien, auquel il accordait toute sa concentration. Marco passa ensuite devant Notre-Dame d'Achiropita, en se signant face à la sainte patronne de la petite Italie. L'édifice, qui évoquait les grandioses façades romaines, resplendissait d'un blanc poli dans la nuit qui s'effaçait.

Devant, sur les pavés, les étals dissimulés par les charrettes et les cageots se remplissaient déjà de produits. Légumes et fruits débordaient des planches de bois juchées sur des tréteaux branlants. De l'autre côté, de grandes nappes étaient déroulées pour exposer vaisselle fêlée et bibelots. Les pêcheurs affluaient, avec au bras des paniers d'osier où s'entassaient poissons et crevettes embaumant l'air de leur odeur fraîche; les ménagères brésiliennes s'arracheraient jusqu'aux moindres restes pour concocter la moqueca, ce ragoût relevé que les palais italiens trouvaient trop épicé. Bouquets de persil et de coriandre au goût savonneux tranchaient avec l'acidité des piments de toutes les couleurs et de toutes les tailles qui s'amoncelaient sur les stands voisins. Tout au bout, les *mamas* portugaises installaient leurs marmites, équeutaient les poivrons, plumaient les poulets sous l'œil effrayé de leurs congénères à la patte attachée d'un fil, hachaient les tomates avec une efficacité redoutable et jetaient le tout dans l'huile frémissante. De l'autre côté du marché, comme s'il s'agissait d'un duel entre gastronomies, d'énormes femmes pétrissaient et trituraient avec obstination la pâte jusqu'à l'obtention de tendres tagliatelles ou de gnocchis rondouillards, et les premiers fumets d'échalotes rissolées et de sauces mijotées se faisaient sentir, affriolant les sens de Marco. Un brouhaha persistant planait sur le marché comme un essaim de mouches, dans l'agitation des préparatifs et l'attente des premiers clients, qu'on alpaguerait avec force cris et rires.

Devant une telle abondance, Marco ne put s'empêcher d'entendre la complainte de son estomac vide. Il fallait se rendre à l'évidence : c'était le règne de la débrouille. Chaque migrant ne pouvait compter que sur la solidité de ses épaules, la force de ses bras, la puissance de ses mains. On achetait une pomme à la fois, et l'on mangeait les pépins et la queue. Ils devaient souvent se contenter d'un oignon par jour. Vittorio et Alfredo, à leur arrivée, avaient commencé par chercher un travail au sein des fazendas, les fermes qui s'étalaient sur toute la région et qui avaient la réputation de donner leur chance aux étrangers, leur avait expliqué Alfredo. Il s'était avéré que les propriétaires terriens, habitués à une main-d'œuvre issue de l'esclavage, souhaitaient conserver leurs anciennes méthodes avec les immigrés italiens; ceux-ci avaient donc rapidement déchanté et fui les fermes. Ne restaient que les Afro-Brésiliens qui, dépourvus de formation et de culture entrepreneuriale, ne parvenaient pas à s'insérer en ville : la concurrence agressive des Européens était rude, d'autant plus que ceux-ci se serraient les coudes. La migration des Européens, avait précisé Alfredo, avait été encouragée par les élites brésiliennes dans le but de « blanchir le pays » grâce à d'habiles quotas. Les deux amis, pour survivre, avaient proposé leurs services aux maraîchers qui recherchaient de la main-d'œuvre pour transporter leur marchandise depuis les petites propriétés agricoles périurbaines jusqu'aux marchés de la cité. Le labeur était éreintant, mais ils n'avaient guère le choix. Quand Marco et Agostino les avaient rejoints, donc, Alfredo leur avait trouvé un emploi sur le marché de Bela Vida : ils pouvaient ainsi récupérer les invendus, et cela leur avait permis de subvenir à leurs besoins, en attente de mieux.

Quand Marco avait reconnu Vittorio et compris l'état d'indigence dans lequel ses amis vivotaient, il avait senti son esprit tanguer comme un radeau lors d'une mer d'orage. La stupéfaction initiale de les avoir retrouvés dans un tel dénuement, en dépit des promesses contenues dans la lettre qu'ils lui avaient envoyée, avait cédé à une colère sans bornes – bien que sa réaction n'eût pas la violence de celle d'Agostino, furieux et déstabilisé, car ayant perdu la maîtrise de sa destinée. Les deux voyageurs, dont les maigres économies avaient été absorbées dans leur intégralité par le trajet en bateau, se voyaient acculés dans un ghetto pauvre et sale à mille lieues de leur pays natal.

– Mais pourquoi ne m'avez-vous pas dit quelle était votre véritable situation dans votre lettre ? demandait-il inlassablement, encore sonné par l'impression d'avoir été floué par ses meilleurs amis, mais dévoré par l'envie que ceux-ci démentent ce point précis.

– Marco, nous ne t'avons pas réellement menti. Les exemples de fortunes italiennes dont j'ai mentionné la réussite existent bel et bien, avait tenté d'expliquer Alfredo, masquant difficilement le tremblement de sa voix par une grammaire comme toujours impeccable.

Sans hésiter à couper son ami, Vittorio, lui, avouait sans ambages avoir déguisé la vérité.

– Marco, franchement, qu'est-ce qui nous attendait, comme vie, au village ? On s'en fout, de la misère, non, après tout ce qu'on en a chié avec cette putain de guerre ! Nous, avec Alfredo, on en a vu d'autres, et je suis sûr que toi aussi. Et puis, l'important, c'est qu'on soit ensemble !

– J'ai, comme toi, perdu plusieurs années au fond d'une geôle, dans la solitude la plus totale : quoi de plus désirable que de rejoindre un clan, une fratrie ? avait bredouillé Alfredo d'une voix de moins en moins assurée.

– Et puis surtout, c'est pas parce qu'on galère maintenant qu'on ne va pas pouvoir s'enrichir un jour ou l'autre ! avait renchéri Vittorio.

Alfredo s'était finalement effondré, incapable de surmonter le regard accusateur de son ami.

– Marco, j'implore humblement ton pardon. Nous n'aurions pas dû décider à ta place, t'induire en erreur de cette façon, ni te forcer la main. Tu dois comprendre que nous avons rédigé cette fameuse lettre quelques jours après notre arrivée, encore aveuglés par nos espoirs de richesse et d'ascension sociale. Et nous nous sentions comme investis d'une mission, celle d'attirer toute l'Italie à Bela Vida, dans un élan que nous pensions altruiste, mais qui, je le vois bien aujourd'hui, était uniquement motivé par la peur. Inciter le plus d'Italiens possible à emprunter le même chemin que nous validait, en quelque sorte, notre choix.

Marco, en constatant que les épaules d'Alfredo se secouaient de sanglots, en avait eu le cœur gonflé ; il avait fini par tomber dans les bras de son ami.

– Et si tu veux repartir en Italie, sache que nous ferons tout ce qui est en notre pouvoir pour t'aider à rassembler les fonds nécessaires, avait ajouté Alfredo d'un air digne, tandis que la grimace de Vittorio exprimait un net désaccord sur ce dernier point.

Il avait fallu quelques jours d'hébétude et de rogne avant qu'une transformation ne s'effectuât dans le cœur de Marco.

Alors qu'il aurait été, sinon légitime, du moins compréhensible qu'il se laissât aller à une forme d'abattement, le jeune homme s'était mis à la tâche sans rechigner, tirant des carrioles chargées de denrées, portant d'énormes sacs et bricolant des essieux pour déplacer plus aisément les lourdes cagettes depuis les vergers en périphérie jusqu'aux étals du marché. Voilà une terre et une existence qui ne demandaient qu'à être conquises, s'était-il convaincu, soutenu par ses amis qui l'observaient d'un œil admiratif. Lui qui avait combattu sur de lointains continents, vu la mort de près, trimé dans des camps de travail, échappé à une vie immobile et sans aspérités, traversé des océans, n'avait finalement que faire de richesses et de confort : il n'était pas question de baisser les bras maintenant. Instinctivement, il avait eu le sentiment singulier d'être à sa place, de se trouver là où il le devait, dès le moment où il avait mis le pied sur le bateau à Naples. Il en avait assez de subir, de rester passif : le temps était venu de prendre son destin en main. Il lui semblait parfois que le brouillard qui l'avait enveloppé à la fin de la guerre, cette brume anesthésiante qui s'interposait entre chaque être et lui, l'avait amputé d'une certaine forme de sensibilité – ce qui expliquait qu'il n'envisageait pas un instant de s'apitoyer sur son sort.

Bien décidé à ne pas se laisser abattre par la résignation, Marco s'était donc retroussé les manches, investi d'un courage dont il ne s'était pas cru capable. Les expériences qu'il s'apprêtait à vivre lui faisaient peur et l'excitaient : tout était source d'apprentissage. Il se découvrait des réactions insoupçonnées. En vouloir à ses amis lui aurait été insupportable et contraire à l'inclination de son cœur, tant était grande sa joie de les retrouver. Agostino, par contre, avait accusé le coup : grillé auprès de la Camorra, il ne pouvait faire marche arrière et avait ressenti leur arrivée à Bela Vida comme une trahison de la part de Marco. Il rechignait à l'effort, et ne comptait pas trimer sur les marchés plus que nécessaire. Petit, il fuyait l'école pour se perdre dans les champs, et puis il avait abandonné les banlieues de Naples pour les hauteurs des Alpes. Il avait développé une attirance pour les grands espaces, les plaines inexplorées, les lieux intouchés ; et l'industrialisation galopante de São Paulo l'opprimait aussi sûrement que les barreaux d'une prison.

Sans s'en rendre réellement compte, Marco avait peu à peu délaissé la compagnie du sauvage Agostino pour se consacrer pleinement à Alfredo et Vittorio, qu'il considérait à présent comme sa famille. Les trois amis avaient tant de discussions à rattraper et à partager qu'il n'était pas rare de les voir tard sur le perron de leur *sobrado*, emportés par les débats de leur jeunesse. Marco retirait de ces instants un sentiment de sécurité tel qu'il en avait connu avant la guerre ; il se surprenait même parfois à envisager l'avenir avec une sérénité optimiste. Si Vittorio s'était manifestement fondu dans la société brésilienne comme un poisson dans l'eau, et sous les regards coulants de ses voisines attendries, Alfredo, l'intellectuel, restait en retrait de ce monde d'ouvriers, tout en se plongeant dans les quelques livres qui circulaient dans le ghetto. Enchanté d'apprendre la passion que portait Agostino aux poèmes de Saint-John Perse, il s'était agrippé à ce nouvel interlocuteur, auquel il s'était fait un devoir de faire découvrir la littérature russe – avec un succès mitigé : le grand escogriffe avait montré un certain intérêt pour Pouchkine et Tioutchev, mais les descriptions des vastes étendues neigeuses et des épopées tsaristes l'avaient empli d'une sensation de vide et d'effroi. Hermétique aux mouvements de l'âme russe, il avait rendu sans un mot ses ouvrages à Alfredo.

Enfants comme adultes du voisinage surnommaient Alfredo « Prof », taisant devant lui les sobriquets plus colorés et les plaisanteries plus grasses – fort conscients qu'il avait fallu moins de six mois au jeune Italien rondouillard pour maîtriser leur langue. Alfredo commençait à se faire une place en rédigeant des courriers, en corrigeant des lettres et en décryptant les missives administratives des migrants embourbés dans leurs démarches kafkaïennes, ce qui lui assurait un complément de revenus – le marché leur permettant tout juste de se nourrir au quotidien. Il vivait seul, et seul il était resté pendant toutes ces années passées au Brésil. On ne lui avait jamais connu la moindre amourette, bien que certaines dames aient manifesté à son égard de tendres inclinations, motivées par son air doux dans cet environnement où la virilité agressive était pourtant érigée au rang de séduction ultime, ou bien par son érudition qui leur faisait entr'apercevoir un avenir en dehors du ghetto. On avait associé son insensibilité aux battements de cils langoureux des jeunes filles à un sentiment de supériorité, du fait de son éducation, puis on en avait simplement déduit qu'il s'agissait d'un inverti. Marco n'avait cure de ces rumeurs : ce qu'il observait, c'était qu'Alfredo était resté le même, avec son humour spirituel et sa répartie décapante, et il ne l'en aimait que plus. Il avait néanmoins gagné en humilité, tout comme Vittorio : il riait même de ses parents et de leur orgueil démesuré, qui les avait menés à changer jusqu'à leur nom.

– Le grand problème de l'Europe, exposait-il, c'est la culture du sacrifice que l'on nous impose à travers les mythes qui jalonnent notre civilisation. Pensez à l'*Iliade*, l'*Odyssée*… Qu'ont-ils en commun ? Le conflit, la conquête, l'occupation des territoires et l'anéantissement de ceux qui les peuplent y sont portés aux nues.

– Je me souviens des récits de l'Empire romain dont on nous bassinait à l'école… remarquait Marco, captivé comme toujours par la conversation de son ami.

– Exactement ! Alexandre le Grand, César, toutes ces figures emblématiques…

– Bah, d'un autre côté, on n'allait pas nous enseigner l'histoire des bonnes femmes qui restaient à la cité en attendant leur mari… On se serait vite ennuyés, commentait Vittorio, incrédule.

– Et pourtant, nous avons tant de philosophes et d'hommes de science qui mériteraient que l'on s'y attarde davantage ! Mais les épopées font appel à nos pulsions, c'est pourquoi nous éprouvons un plaisir coupable à nous en bercer.

– Mais nos pulsions sont naturelles, non ? Regarde Vittorio, qui a mis Maria enceinte à la minute où il a posé les yeux sur elle, se moquait affectueusement Marco, alors que l'intéressé lui administrait un coup de poing sur l'épaule dans un geste exagérément offusqué.

Alfredo riait, mais poursuivait son fil rouge.

– C'est là que l'on se trompe ! Nos pulsions font certes partie de notre nature, mais nous sommes des animaux sociaux, notre but est sinon d'annihiler, du moins de mettre à l'arrière-plan ce qui nous rapproche de la bête. Or, depuis des générations, nous sommes bercés par des histoires guerrières qui s'ancrent dans notre inconscient collectif !

Marco se délectait de ces échanges, auxquels il réfléchissait longtemps après. Si ses nuits restaient malgré tout hantées de cauchemars, il savourait chaque minute de ses journées. Et il avait le sourire aux lèvres au moment de décharger les sacs de fruits, de les disperser sur les étals, de les agencer afin que les plus appétissants soient positionnés sur le dessus, puis de deviser avec les premiers clients. Il prenait plaisir à ces gestes simples, réalisait-il avec étonnement. Il trouvait une certaine grâce aux instants où les grand-mères édentées paraissaient sur le point de s'écharper pour le dernier kilogramme de navets, où les enfants envoyés par leurs mères négociaient jusqu'aux cabas qui contiendraient leurs victuailles. Il se sentait à l'aise au cœur de ces marchés grouillants de monde où les fragiles présentoirs faisaient un pied de nez à l'urbanisation galopante de la banlieue.

Et sa nouvelle vie, loin de susciter en lui un quelconque sentiment de honte ou de regret, lui causait par sa pauvreté et sa simplicité même des bouffées de jouissance telles qu'il n'en avait jamais connu, telles qu'il se félicitait constamment d'avoir troqué la morbidité d'un village endormi et assommé par la chaleur contre un ghetto misérable où la joie jaillissait de toute part.

À quelques blocs, les usines crachaient de noires fumées.

Devant Marco, un jeune homme distingué fermait les yeux en respirant le parfum envoûtant d'une aubergine lustrée.

À Casalnuovo, Rita, les traits figés, relisait inlassablement la lettre de Marco, usant le papier entre ses doigts fins au fur et à mesure que les mois s'écoulaient. Ses longs cils se baissaient, de la façon pudique qu'elle avait de battre des paupières, tandis que de sa main droite, elle caressait délicatement la bosse qui s'était formée sous sa robe.

Interlude

Nous rêvons tous d'une terre promise qui comblerait nos désirs les plus secrets et nos fantasmes les plus enfouis. Un horizon, lointain, mais accessible si l'on s'en donne les moyens, un lieu où tout deviendrait possible. Nous cherchons à toucher du doigt cette contrée mythique, ce mirage, ce fantasme que nourrit chacun d'entre nous : cet Eldorado.

C'est ainsi que nous acceptons notre routine harassante. C'est ainsi que nous supportons l'usure de notre quotidien. C'est ainsi que nous trouvons un sens dans les gestes que nous accomplissons jour après jour. Grâce à cet endroit magique, mirifique et mirobolant, dont les contours restent flous dans un coin de notre esprit, mais qui, on s'en persuade, existe bel et bien, au moins à l'état de projet.

Est-ce notre condition humaine qui nous condamne à une perpétuelle insatisfaction? Sommes-nous dans l'incapacité de simplement nous asseoir et de contempler ce que nous avons, de savourer l'air que nous respirons et d'écouter le battement de notre sang dans nos veines? Inexplicablement, nous sommes poussés à chercher toujours plus, toujours mieux, à fuir ce que nous considérons comme acquis pour conquérir d'autres territoires exotiques et lointains.

Certains puisent leurs forces dans l'accomplissement de leur destin, en agissant selon la coutume, selon les attentes de leur société ou de leur famille. Pourquoi se penser au-dessus des lois et des dieux, clament-ils ; si chacun garde sa place, ainsi le monde pourra tourner. Mais d'autres piaffent d'impatience, peut-être par égoïsme, peut-être par nature. Ils sont fondamentalement et intrinsèquement poussés à la rencontre, à la confrontation, au changement, parfois au mépris du confort apporté par l'immobilité, la stabilité et la sécurité. Qui peut bien les blâmer : n'est-ce pas ce qui nous rend vivants, après tout ? Notre curiosité n'est-elle pas la plus belle preuve de cette force vitale qui nous anime ?

Le voyage est le plus sûr moyen de trouver son Eldorado. C'est en voyageant que l'on bouleverse ses convictions et que l'on fait connaissance avec cet être que l'on nomme moi. *Les obstacles sont nombreux, mais aisément contournables par qui veut aller jusqu'au bout. Le plus dur est de discerner ce qui motive un tel mouvement : l'ambition ? la peur ? l'impression de manquer l'événement, de ne pas participer à l'histoire ? l'envie ? ou bien l'amour ?*

II. Gina

Grands projets

Un sourire éclatant illuminait le visage de Gina tandis qu'elle sautillait sur le chemin pavé en rentrant chez elle. Sa main droite agrippait un papier rose, si serré que les jointures de ses longs doigts en étaient blanchies. Ce papier était, en ce jour ensoleillé de 1971, son bien le plus précieux. Certes, du haut de ses vingt et un ans, elle ne possédait pas grand-chose : elle vivait dans la maison de ses grands-parents, partageait la chambre de sa mère et se vêtait des anciennes nippes de celle-ci, qu'elle rapiéçait tant bien que mal. Si elle l'assistait parfois dans divers travaux de broderie, elle ne percevait pas de salaire, se satisfaisant du gîte et du couvert dans le cocon familial. Aujourd'hui était donc son premier pas vers une autonomie, une liberté qu'elle appelait de toutes ses forces.

Face à l'air sévère de l'examinateur, Gina avait eu comme un creux dans la poitrine ; le trac l'avait saisie, bien qu'au cours de son test de conduite elle eût conservé un calme olympien, en dépit des remarques de l'homme rougeaud qui rechignait explicitement à voir une femme, volant en main, se rendre maîtresse de la direction d'un véhicule. Gina était la première représentante de la gent féminine avec qui il montait en voiture. Sa rudesse dissimulait une appréhension face à cette potentielle hystérique qui se prenait pour un garçon, mais qui flancherait probablement au premier obstacle rencontré sur la route, et il aboyait des ordres d'un ton sec, se délectant avec fureur du moindre écart. Mais la jeune fille ne s'était pas laissé intimider, avait conduit avec fluidité et concentration, et passé haut la main l'exercice, quand plusieurs de ses camarades avaient été recalés. Le demi-sourire complice de la directrice de l'auto-école, une femme aux sourcils perpétuellement froncés, tandis qu'elle lui tendait le précieux document l'avait emplie d'une sensation de plénitude et de fierté telle qu'il lui avait semblé faire le trajet retour sur un léger nuage.

En arrivant devant la charcuterie, elle posa un baiser sur le front d'un vieil homme aux paupières tombantes installé au milieu des saucisses et des œufs. Il accueillit sa petite-fille d'un hochement de tête avant de se replonger dans une somnolence à l'antithèse de l'état d'excitation de Gina. Elle franchit la porte et pénétra dans le salon, dont les volets avaient été tirés pour garder la fraîcheur. Une table recouverte d'une toile cirée immaculée occupait le centre de la pièce, et au fond trônait une armoire en bois massif qu'alourdissaient des assiettes de porcelaine et des plats de toutes tailles. La grande nouveauté était le réfrigérateur d'un blanc cassé qui s'imposait à côté de l'entrée, comme pour annoncer aux invités qu'ils arrivaient dans l'antre de la modernité. Il s'agissait d'un don de la part de l'un des innombrables prétendants de sa mère; celle-ci, quand elle ne se pensait pas observée, n'hésitait pas à utiliser ses charmes d'un air faussement chaste qui rendait les hommes enclins à la dépense. Si ses grands-parents ne posaient jamais de questions, se contentant dans leur sagesse paysanne d'accepter ce qui leur était offert, Gina, sarcastique, interrogeait souvent sa mère pour savoir d'où venaient tel argent, tel meuble, tel appareil. Celle-ci se drapait alors dans une dignité offusquée et se lamentait, geignant et plaidant qu'au vu de toutes les souffrances qu'elle avait endurées, elle méritait bien qu'on lui accordât quelques faveurs.

Les jambes fines de Gina grimpèrent les escaliers quatre à quatre jusqu'à la chambre à coucher, et elle s'étala sur le lit impeccablement fait avec un long soupir d'aise, étourdie de félicité, sans parvenir à cesser de sourire. Ses grands yeux fixaient le plafond, imaginant les aventures et les virées qui l'attendaient à bord de la Fiat 500 que Fabio Buonanno avait promis de lui céder. La petite voiture en pot de yaourt serait-elle assez puissante pour lui permettre de se rendre en France ? Et pourquoi pas en Europe ? Son horizon s'était considérablement élargi : elle pouvait rouler jusqu'à Istanbul si elle le voulait, songea-t-elle euphorique. Dommage que le Brésil ne soit pas relié à l'Italie par un long pont surplombant l'Atlantique... Soudain, sa bouche s'arrondit en un O d'inquiétude : il fallait ranger le sésame dans un endroit sûr. Sautant sur le sol, elle balaya la pièce du regard sans parvenir à trouver une cachette adéquate. Elle fit quelques pas, et sous son pied le parquet clair grinça. Elle s'accroupit, déplaça une latte branlante en glissant un ongle dans l'interstice, et dissimula en dessous le papier rose plié et replié. En repositionnant le morceau de bois de ses longs doigts, elle constata avec satisfaction que l'on n'y voyait que du feu.

Refrénant à grand-peine son envie de danser et de crier, elle se mit aux fourneaux en attendant le retour de sa famille. Son pas virevoltait sur la dalle, la conduisant jusqu'à l'étal à viande où elle chipa un reste de mortadelle, qu'elle découpa en tranches si fines qu'elles en devenaient transparentes ; quelques olives, des tomates juteuses et gorgées de soleil, un quart de fromage de bufflonne tourbillonnèrent pour s'organiser dans un saladier orné d'une frise bleue ; le nectar doré d'un filet d'huile vint napper le tout. Ses gestes, lorsqu'elle concoctait le repas, étaient ceux d'un chef d'orchestre exécutant une symphonie. Elle était ainsi, Gina : dans une constante bonne humeur, l'œil pétillant, pressée de vivre et vive comme un oiselet tombé du nid.

Elle était arrivée trois semaines avant le terme, avide de croquer à pleines dents ce monde qu'elle avait tant attendu ; un bébé rieur, quoique sujet à des crises aussi soudaines que passagères. La petite fille éveillée était devenue un véritable garçon manqué, dont la passion consistait à démonter tous les objets de la maison, sous le regard affligé de sa mère pour qui tant de bricolage n'était guère féminin. Les années s'étaient écoulées, et Gina avait poussé comme une longue tige, ses membres s'étaient affinés encore davantage et il avait fallu réajuster les robes de sa plantureuse mère afin qu'elle ne flottât pas dedans. Son grand-père, cantonné à son étal, restait au soleil, tenant la charcuterie où personne ne venait faire ses courses ; et la maison s'était peu à peu transformée en un gynécée où la petite Gina était choyée par une grand-mère qui lui passait toutes ses excentricités, et une mère qui se faisait un devoir de réussir son éducation selon de stricts principes. Sa fille irait bien plus loin qu'elle-même, elle se le promettait intérieurement ; elle se voyait en elle, projetait ses désirs et ses peurs, par procuration. Gina deviendrait une femme accomplie, une bonne ménagère, une épouse attentionnée et une mère dévouée.

Le seul problème était que l'économie domestique ne passionnait que modérément Gina : si elle aidait bien volontiers à s'occuper de la maison, les laborieuses explications maternelles au sujet du lustre d'un verre, du cirage d'un sol ou de la reprise d'une chemise lui arrachaient des bâillements étouffés. Après le lycée, on avait essayé de lui proposer, puisqu'elle tenait tant à apprendre quelque chose, une formation de sténodactylographie, sans succès : la jeune fille, bien qu'ouverte et à l'écoute, ne semblait jamais s'intéresser à quoi que ce soit. Elle avait alors glissé dans une sorte de torpeur étrange, qui avait surpris tout le monde, elle la première, et l'avait empêchée de se concentrer sur la suite de ses études. Dès lors que sa mère avait le dos tourné, cependant, elle feuilletait le carnet de sa grand-mère, qui gérait les comptes de la charcuterie et s'occupait de l'approvisionnement, tâches qui lui avaient nonchalamment été déléguées, mais dont elle s'acquittait avec brio. Si l'on avait demandé à la mère Costa la nature de son travail, elle aurait modestement baissé la tête et nié la moindre ingérence dans l'entreprise de son mari, qui n'avait certainement pas besoin d'une bonne femme pour mener son affaire. Et pourtant, sans le carnet, sans l'œil avisé et le sens de l'organisation de cette femme tassée sur elle-même et effacée, sans son acuité et son habileté à déceler le plus petit déséquilibre dans les colonnes de chiffres griffonnés avec application, la boutique, qui n'attirait pas les foules, aurait périclité, laissant la famille sans aucun moyen de subsistance depuis bien longtemps.

Ce n'était pas que Gina exprimait un désintérêt méprisant pour les questions du foyer ; la semaine passée, ayant noté que de l'évier perlaient des gouttes d'eau, elle avait par exemple pris les choses en main. En étudiant la façon dont les conduits s'imbriquaient, la jeune fille avait mis le doigt sur l'anomalie, s'était procuré un nouveau joint ainsi qu'une extension de tuyau en cuivre, s'était fait expliquer le processus par Fabio et, munie d'une clef à fourche, avait démonté puis revissé le tout, tout en riant intérieurement en imaginant la réaction épouvantée qu'aurait sa mère si elle la surprenait les mains dans la crasse. Gina adorait comprendre comment fonctionnaient les machines, les installations et les mécanismes qui l'entouraient, et, feignant le badinage, elle s'aventurait par moments autour des fermes du voisinage afin d'observer, d'examiner et d'analyser comment les hommes du village s'y prenaient pour relancer un moteur, vidanger l'huile, graisser un engrenage. C'était d'ailleurs ainsi qu'elle avait sympathisé avec Fabio et ses frères ; le jeune homme, du haut de ses trente ans, avait hérité de ses parents une habileté telle qu'il vendait ses services de mécanicien auprès des habitants de Casalnuovo. Passionné de voitures, on le trouvait en général enfoui sous la dernière carcasse qu'il avait récupérée pour la retaper. L'habileté de la fille Acampora lui plaisait : enfin une jeune femme qui cherchait à comprendre l'origine d'une panne au lieu de s'en plaindre ! Dès lors, il avait mis à profit l'adresse et la curiosité de Gina en la prenant sous son aile ; elle l'assistait lors de réparations diverses, de petits travaux de bricolage, ou bien quand il fallait se procurer une pièce détachée dans la décharge non loin, parfois même sans que Gina ne réclamât jamais le moindre salaire… Comme si l'apprentissage lui suffisait. Décidément, c'était une drôle de fille.

Une voix traînante se fit entendre au loin, et Rita, après avoir salué distraitement son père, franchit le seuil de la maison. Elle embrassa d'un air absent Gina, avant de la toiser, comme elle le faisait régulièrement, d'un œil calculateur. Le contraste était saisissant, entre cette femme naguère belle, mais qui semblait aujourd'hui fanée et languissante, et sa fille lumineuse, pleine d'énergie, qui peinait à contenir sa joie nouvelle. Mais Rita était aveugle au rayonnement de ce bouton de rose, et elle évaluait d'une moue experte la poitrine maigre, les clavicules saillantes qui bosselaient la gorge, la peau tendue sur les épaules osseuses que caressait une chevelure épaisse d'un noir de jais, les pommettes enfantines, soupirant de dépit face à un tel manque de féminité. Ce n'était pas faute de nourrir cette gamine : mais malgré son bon coup de fourchette, elle n'avait jamais réussi à s'arrondir là où il le fallait. Comment allait-on bien pouvoir la caser ?

– Y paraît que t'étais encore fourrée chez la folle, hier ?

– Maman, ne l'appelle pas comme ça, répliqua Gina d'un sourire indulgent – aujourd'hui, elle ne s'agacerait pas pour si peu.

– J'me d'mande juste c'que la vioque et toi pouvez bien avoir à vous raconter, c'est tout.

– Elle avait besoin d'un coup de main avec sa lessive...

Ce n'était pas vraiment un mensonge. Gina, en rendant visite à sa grand-mère paternelle ce matin-là, s'était aperçue du désordre plus prononcé qu'à l'ordinaire qui régnait dans la maison. Elle avait compris, aux yeux désolés de la vieille, que le lave-linge était tombé en panne, d'où les piles de draps qui jonchaient le salon. Il était pourtant neuf, ayant remplacé la lessiveuse, grand baquet où l'on plaçait auparavant le linge et l'eau, depuis l'année dernière. La plupart des femmes à Casalnuovo devaient encore se contenter de ces larges récipients d'acier où il fallait faire bouillir la lessive : la fille Marino avait d'ailleurs récupéré celle de la mère de Marco, qui n'en avait plus l'usage. Avec la force centrifuge des machines à laver, il était désormais possible d'essorer sans effort les vêtements, qui séchaient ensuite en un claquement de doigts.

Attendrie par le désarroi de sa grand-mère et déterminée à lui apporter son aide, Gina s'était donc penchée sur le problème : elle avait d'abord essayé d'actionner l'appareil, dont le tambour ne s'était rempli que d'un mince filet d'eau, ce qui l'avait intriguée. Elle avait vérifié que le robinet d'arrivée était bien ouvert au maximum en déconnectant le tuyau d'alimentation de la machine et en plaçant un seau sous celui-là : un jet clair s'était écoulé. Le souci venait par conséquent dudit tuyau. Elle s'était aperçue en effet qu'il était légèrement pincé à son extrémité. Fronçant le sourcil, mais satisfaite d'avoir trouvé l'origine du dysfonctionnement, elle avait montré la partie pliée à sa grand-mère et lui avait assuré qu'elle lui trouverait une pièce de rechange sans tarder. La vieille avait battu des mains avec un grand sourire, affichant ses petites dents bien alignées. Chaque visite de sa petite-fille l'emplissait de joie, qu'elle manifestait par une réaction excessive à tout ce que celle-ci lui racontait.

– Elle devrait d'mander à son ouvrier d'l'aider… Tous les vieux du village sont aux p'tits soins pour c'te vieille bique, à croire qu'y z'en sont encore amoureux, elle est pourtant plus bien fraîche, ricana Rita.

Son gloussement mauvais laissait percer la jalousie qu'elle éprouvait à l'égard de la mère de son ancien amant. Ce sentiment, qui ne semblait pas justifié, s'expliquait néanmoins aisément. Si Rita, avec ses vingt ans de moins, avait conservé ses formes de jeune femme, son visage était marqué par les griefs et les déceptions, alors que chez sa belle-mère transparaissaient une candeur et une ingénuité qui teintaient son regard d'une fraîcheur inaltérable et rappelaient à tous ceux qui l'avaient connue sa grande beauté d'autrefois. De toute façon, Rita était constamment dévorée par l'envie. Pourtant, sa vie durant, on s'était occupé d'elle : quand elle était tombée enceinte, ses parents s'étaient laissé attendrir par sa posture éplorée de vierge flouée, et ne lui avaient pas adressé le moindre reproche. Gina les soupçonnait de s'être secrètement réjouis de cette nouvelle, épris qu'ils étaient de leur si jolie fille, et somme toute soulagés qu'elle ne quittât pas le foyer familial.

Gina ouvrit la bouche pour défendre sa grand-mère, avant de se raviser en rongeant son frein. Rita mettait un point d'honneur à avoir le dernier mot, cela la réjouissait et adoucissait son caractère quelques instants. Parfois, sa mère l'irritait au plus haut point, par la façon qu'elle avait de se poser en victime du sort et son incapacité à rebondir. Lorsqu'elle s'embourbait dans ses discours moralistes, Gina lui trouvait un air prématurément vieilli, asséché. Cette femme n'avait-elle donc aucun rêve, aucun projet, aucune source de joie? Se complaisait-elle uniquement dans l'auto-apitoiement et la médisance? Elle s'en voulut aussitôt d'avoir formé de telles pensées : si Rita vivait dans le passé, un passé qu'elle aimait à romancer à souhait, c'était parce qu'elle était consumée de regrets. Elle restait ainsi bloquée dans ses années de jeunesse, quand l'avenir lui souriait et que tous les garçons lui couraient après. Si des principes sans joie dictaient sa conduite, c'était qu'on ne lui avait jamais donné l'occasion – ou bien ne l'avait-elle pas saisie? – de développer une passion autre que la création d'un foyer traditionnel. En raillant la mère de Marco à cause du respect que les hommes lui portaient, ce qu'elle exprimait réellement, c'était la douleur qu'elle ressentait à l'idée qu'elle-même ne profitait plus de ces attentions. L'âge et les années qui s'écoulaient étaient pour Rita tels des coups assenés sur la cloche de l'église, inéluctables et violents. Et cette femme, qui n'avait pas cinquante ans, adoptait des postures de sage, se confortant dans des opinions éculées.

Ils passèrent à table, et Gina écouta d'une oreille exaspérée Rita se plaindre de l'attitude de la petite amie du jeune Gallone, enceinte jusqu'au cou de son troisième enfant alors que le couple vivait dans le péché – au grand désarroi de Rita, pour qui cet état de fait démontrait à quel point la société se délitait. Cette pimbêche s'était permis de l'ignorer dans la file d'attente devant la nouvelle supérette qui avait ouvert près de l'église! Mais lui, pourtant, quel bel homme, quel dommage de le voir se perdre ainsi dans les bras d'une fille légère! Et elle s'égara dans les méandres de ses colportages. Il arrivait toujours les mésaventures les plus futiles à Rita lorsqu'elle sortait faire des courses.

Il faut dire que depuis l'après-guerre interminable, auquel avait succédé le miracle économique des années 1960, de plus en plus de produits, dont la consommation était encouragée, étaient disponibles. Ainsi, les cuisines américaines, les appareils électroménagers et les contenants en plastique avaient fait irruption dans le quotidien des Italiens du Sud, au grand dam de Rita, qui s'offusquait qu'une femme au foyer estimât avoir besoin de tant d'aide – avant de se joindre à la foule pour se ruer dans les supérettes. Le vecteur le plus efficace de cette nouvelle tendance était la télévision – et ses annonces publicitaires. Depuis que Sergio Milo, qui gérait à présent le bar du village, avait fait l'acquisition d'un poste – oubliant par conséquent de replacer le *o* de Milo qui était de nouveau tombé de l'enseigne –, les familles entières affluaient dans l'établissement pour s'agglutiner devant l'écran. Les jours où le SSC Napoli défiait la Juventus ou le Milan, c'était une véritable convergence entre jeunes et vieux, entre paysans et ouvriers, qui ne faisaient plus qu'un lorsqu'il s'agissait d'encourager Altafini ou Sívori, que tous s'accordaient à ériger meilleur joueur de tous les temps. Sergio, qui avait littéralement doublé de volume, accueillait avec bonhomie ces nouveaux consommateurs, à qui la publicité qui émaillait les matchs donnait soif.

Rita semblait en avoir fini avec le flot ininterrompu de ses griefs quand Gina, après une longue inspiration destinée à l'armer de courage, prit la parole.

– Vous n'allez pas me demander ce que j'ai fait aujourd'hui ?

– Voyons, ma fille, tout n'tourne pas autour de toi ! Quel orgueil… Tu sais, sermonna Rita en pointant un doigt de professeur vers Gina, les hommes, y z'aiment pas les prétentieuses.

– Aujourd'hui, insista Gina en ignorant délibérément sa mère et en s'adressant à ses grands-parents tout étonnés d'être sollicités, j'ai passé mon permis de conduire.

Un silence accueillit cette nouvelle. Rita éclata d'un rire un peu forcé, qui fit tressaillir son père. Elle choisit d'adopter un ton désabusé et légèrement méprisant.

– Mais ma pauvre enfant, qu'ess'tu vas bien faire de ça ?

– Eh bien, je vais me procurer une voiture et me rendre à Grenoble pour pouvoir commencer mes études ! lâcha Gina d'une voix qu'elle aurait souhaitée plus détendue.

– Des études ?

– Maman, je t'en ai parlé, soupira Gina. Tu sais, le cursus qui m'intéresse à l'université de Grenoble…

– Oui, oui, j'me souviens bien d'ces bêtises, mais je pensais qu'c'était qu'une passade ! Tu disais ça comme ça, juste parce que t'as lu un article sur les sportifs, là, ou j'sais plus…

– Les Jeux olympiques, interrompit Gina, toute rouge.

Elle s'en voulait de céder à l'irritation que suscitait en elle le moindre échange avec sa mère.

– Je t'ai simplement parlé des Jeux olympiques pour que tu situes la ville où je vais étudier, maman. D'ailleurs, je n'arrive toujours pas à comprendre comment tu as pu ignorer cette information, avec tout le battage que les journaux en ont fait. Ni comment tu peux ne pas savoir où se trouve Grenoble, soit dit en passant, articula-t-elle sans parvenir à dissimuler son agacement.

– Oh, excuse-moi, mademoiselle-je-sais-tout ! T'es si intelligente, c'est incroyable qu'tu penses qu't'as b'soin d'étudier encore plus ! persifla Rita, alors que les grands-parents se tassaient sur leur chaise comme pour essayer de disparaître sous la table.

– Maman, je ne vais pas rester à Casalnuovo toute ma vie. Je suis majeure, je me suis inscrite à l'université et j'ai été reçue, il ne me manquait plus qu'un moyen de m'y rendre, et tu m'as bien fait comprendre qu'il ne faudrait pas que je compte sur toi. Alors voilà, conclut Gina d'un ton qui signifiait que rien ni personne ne pouvait interférer avec sa décision.

– Si tu crois que j'vais te prêter des sous pour acheter une bagnole, tu t'trompes lourdement, répondit Rita d'un air malveillant, pour clouer le bec à sa fille.

– Fabio m'a promis qu'il me donnerait sa vieille Fiat 500 pour me récompenser de mon aide. En plus, j'ai économisé pas mal d'argent avec les petits travaux que j'ai faits pour lui ces derniers temps. Ne t'inquiète pas, je ne compte pas te demander quoi que ce soit.

Le reste du déjeuner se déroula dans un silence entrecoupé par le cliquètement des couverts de ses grands-parents et les grognements de sa mère, qui sous-entendait qu'à son avis, un tel cadeau devait bien avoir été gagné d'une façon pas très propre. Gina, indifférente, laissa libre cours à ses rêveries jusqu'à la fin du repas.

De retour dans sa chambre, Gina s'installa devant la coiffeuse de sa mère qu'elle avait transformée en bureau. Elle sortit du petit tiroir une feuille de papier et un stylo, et retrouva presque instantanément son calme. Il n'avait pas été difficile de trouver l'adresse de Marco, au vu du nombre de lettres qu'elle avait retrouvées chez sa grand-mère : quelques années auparavant, elle avait donc entamé, avec un chatouillement au creux du ventre et une curiosité sans bornes, une correspondance avec un père qui ignorait tout de son existence. Il était tombé des nues, et Gina sentait bien qu'il avait eu le plus grand mal à la croire ; peut-être même doutait-il encore de son existence, depuis son lointain pays. Elle laissa se dissiper l'énervement du repas pour essayer de transcrire la joie et la griserie que lui procurait l'obtention de son permis de conduire. Les mots lui vinrent aisément, comme chaque fois qu'elle prenait la plume pour lui écrire. Lui-même, avait-il une voiture, à São Paulo ? Probablement pas : Marco lui avait décrit sans ambages un quotidien rude, lui et ses amis comptant parmi les plus pauvres de la ville. Ses premières lettres étaient pudiques, factuelles ; puis, peu à peu, il avait distillé quelques indices, précisé des mœurs, détaillé un environnement qui prenait forme dans l'esprit de celle qu'il peinait encore à appeler sa fille. Le judas par lequel Gina entrevoyait la vie que menait son père s'était agrandi. Elle s'imaginait les quartiers bourdonnant d'agitation, la camaraderie solide et fraternelle liant les ouvriers, la cohésion parmi les exilés, comme si elle se trouvait aux côtés de Marco.

Elle ferait sa rentrée en septembre prochain à l'université de Grenoble-Alpes, lui écrivit-elle sur la deuxième page, essayant tant bien que mal de communiquer sa fierté sans paraître trop présomptueuse. Elle intégrerait le cursus scientifique, où elle avait été acceptée haut la main grâce à ses notes en mathématiques au baccalauréat, malgré les trois années qui avaient suivi, durant lesquelles elle n'avait pas fait grand-chose à part tenter d'identifier ce qui lui donnerait envie de se lever le matin – et accessoirement donner un coup de main à Fabio. C'est à cette période qu'avaient débuté leurs échanges épistolaires, et bien que Marco ne fût pas des plus prolixes dans ses écrits, le simple fait de coucher sur papier ses doutes et ses interrogations avait permis à Gina de définir ce qu'elle voulait faire de sa vie : dévorer, rencontrer, comprendre, apprendre. Naples était trop proche, Rome aussi : elle cherchait l'excitation mêlée d'appréhension qu'apportait le voyage. L'université de Grenoble était alors en pleine expansion : les anciennes facultés avaient été regroupées en trois entités. Gina se préparait à intégrer Grenoble 1 et ses cours axés sur les mathématiques et la mécanique. Le Laboratoire d'électronique et de technologie de l'informatique, le Leti, avait été fondé quelques années plus tôt par le centre d'études nucléaires de Grenoble : une telle émulation créatrice attirait les scientifiques du monde entier et transformerait bientôt la ville en un pôle industriel de haut niveau.

Elle finirait par convaincre Rita, se persuadait-elle avec indulgence ; alors que sa mère avait grandi sous les bombes, à l'époque la plus sombre qu'avait traversée le pays, elle tendait à sublimer le passé et à vivre dans un nuage de nostalgie perpétuelle. Elle ne comprenait pas ce qui poussait Gina à quitter Casalnuovo, sourde à sa curiosité affamée de voir le monde. Rien de bon ne pouvait ressortir d'un tel voyage : elle se heurterait à des femmes transgressives, des hommes agressifs et des professeurs lubriques. Pourtant, écrivait Gina à son père, tous les jeunes de son âge partaient, comme Marco l'avait fait quelque vingt ans auparavant : Rita n'aurait pas dû s'étonner que sa fille cédât elle aussi à cette impulsion, au chant pur de la vie, à l'attrait de l'ailleurs.

Il était si aisé de parler à Marco : avec lui, nul besoin de dissimuler. Gina acheva sa missive en lui décrivant le roman qu'elle était en train de lire – *Histoires naturelles*, d'un certain Damiano Malabaila[6] –, dans lequel l'auteur dépeignait un futur dystopique et technologique. Certaines inventions jugées bénéfiques aboutissaient à des expériences terrifiantes, par un mécanisme sournois qui la ravissait. La littérature d'anticipation la fascinait, en superposant progrès technique et considérations éthiques pour ne pas perdre pied avec ce qui faisait de nous des êtres humains. La responsabilité de la science devenait l'enjeu des années à venir ; et de nouveau, Gina sourit de toutes ses dents à l'idée que bientôt, elle débattrait de ces questions avec l'élite universitaire.

---

6 Primo Levi.

En quête d'un idéal

– Gina… C'est si joli. D'où est-ce que ça vient ?

Sarah faisait rebondir son prénom sur ses lèvres pulpeuses, mettant l'accent sur la première syllabe qu'elle concluait par un « na » boudeur, en arrière-plan, enlevé. Elle roula sur le côté pour lui faire face et caressa du dos de la main la cambrure de sa hanche.

– Tu ne connais pas Gina Lollobrigida ? *L'Aigle noir…* Non ?

– Mon Dieu, quelle musique dans cette langue !

Gina la toisa d'un air amusé. Sarah la considérait probablement comme un animal exotique, dont la parure s'afficherait tel un trophée sur son tableau de chasse. C'était une jeune étudiante au corps de liane, aux gestes souples et aux boucles épaisses qui retombaient sur des iris sombres presque provocants, et accessoirement la première fille avec laquelle Gina couchait.

– Ma mère l'adulait. C'était une actrice très célèbre dans les années 50, un genre de Marylin italienne… C'était une bimbo, expliqua Gina en ponctuant son propos d'un clin d'œil coquin.

– Il te va comme un gant !

D'une moue sceptique, Gina se redressa et commença à chercher ses vêtements éparpillés dans le petit studio. Elle revoyait sa mère se pâmer devant le physique avantageux des divas de l'époque : Silvana Pampanini, Gina Lollobrigida,

Sophia Loren… Et de s'écrier que de nos jours, les actrices n'étaient plus aussi jolies, aussi apprêtées. C'était le bon vieux temps, quand les courbes d'une femme en imposaient ! Aucun film sorti ces vingt dernières années ne trouvait grâce à ses yeux, elle ne les regardait même pas, ne voulait pas s'y intéresser. À bien y réfléchir, Rita ne s'intéressait qu'au monde d'avant la naissance de sa fille. Gina aurait préféré hériter d'un prénom moins… futile.

Elle déposa un baiser sur la jolie bouche de son amante avant de filer, ébouriffée et pétrie de bien-être, en direction de son bâtiment. Sarah et elle logeaient sur le campus, mais Sarah avait accès à un studio entier, car elle finissait sa licence, alors que Gina devait se contenter d'une petite chambre qu'elle partageait avec une autre étudiante italienne nommée Elena, mais que tout le monde appelait Lenu. Sa mère aurait été horrifiée de la surface réduite dans laquelle elle vivait, de l'humidité des salles de bains communes et du désordre régnant dans les espaces collectifs, où livres, canettes de bière, fiches de révisions et cartons de pizza s'entassaient. Mais Gina était aveugle à ces détails, et exultait devant la toute nouvelle liberté dont elle disposait. L'anonymat qu'apportait l'immense campus de deux cents hectares, où l'on pouvait se balader dans la tenue de son choix, ou bien avec n'importe quel camarade, sans devoir s'en justifier auprès de qui que ce soit, la ravissait. Elle avait été surprise de constater qu'il n'était pas situé dans Grenoble même, mais à Saint-Martin-d'Hères, une banlieue à quelques kilomètres de la ville. Elle avait passé les premiers jours à explorer les ruelles médiévales du centre de Grenoble, à l'abri des arcades, avant d'admettre leur préférer les grands espaces de la faculté, étrange huis clos à la fois ouvert sur le monde et niché dans un écrin de montagnes aux sommets enneigés. Elle prenait ses marques avec aisance : les cours se déroulaient dans d'agréables amphithéâtres, et elle prenait ses repas dans l'imposant restaurant universitaire. Tout était aéré, moderne. Mais ce qu'elle aimait le plus, c'était errer le nez en l'air, à l'affût du moindre événement.

L'université était un vivier bouillonnant d'idées et d'initiatives, et chaque étudiant y était invité à intégrer une association. Il y avait le club omnisport, où l'on pouvait s'inscrire pour pratiquer des activités allant du ski alpin à la plongée sous-marine ; des syndicats engagés dans diverses actions ayant trait au développement de l'université, de l'offre culturelle aux petits boulots en passant par la cantine ; des regroupements d'élèves autour d'un goût commun ou bien proposant un tutorat pour les plus en difficulté ; le ciné-club, les ateliers d'art ou bien les défenseurs de l'écologie ; et bien d'autres tentatives de canaliser la formidable énergie de ces enfants s'essayant à être adultes. Gina, après avoir tourbillonné d'une organisation à l'autre sans savoir où donner de la tête, avait été alpaguée dès sa première semaine de cours par les représentants de l'association chargée de favoriser l'intégration des étudiants étrangers.

C'est ainsi qu'elle avait rencontré Sarah, une jeune fille avenante à la peau mate comme si elle avait naguère été bronzée, mais que l'air frais des montagnes avait pâli son teint. Sarah avait une mère libanaise, un père éthiopien et des origines éparpillées dans tout le Moyen-Orient : ses parents s'étaient connus avant Nakba[7], qui les avait chassés de leurs terres. La Palestine, idéalisée et lointaine, était son pays, son manque, son envie, son amour, sa bonne étoile et sa malédiction. Gina lui avait tout de suite plu, avait-elle avoué sans détour, avec son visage slave à la peau tendue sur les pommettes,

7 L'exode palestinien de 1948.

sa silhouette élancée et ses membres déliés. Alors que la jeune Italienne, intimidée, ânonnait quelques mots dans son français tout neuf, Sarah l'avait prise sous son aile et lui avait fait visiter l'intégralité du campus, à commencer par son lit.

Émoustillée, souriant à ce souvenir et à la courte nuit qu'elle venait de passer, Gina traversa l'esplanade et dépassa les murets couverts de slogans. « Libérez Geismar » et « Non à l'impérialisme français », les plus engagés, l'interpellèrent ; elle salua d'un hochement appréciateur le classique, mais évident « Oser, lutter, vaincre », tandis que les plus décalés, « Viens, on va se coucher » ou bien « Celui qui massacre les pelouses est un assassin en herbe » lui arrachèrent un petit rire. Elle rejoignit son bâtiment et monta quatre à quatre les marches qui menaient à son couloir – comme toujours incapable de se déplacer sans courir. Elle ouvrit la porte de la salle de bains partagée et constata avec plaisir que personne n'occupait la meilleure douche, celle qui avait le plus de pression. La jeune fille se faufila derrière le rideau de plastique bleu, savoura le jet d'eau tiède qui glissa dans ses cheveux, avant de s'envelopper d'une serviette élimée et de regagner sa chambre, revigorée. En entendant un pas boitillant, elle fit volte-face : Lenu venait de débouler dans le couloir. Elle avait un œil enflé et son nez saignait abondamment.

– Lenu ! s'exclama Gina en se précipitant sur sa colocataire. Ils ne t'ont pas loupée !

– Attends, attends… Rentrons, et je t'expliquerai.

Les deux jeunes filles pénétrèrent en même temps dans leur petit studio, se bousculèrent, pataudes. Lenu s'affala sur son lit en poussant un long soupir. Elle regarda Gina de son œil ouvert, souriant de son air préoccupé.

– Ne fais pas cette tête-là, enfin, gouailla-t-elle d'une moue bravache.

– Combien étaient-ils, cette fois ? s'enquit Gina, navrée.

– Je ne saurais pas dire. J'avais l'impression qu'on avait le dessus, mais à un moment j'ai vu Manu qui se faisait tabasser par quatre gudards.

Mon Dieu, comme j'ai bien fait de ne pas me joindre à eux ! eut le réflexe de songer Gina. Et elle se sentit aussitôt coupable d'une telle pensée. Manu, Lenu et les autres étaient de fervents antifascistes, et elle partageait avec passion leurs opinions politiques. La prochaine fois, se promit-elle, elle se montrerait plus vaillante et défilerait à leurs côtés.

– Allez, ne t'en fais pas, Gina bella, je suis rentrée au bercail en un seul morceau ! Je vais me nettoyer le visage et je serai prête pour l'AG de cet après-midi.

Le nez de Lenu, recouvert d'une épaisse couche de fond de teint, avait presque repris sa couleur habituelle quand Gina et elle foulèrent la pelouse qui conduisait à l'amphithéâtre. Les bancs agencés en auditorium étaient bondés, et plusieurs étudiants étaient directement assis par terre. Les quelques chaises éparpillées étaient déjà toutes occupées ; un étudiant du nom d'Antoine interpella Lenu, qu'il invita à s'installer sur ses genoux, tandis que Gina se frayait une place entre les tables et finit par s'adosser contre le mur en regardant d'un air moqueur sa colocataire glousser. Les autres garçons ne s'étaient pas privés de les reluquer à leur passage. Elle en reconnut plusieurs qu'elle avait vus à la dernière manifestation du MLF. Après tout, on ne pouvait décemment se prétendre maoïste et ne pas adhérer aux combats féministes : il était avéré que les femmes subissaient une forme d'oppression millénaire, contre laquelle il convenait de s'insurger, au même titre que pour les ouvriers, les prolétaires et tous les oubliés du capitalisme et de la mondialisation. C'était dans la même logique que l'on s'intéressait à l'écologie, et que l'on marchait contre les projets d'expansion de l'usine Progil ou de la centrale nucléaire de Creys-Malville. Aux yeux de Gina, la convergence des luttes s'imposait comme une évidence.

Les bavardages s'estompèrent lorsqu'un étudiant aux cheveux longs et aux lunettes rondes entra. De petite taille, on aurait pu le prendre pour un enfant, si ce n'était pour les profonds sillons qui reliaient les coins de sa bouche aux ailes de son nez et l'aura qui émanait de lui. Il saisit la chaise que ses amis avaient prévue pour lui, la repoussa et resta debout, les poings serrés sur la table.

– Camarades !

Sa voix était étonnamment grave, mais ne portait pas loin. Gina se redressa, soudain investie par la solennité de l'instant. Des « chut ! » énervés roulèrent le long des gradins.

– D'abord, j'aimerais rendre hommage à ceux qui ont vaillamment affronté les rats noirs hier soir. Vous vous êtes conduits en braves.

Une ovation souleva la foule, et Lenu, Manu et d'autres étudiants du premier rang se levèrent et entamèrent une danse improvisée. Si la plupart avaient eu le temps de se changer et de se laver, il était manifeste qu'ils s'étaient tous en effet violemment battus. Le jeune homme aux cheveux longs les applaudit, altier, et attendit que le calme revînt avant de poursuivre sa diatribe. Gina plissa les yeux : elle lui trouva un faux air de John Lennon, et se demanda si c'était là l'effet recherché.

– Comme vous le savez, nous, les étudiants, jouons un rôle primordial quand il s'agit de l'unité et de la révolte des peuples. Nous sommes le pilote, l'embryon de la société de demain. Et que souhaitons-nous devenir : la prochaine génération de moutons ? une reproduction de l'intelligentsia ? les futurs esclaves de grandes entreprises ?

Un « non ! » unanime résonna et ricocha sur les quatre coins de l'amphithéâtre.

– On nous opprime, on nous traite de casseurs. Selon la nouvelle loi, cette loi honteuse, le simple fait de participer à une manifestation nous désigne automatiquement comme coupables. On nous dit violents et incontrôlables. Mais est-ce que Dubedout, qui se paie une visite à Mexico suite après le massacre de Tlatelolco, ne se rend pas coupable d'une violence indigne ? Est-ce que les dizaines de morts sur les chantiers de la zone industrielle ne témoignent pas d'une violence systémique inouïe ?

De nouveau, des acclamations indignées vinrent saluer le discours de l'étudiant, qui ne ressemblait plus autant au célèbre membre des Beatles à présent. En l'observant plus attentivement, Gina décela les veinules qui s'étalaient sur son cou comme une toile d'araignée. Son nez couperosé congestionnait son visage, et c'était comme s'il risquait à tout moment d'exploser et d'inonder de sang son entourage. Autour d'elle, les commentaires fusaient :

– Et les nervis du rectorat qui nous balançaient des plateaux-repas à la gueule, tout ça parce qu'on vendait des tickets au tarif étudiant aux travailleurs immigrés sur le campus !

– Et la réforme des bourses, on en parle ?

Le jeune homme aux cheveux longs évoqua ensuite avec force superlatifs la bagarre « épique », « homérique », qui avait opposé les copains du Secours Rouge à un groupe de Sud-Vietnamiens. Après quelques blessés, une séquestration, l'arrêt des cours jusqu'à la mi-juin et la tenue d'un tribunal populaire, l'un des responsables de l'organisation gauchiste avait été condamné à quinze mois de prison, suscitant l'indignation de ses camarades, qui en étaient restés bouche bée, le pavé encore à la main. Gina, à présent captivée, buvait ses paroles.

– Qu'est-ce qu'une grève de la faim face à l'exploitation des peuples ? Qu'est-ce qu'une manifestation face à l'impérialisme bourgeois ?

Lenu avait expliqué que Michel – c'était son nom, elle s'en souvenait maintenant – n'avait jamais vraiment dépassé l'immense frustration ressentie face au faible retentissement qu'avait eu les événements de Mai 68 à Grenoble. Lui qui rêvait d'une marée qui emporterait tout sur son passage avait assisté de loin au soulèvement populaire, collé à son poste de radio, rongeant son frein dans sa grande maison avec jardin. Il avait attendu avec impatience d'entrer à l'université pour laisser éclater sa rage de révolution, trop longtemps refrénée. Il se targuait d'être un proche de Volodia Shahshahani, le célèbre militant, avec qui il avait lutté auprès des travailleurs immigrés de Seyssinet pour dénoncer les conditions de vie dans le foyer où ces derniers vivotaient. L'affaire avait dégénéré, avec des étudiants qui avaient siphonné leurs voitures pour fabriquer des cocktails Molotov et balancé, après des pierres et des boulons, leurs armoires et leurs meubles par la fenêtre de leurs chambres. En face, les CRS avaient riposté avec du gaz lacrymogène et des grenades au chlore.

Gina, effarée, n'avait réalisé l'ampleur de l'activisme à Grenoble qu'après avoir intégré le campus ; il s'avérait que la ville était le théâtre d'affrontements fréquents entre maoïstes et forces de l'ordre. Elle avait vite délaissé *Le Dauphiné libéré*, que Lenu et les autres surnommaient « Le Daubé », pour *La Cause du peuple* et *Vérité Rhône-Alpes*. Et puis, un beau jour d'hiver, alors que la cuve que formait Grenoble était encore noyée dans une chape de pollution, elle avait accompagné, un peu par hasard, Sarah à une marche pacifiste pour le climat. Sous les slogans inventifs et drôles clamés spontanément par ses camarades, elle s'était mise à y croire, mue par un formidable optimisme. Comment les choses pouvaient-elles évoluer, si l'on ne descendait pas dans la rue pour protester? Les suffragettes dans les années 1920, puis les ouvriers en 1936 s'étaient battus pour un monde plus juste, et cela avait porté ses fruits! Le recul qu'elle avait d'abord essayé de conserver face à la passion des foules s'était évanoui lorsqu'une vieille deuche avait pris feu à quelques mètres d'elle. Les CRS les avaient alors pressés de leurs armures et boucliers jusqu'à ce que la chaleur des flammes leur griffât le visage. Plus loin, des casseurs cagoulés, qui n'appartenaient à aucune association, avaient défoncé les vitrines du Prisunic. Gina et ses amis avaient été contraints de s'enfuir, la rage au ventre.

La jeune étudiante avait fait siens ces idéalismes et ces luttes, et on l'avait bientôt vue en tête des cortèges, brandissant des banderoles et levant le poing gauche, une étincelle dans les pupilles et transfigurée par la détermination. Remplacer le ciboire du tabernacle de l'église de Saint-Pierre-de-Chartreuse par un exemplaire de *La Cause du peuple*, bloquer les routes comme poisson d'avril, ou bien arracher le drapeau flottant sur le monument aux morts de Porte de France, tout cela était bien joli et bon enfant, mais c'était l'action directe qui prévalait, qui faisait bouger les lignes et les lois, elle s'en persuadait peu à peu.

Paris Match avait titré, deux ans plus tôt, « Le campus de la peur », dépeignant une université exsangue prise en otage par des groupuscules extrémistes qui perpétraient attentats et vandalisme. Le journaliste avait comparé les militants grenoblois à un « troupeau de moutons conduits par des loups, avec l'ordure promue civilisation ». Mais Michel avait raison : la vraie violence était la violence d'État, celle qui depuis l'aube des temps mettait à genoux les pauvres et protégeait les riches. Alors, quand Michel appela au soutien des grévistes de Neyrpic, l'un des bastions du capitalisme de la ville qui employait des milliers d'ouvriers et qui défrayait fréquemment la chronique par ses conflits sociaux, elle se leva, avec tous les autres, et, électrisée, applaudit.

Hors de contrôle

Gina soupira et regarda sa montre avec impatience, le combiné contre l'oreille. Lenu piétinait à l'extérieur de la cabine téléphonique et tapotait le verre de ses ongles vernis : elles allaient être en retard à l'AG. Les organisations syndicales de Neyrpic s'étaient retournées contre les étudiants. Certains ouvriers pensaient que l'appui de tous était nécessaire pour faire flancher le patronat, d'autres reprochaient à un noyau de gauchistes de se précipiter dès qu'un conflit éclatait ; certains prônaient la grève limitée dans le temps, d'autres appelaient à un arrêt total et illimité, car sans les détenteurs de postes clefs la production était stoppée et les ateliers vidés. Les dissensions ainsi mises en lumière avaient ébranlé, déséquilibré Gina et ses amis : il convenait de se rassembler et d'en débattre au plus vite. Mais c'était sans compter la logorrhée de Rita.

Sa mère avait entamé une chanson bien connue de Gina : l'abandon de la jeune fille éplorée. Elle radotait sans cesse le récit de sa propre vie : il était une fois une innocente qui tomba éperdument amoureuse d'un soldat, mais celui-ci, après lui avoir promis monts et merveilles, profita de sa pureté pour la séduire avant de fuir comme un lâche quand il apprit qu'elle portait le fruit de leur passion. Rita aimait à se faire plaindre, mais Gina avait plutôt le sentiment que malgré les manigances de sa mère, le timide Marco avait réussi à poursuivre ses rêves, sans avoir connaissance de l'état de Rita – auquel cas, il le lui avait écrit, il n'aurait jamais quitté

Casalnuovo. La jeune fille, exaspérée, acquiesça pourtant : sans le récit de ses malheurs, qu'aurait eu à raconter Rita ?

Elle appelait sa fille depuis la maison du curé, trouvant sans doute un certain réconfort dans la compagnie du vieil homme dont le cou avait presque totalement disparu, englouti sous ses épaules haussées dans une attitude moralisatrice. En réponse à une remarque acerbe au sujet de sa bigoterie grandissante, que Gina ne réussit pas à retenir – ne réalisait-elle pas que l'Église catholique soutenait avec aplomb les néofascistes à Naples ? –, Rita s'offusqua :

– Et puis, d'où est-ce que voudrais-tu que j't'appelle, d'abord ? J'vais tout de même pas quémander l'utilisation du téléphone auprès d'un d'ces gars qui me tournent autour ! Ils pourraient prendre ça comme une invitation. Tiens, pas plus tard que l'aut'jour, le jeune Rossi...

Commença alors le second couplet préféré de Rita : l'attrait qu'elle exerçait auprès de jeunes garçons qui auraient pu être ses fils. Gina coupa court :

– Maman, on m'attend, et il y a la queue pour la cabine téléphonique.

– Hein ? Ouais, bon, t'as jamais d'temps pour ta mère. Après tout c'que j'ai fait pour toi. Quelle ingrate, merde !

Sans même relever la vulgarité maternelle, Gina raccrocha avec néanmoins un pincement de culpabilité. Elle consacrait de moins en moins de temps à sa famille, n'écrivant que sporadiquement, espaçant les appels et restant évasive quant à ses occupations. Mais elle avait tant à faire ! Pour que fût acceptée sa rentrée à l'université, elle avait brossé un portrait flatteur de la capitale des Alpes, qu'elle avait décrite moderne et dynamique. Et c'était vrai qu'en 1972, le mythe de Grenoble battait son plein. En quinze ans, la population avait doublé : la classe moyenne horrifiée par les destructions qu'avait engendrées Mai 68 à Paris courait se blottir au creux des montagnes, où le bon air et les sports d'hiver étaient vantés.

En parallèle, l'Italie ne s'était pas dépêtrée de la vague de contestation qui l'avait cueillie dix ans plus tôt : aux « teeshirts à rayures » qui s'étaient soulevés contre les néofascistes aux commandes avaient succédé les jeunes immigrés du Sud en grève, éprouvés par la dureté des conditions de travail. La tension était brûlante, le terrorisme florissait dans les villes et même dans les campagnes, on avait peur de sortir de chez soi le soir. Rita, que la politique intéressait pourtant fort peu, lui avait semblé craintive au téléphone. Elle recherchait de plus en plus souvent la compagnie du curé, désertant la place du bistrot dès la fin du jour. Sa mère avait raconté à une Gina outrée le meurtre de deux femmes par la police la semaine passée, à la suite des échauffourées de Battipaglia, alors qu'elles protestaient contre la fermeture d'une usine de tabac. Gina le sentait au creux de son ventre, ce sentiment de révolte, d'injustice : partout, les ouvriers étaient méprisés, violentés, sans que les élites voient leur position et leurs avantages menacés. Cet état de cause lui paraissait tantôt insurmontable, tantôt insupportable. Sa mère la morigénait quand elle évoquait les manifestations et les luttes menées par ses camarades et elle : sa génération n'avait pas connu le fascisme, le vrai, voilà pourquoi elle recherchait le frisson de la guerre. Quel impact pensait-elle avoir ? Mais Gina n'avait que faire du jugement maternel : pour elle, ce n'était pas un jeu. Sa détermination avait atteint son paroxysme. Il n'était plus question de se laisser faire. Il fallait que les élites et les politiciens véreux comprennent qu'ils étaient en minorité, et que la formidable masse du peuple les réduirait en miettes.

Elle sortit comme une furie de la cabine, agrippant Lenu au passage, et les deux filles se hâtèrent vers l'amphithéâtre où déjà leurs camarades quittaient les lieux. Elles furent interceptées par Manu, un garçon que la haute taille forçait à se voûter, et qui se baladait, l'air inspiré, avec le *Petit Livre rouge* sous le bras.

– Gina, nous te cherchions partout. Michel veut te parler.

Lenu lui jeta un regard admiratif teinté d'envie, tandis que Gina, interdite, suivit Manu, qui avait aussitôt fait volte-face, juché sur ses immenses jambes. Courant presque à ses côtés, Gina tenta d'en savoir davantage, mais Manu fixait l'horizon et ne semblait pas entendre ses questions. Ils arrivèrent dans un bureau attenant à l'amphithéâtre. Michel se trouvait là, ses petites lunettes posées au bout de son nez quadrillé de veinules, penché sur une liasse de documents et ce qui ressemblait à un plan. Il leva les yeux.

– Gina.

Elle se redressa, presque au garde-à-vous. Elle avait déjà échangé quelques mots avec Michel auparavant, mais jamais dans un cadre aussi intime. Manu resta en retrait et tenta sans succès de faire oublier son grand corps en le collant à la porte.

– J'étais au téléphone avec ma m… avec l'Italie, je n'ai pas pu me libérer à temps pour l'AG, se justifia-t-elle d'emblée.

– Hum. Tu es au courant de ce qu'il se passe en Italie, alors. Les attentats et les enlèvements se multiplient, les vols et les demandes de rançon sont devenus monnaie courante.

Sa voix était plus profonde que lorsqu'il s'exprimait en public, comme un secret glissé, un serment prononcé, presque un murmure.

– Ma mère me dit que c'est la gauche qui met le feu aux poudres… Qu'ils encouragent la violence politique par peur du coup d'État.

– Désinformation !

Michel avait tapé du poing sur le bureau de bois clair. Son teint était devenu cramoisi, mais le ton qu'il employait avait gardé son velours grave.

– L'ultradroite est coupable de ce climat de terreur que tu décris ! Ses sbires brouillent les pistes et cherchent à faire endosser la responsabilité de ces actions à leurs adversaires. D'ailleurs, il y a bien eu un coup d'État en 64, n'est-ce pas ? Les fascistes ont même sollicité l'armée pour vaincre la soi-disant dérive socialiste du pays, non ?

– C'est vrai, admit Gina, désarçonnée par le brusque changement d'humeur de son interlocuteur.

– Je suis avec attention ce qu'il se passe de l'autre côté des Alpes, figure-toi, poursuivit Michel en lui jetant un regard derrière une mèche de ses cheveux châtains. L'Italie représente l'exemple de ce qui nous menace en France, une violence sociale et politique sans pareille, insidieuse, pernicieuse. Nos deux pays ont connu des années fastes, Gina, mais l'opulence ne pouvait pas durer, la redistribution des richesses n'est pas au programme de ceux qui nous gouvernent, car alors, l'aliénation par le travail s'estomperait, et à ce moment-là, comment le patronat pourrait conserver ses privilèges ?

– Pour l'instant, c'est surtout la mafia qui se frotte les mains.

Michel balaya d'un geste dédaigneux sa répartie.

– Mafieux, patrons, gouverneurs, tous ceux-là sont des ennemis du peuple. Ils veulent garder précieusement la propriété des moyens de production, c'est-à-dire le pouvoir. Voilà pourquoi ouvriers, paysans et étudiants doivent s'unir, pour destituer ces ennemis communs et poursuivre la lutte des classes jusqu'à son accomplissement.

Gina acquiesça, circonspecte, en se demandant si l'étudiant l'avait fait mander pour lui assener un cours de rattrapage de théorie communiste. Manu prit alors la parole.

– Gina, on a décidé de passer à la vitesse supérieure, avec Neyrpic. La CGT croit qu'on est des rigolos, ils nous accusent de faire de la récup, mais nous on veut leur montrer qu'on est solidaires avec les manutentionnaires.

– D'accord…

– Lenu nous a dit que t'étais une tête en mécanique.

Elle suivait en effet des cours de la filière scientifique, qui couvraient des disciplines aussi variées que les mathématiques, l'électronique, la physique ou l'énergie automatique. Les premiers jours avaient été quelque peu embarrassants : les autres étudiants comme les professeurs la dévisageaient, lui demandaient sans cesse si elle était sûre de se trouver au bon endroit, s'étonnant qu'une fille, étrangère de surcroît, se fût délibérément inscrite à une licence intrinsèquement masculine. Mais Gina n'avait pas perdu son sang-froid, et avait rétorqué avec humour et fermeté : elle avait appris le français en quelques mois sans l'assistance de personne, et son penchant pour le bricolage s'était intensifié avec les années et l'aide de Fabio. Ce n'était pas l'université qui allait l'effrayer ! Elle avait une forte appétence, en particulier, pour la mécanique appliquée, dans laquelle elle excellait. Son intérêt pour la résistance des matériaux et la thermodynamique avait d'ailleurs titillé la curiosité de son chargé de travaux dirigés, qui avait décidé de prendre sous son aile la seule fille de la classe. Il l'avait aidée à comprendre le principe de Carnot et la loi de Hooke, jugeant ses progrès d'un air qu'il voulait sévère, mais qui ne parvenait pas à dissimuler l'affection et l'admiration que suscitait chez lui l'étudiante italienne.

Mais Gina avait beau se creuser les méninges, elle ne voyait pas le rapport entre la grève des ouvriers du groupe industriel grenoblois et ses cours de mécanique.

– Nous sommes nombreux dans ce cursus…

– Eh bien ! en fait… Tu es celle qui nous intéresse. La plupart des camarades à nos côtés font de la socio, des sciences politiques, de la philo, et toutes les humanités. Il n'y a pas tant de scientifiques aussi engagés que toi, glissa Michel de son ton velouté.

– Qu'est-ce que vous attendez de moi exactement ?

Michel et Manu se regardèrent.

– On veut que tu fabriques une bombe.

Ils l'installèrent dans l'une des caves qui étaient auparavant utilisées pour les répétitions de l'association de théâtre, mais dont plus personne ne se servait depuis un an – les compagnies d'amateurs ayant décidé d'investir les espaces publics plutôt que de se cantonner à cet étroit réduit sans fenêtres et sans âme. Elle avait pour seule source de lumière la lampe-tempête que Manu lui avait fournie, et pour seul décor des murs mangés de moisissure et un plafond jauni qu'elle pouvait toucher en levant les bras. Au centre de cet espace trônait une table en formica avec un tabouret industriel dont la hauteur était réglable.

Immédiatement après l'entrevue, Lenu avait bondi à ses côtés, avide de savoir ce que Michel, le charismatique et l'indépendant Michel, lui avait demandé ; Gina avait improvisé sans grande conviction une histoire de drague élaborée.

– C'est ça, le problème, avait commenté Lenu avec une moue déçue. Les mecs veulent nous amadouer en prétendant maîtriser la rhétorique féministe sans être foutus d'en appliquer les principes. La liberté sexuelle, pour eux, ça signifie qu'on doit toutes être à leur disposition : jouir égoïstement sans entraves, et que celles qui refusent de coucher soient mises au pilori !

Elle ne se joignit pas à la manifestation anti-impérialiste à laquelle Sarah essaya de la traîner le week-end suivant, à Échirolles. L'indignation de son amante ne portait pas seulement sur l'ingérence colonialiste française : lorsqu'elles s'étaient rencontrées, Sarah et elle s'étaient insurgées à la lecture d'un article du *Sunday Times* appelé « Génocide », qui relayait l'étendue des crimes commis à l'égard des Autochtones d'Amazonie. Les yeux fuyants, Gina avait refusé de l'accompagner sans avancer d'explications, restant insensible au regard de braise de la jeune Palestinienne. Il lui fallait garder en tête son but unique, ultime ; elle avait besoin de toute sa concentration pour l'atteindre.

Elle revit mentalement, une énième fois, les différentes étapes de la fabrication : une charge principale d'explosifs, un détonateur, une source d'énergie et un mécanisme de commutation. Grâce au chargé de TD qui l'avait à la bonne, elle avait accès au cagibi où était soigneusement rangé le matériel scolaire. Pour qui connaissait un peu la chimie, il était possible de concevoir une arme incendiaire ou explosive à partir de quelques produits d'utilisation courante ; et le laboratoire de l'université était autrement mieux fourni qu'un rayon de supermarché. Lors des manifestations, on lançait déjà des cocktails Molotov, mais Michel avait bien précisé qu'il souhaitait que la bombe eût une portée plus grande. L'acide nitrique lui serait d'une aide précieuse ; il lui faudrait le ponctionner avec parcimonie, le liquide étant assez rare... sans doute devrait-elle le préparer par elle-même. Elle manipula avec une extrême précaution les cristaux de triiodide d'ammonium, et récupéra quelques millilitres d'acide chlorhydrique. Fabriquer du napalm ? Elle s'y était refusée, les horribles images des civils brûlés au Vietnam et en Algérie lui avaient donné la nausée. Sa bombe aurait-elle pour but de détruire, ou de distraire ? Au terme de ses réflexions, elle s'était décidée pour une arme impressionnante par sa détonation et sa visibilité, mais dont la puissance ne soufflerait pas au-delà de quelques mètres.

Imaginer sa mère se carapater chez elle par peur des activistes italiens la mettait, malgré leur relation parfois épineuse, hors d'elle. C'était ainsi qu'ils dressaient les prolétaires les uns contre les autres : en instaurant un climat de terreur, qui résoudrait par lui-même tous les conflits en les régulant par la vindicte populaire. C'était brillant et horrifiant. Elle vissa un boulon avec opiniâtreté, et arrangea ses différents tubes à essai sur leur support, les yeux plissés sous la concentration. Il convenait de s'intéresser maintenant au détonateur. Là aussi, une faible quantité de produits explosifs serait nécessaire pour l'amorçage de la mécanique : acide picrique, peroxyde d'acétone. Elle avait envoyé Manu lui acheter quelques flacons d'engrais et de ce liquide décapant vanté par les publicités à destination des ménagères. Le jeune homme avait paru surpris : on pouvait donc se procurer les ingrédients d'une bombe en allant simplement faire ses courses ? Gina savait que les étapes suivantes seraient déterminantes : la chaleur de l'été grenoblois, l'humidité de la cave, l'électricité statique ou le frottement constituaient de sérieuses menaces tant que le mélange était instable.

Par moments, elle s'interrompait dans sa tâche, pétrifiée par l'énormité de ce qu'elle s'apprêtait à faire. Puis elle pensait à ceux pour lesquels elle se battait. Elle revoyait ce garçon qui paraissait tellement plus jeune que ses dix-sept ans boitiller sur sa jambe mutilée par un accident de manutention : il cumulait deux boulots, l'un de jour et l'autre en soirée, ce qui le menait à somnoler sur ses machines le matin. Elle revoyait cet homme lessivé par vingt-sept années de chaîne qui économisait sou après sou pour pouvoir offrir à sa femme quelques semaines de vacances. Elle revoyait le regard de cette mère de famille, usée par l'ouvrage, qui peinait à joindre les deux bouts et qui devrait faire don de ses trois enfants à l'usine dès qu'ils seraient en âge de travailler, car la maigre augmentation dont elle avait bénéficié cette année couvrait à peine l'inflation. Elle revoyait ces hommes fiers, ces femmes courageuses qui vouaient leur existence à une entité sans âme, abrutissante, écrasante, pour que soient générés des profits dont ils ne verraient pas la couleur. Elle revoyait ces ouvriers qui s'obstinaient à consciencieusement voter sans qu'aucun dirigeant les prît au sérieux et sans qu'aucun syndicat se montrât à la hauteur, jamais. Et elle bafouillait, trépignait de rage, houspillant les outils sur lesquels elle était penchée, ses doigts crispés par l'indignation agrippant le tournevis.

Contrairement aux engins explosifs conçus par le FLP ou l'IRA, il ne s'agissait pas ici d'une action-suicide : la bombe devrait se déclencher à distance, d'où l'importance du commutateur. Il lui fallait garantir l'autonomie de l'alimentation électrique, le bloc-batterie ne pouvant être accolé à la bombe. Comment activer l'interrupteur, alors ? Ayant pris soin de protéger son visage, elle s'arma d'un chalumeau pour souder les derniers fils. Elle mit ensuite au point un détecteur de mouvement : ce n'était pas l'idéal, mais elle serait en mesure de l'actionner au moment opportun. Une vague de panique la submergea de nouveau ; elle la dissipa en convoquant Al-Fatah et les Brigades rouges. Elle aussi, elle contribuerait à changer le monde, à en faire un endroit plus juste.

Les bras chargés de victuailles visant à réapprovisionner les grévistes, Manu tentait d'ouvrir d'une main la porte cabossée de sa rutilante Renault 4 lorsqu'il aperçut Gina, échevelée, se diriger vers lui. Elle avait une lueur indéfinissable au fond de l'œil, un air à la fois lointain et fanatique.

– C'est prêt, dit-elle simplement.

La fuite

Tout en s'agrippant à sa ceinture de sécurité, Gina se dévissa le cou pour observer le sol parisien s'éloigner à travers le hublot. Les agrégats blancs et gris de l'aéroport rétrécirent, et elle crut deviner au loin la tour Eiffel nimbée d'une brume, comme avant l'orage. Un mélange d'exaltation et d'appréhension lui parcourut l'échine et lui fit oublier l'espace de quelques instants son angoisse latente. La climatisation presque glaçante de la cabine se substitua à l'atmosphère étouffante de la fin de l'été. À Paris et à Grenoble, la chaleur n'avait pas faibli et les deux villes étaient accablées de la même façon par le soleil laiteux. La jeune Italienne adressa un regard de noyée à l'hôtesse de l'air au sourire enjoué, qui, jetant une œillade experte à ses papiers disposés sur la tablette devant elle, répéta sa question en anglais avant de s'intéresser au passager suivant. Gina frotta ses paupières ourlées de cernes noirâtres : elle avait à peine dormi ces derniers jours. La fatigue l'empêchait de réaliser qu'elle venait de quitter le territoire français, qu'elle laissait peu à peu le Vieux Continent derrière elle, qu'une nouvelle vie l'attendait. Elle ne parvenait pas à ressentir du soulagement, juste un vide et une lassitude immenses.

Elle avait écrit en toute hâte à Marco pour lui donner l'horaire de son vol, bien qu'elle ne fût pas sûre que sa lettre arrivât avant elle, ni même que ses camarades l'aient postée à temps : tout s'était passé si vite. Quelques jours à peine s'étaient écoulés, pendant lesquels elle s'était terrée dans la cave sans fenêtres, rongée par la panique et le remord, Manu et Lenu lui apportant à tour de rôle des bouteilles d'eau et des sandwichs, jusqu'au moment où Manu était venu la chercher avec sa propre Fiat 500. Ils avaient roulé toute la nuit, la petite radio allumée sur les genoux de Gina, qui la serrait, les jointures de ses doigts blanchies. Ils n'avaient croisé aucun véhicule de police. Puis, dans la lueur blême de l'aurore, la voiture qui avait transporté Gina depuis l'Italie quelques années auparavant s'était arrêtée, essoufflée par un tel trajet, et Manu s'était tourné vers la jeune fille dont le visage était resté inexpressif tandis qu'il lui tendait un ticket cartonné.

– Tu as bien tes papiers ?

Elle avait opiné du chef, les yeux écarquillés, commençant peu à peu à réaliser ce qu'il lui arrivait. Une voix fluette s'était fait entendre, comme si elle sortait d'une autre bouche que la sienne :

– Tu as vu, ils n'en ont pas parlé à la radio, pourtant j'ai été attentive, j'ai écouté toute la nuit…

– Gina, j'étais là. J'ai bien vu ce qu'il s'était passé. Honnêtement, tu as de la chance qu'on n'ait croisé aucune voiture de flic en quittant le campus : je suis sûr qu'ils ont ton signalement.

En espérant une nouvelle fois faire disparaître les images ancrées dans sa rétine – tout ce sang… –, elle l'avait fixé d'un air à la fois suppliant et accusateur jusqu'à ce qu'il baissât les yeux. Manu était un brave garçon, mais Gina n'avait ressenti aucune compassion envers lui. Elle ne ressentait plus rien.

– Crois-moi, c'est la meilleure solution…

La foule s'était dispersée après l'explosion, et aucune assemblée générale n'avait été convoquée pour donner suite à la manifestation, comme cela en était l'usage. Le but de l'AG était pourtant primordial pour assurer une continuité dans l'action directe. Les étudiants se sentaient ainsi investis d'une noble mission, porteurs d'un projet commun et parties de quelque chose de plus grand qu'eux tous réunis. C'était de cette manière que l'on fédérait le peuple, avait l'habitude d'expliquer Michel de sa voix profonde et envoûtante. Mais tout avait basculé, rien n'était plus comme avant, et d'ailleurs, on était sans nouvelles de Michel.

Elle avait regardé sa petite voiture à la couleur indéfinissable s'éloigner d'elle dans un cahotement pathétique. En pénétrant dans l'aéroport d'Orly, elle avait songé qu'elle n'avait jamais été aussi près de Paris, et qu'elle ne visiterait probablement jamais la capitale. Il y avait dans l'existence tant d'occasions ratées, de chemins à choisir, tant d'options et de rendez-vous manqués. La vie semblait parfois se résumer uniquement à ceci : le bon acte au bon moment, l'instant stratégique où tout basculait, l'effet papillon, la causalité de chaque mouvement et ce qu'il en résultait. Son pas avait résonné sur le carrelage scintillant lorsqu'elle avait traversé le grand hall aseptisé jusqu'au comptoir d'enregistrement, où elle avait tendu, sans un mot, le billet d'avion qu'avait acheté Manu avec la caisse d'urgence – du moins, c'était ce qu'il lui avait dit : « On se remboursera en partie avec l'argent de ta voiture, et on te renverra l'autre partie. » L'employée de la compagnie brésilienne, dont la féminité était poussée à l'extrême, lui avait rendu ses papiers d'un geste gracieux, ses longs ongles recouverts d'un vernis rouge vif.

Elle s'était demandé presque distraitement à quoi ressemblerait le second aéroport qui était en construction au nord de Paris, et dont l'ouverture était prévue pour l'année suivante. Les journaux rédigeaient de dithyrambiques articles sur ce qui serait le plus important aéroport d'Europe, son architecture futuriste, ses magasins de souvenirs, son chariot à bagages automatique et ses boutiques de luxe : il s'agirait d'une véritable vitrine de l'élégance et de l'efficacité à la française. En se rendant à sa porte d'embarquement d'un pas machinal, la jeune fille s'était fait la réflexion que celui-ci était déjà bien assez imposant. Les avions alignés derrière les vitres et les voiturettes qui fourmillaient sur le tarmac évoquaient chez elle les pompes à électrons du roman d'Asimov oublié au campus, intitulé *Les Dieux eux-mêmes*. Elle ne saurait jamais, avait-elle songé, si les humains et les paraêtres étaient parvenus à communiquer efficacement et à élaborer un plan pour éviter que l'univers ne basculât. Cette pensée lui avait soudain paru insupportable.

Si le décollage l'avait tétanisée, Gina ne tenait maintenant plus en place : il lui fallait une occupation, de quoi détourner son attention et dompter ses pensées. Sa cuisse droite tressautait sans qu'elle pût empêcher ce mouvement involontaire. Elle voulut faire quelques pas, mais l'hôtesse décidément trop enjouée lui enjoignit de sa voix mielleuse de regagner son siège, afin de ne pas risquer de se cogner ou de déranger les autres passagers. Son voisin de cabine, un homme d'affaires à la moustache soigneusement cirée, avait tiré le rideau orange qui occultait à présent le hublot. Il fumait cigarette sur cigarette, et les vapeurs du tabac abrutirent Gina plus efficacement que le bourdonnement incessant des moteurs. Elle fixa le dos du fauteuil face à elle : il était recouvert d'un tissu crème dont la couleur avait probablement été sélectionnée pour susciter chez les passagers un sentiment de confort et d'apaisement. Sans réussir à relâcher ses muscles crispés, elle sombra dans une léthargie entrecoupée de rêves et de visions violentes.

Lui revinrent les slogans entonnés au petit matin, quand ses amis et elle avaient marché d'un pas décidé vers l'usine ;

l'assurance qui les portait, le fantastique espoir à l'idée que cette fois-ci, les rapports de force s'inverseraient ; l'excitation presque sexuelle qui l'avait fait vibrer au moment où elle avait appuyé sur la télécommande ; le pouvoir dont elle s'était sentie dotée ; le sentiment d'une toute-puissance au service de la justice, de triomphe du bien contre le mal. Et puis un bruit sans pareil avait retenti, qui avait entraîné chez elle un acouphène frémissant, alors qu'elle s'était postée à plusieurs dizaines de mètres de l'explosif. Une odeur de porc fumé avait envahi la cour dans laquelle les ouvriers et les étudiants s'apprêtaient à charger les CRS. Et puis des corps avaient été propulsés dans des flaques d'un liquide sombre, des hommes et des femmes avaient rampé à quatre pattes, se traînant le plus loin possible de la déflagration avec l'énergie du désespoir. Un policier avait boitillé presque jusqu'à la cachette de Gina avant de s'effondrer : l'une de ses jambes paraissait raccourcie, et elle avait constaté horrifiée qu'il n'avait plus de pied droit. Tout près, une jeune fille avait reçu un bout de verre qui s'était planté dans son visage, et elle tentait de fuir d'un pas de course hésitant sans voir où elle se dirigeait. À l'odeur de cochon s'était ajoutée une senteur capiteuse et étouffante, charriée par une fumée blanche épaisse dont les particules avaient pénétré dans ses narines et sous ses paupières. Par-dessus le sifflement de son acouphène, Gina avait entendu une plainte s'élevant crescendo de la foule, un hurlement unique et inhumain, glaçant ; et ce cri bestial hantait ses nuits depuis. Elle ouvrit brusquement les yeux, le cœur broyé par la panique et la respiration haletante. Elle essaya d'avaler de l'oxygène sans que ses poumons semblent pouvoir en emmagasiner davantage, jusqu'à ce que son voisin éteignît sa cigarette et lui assenât plusieurs tapes dans le dos, d'un air préoccupé.

– Nous sommes sur le point d'atterrir, mademoiselle : ne vous inquiétez pas, tout le monde a peur de l'avion, mais les pilotes et le personnel de bord reçoivent une formation d'élite, et la technologie est extrêmement avancée. Les accidents sont devenus quasi impossibles !

Que lui répondre ? Qu'elle aurait souhaité que l'appareil s'écrasât, pour réduire à néant la main qui empoignait et broyait l'intérieur de sa poitrine et qu'enfin elle sombrât dans l'inconscience ? Que ses oreilles ne soient plus envahies par le son de la terreur pure qu'émettaient seulement les blessés de guerre ou les civils bombardés ? Ou bien que l'avion ne fût pas un moyen de transport dans l'espace, mais dans le temps, afin que les êtres humains mutilés par sa faute retrouvent l'usage de leurs membres, et que le sang coulé ne fût plus qu'une vision, une chimère ? Elle remercia d'un souffle l'homme d'affaires qui resserra sa cravate d'un air suffisant et légèrement condescendant. S'il savait qu'il était assis à côté d'une meurtrière, se dit-elle. S'ils savaient, tous. Il lui fallut près d'une heure pour reprendre ses esprits : elle prit mentalement note que ses crises d'angoisse s'intensifiaient au fil des jours, d'une façon presque clinique. Cette plainte atroce, surtout, résonnait encore à ses oreilles depuis l'intérieur de son crâne. Elle remarqua à peine que l'appareil s'était posé et que les passagers en étaient sortis. Un steward finit par la déloger de son siège en l'inondant d'une logorrhée incompréhensible. Chancelante, elle récupéra sa valise, la dernière à bringuebaler sur le tapis geignard, avant de partir à la recherche de l'autocar qui l'emmènerait à São Paulo. Ensuite, eh bien, elle aviserait ! Elle avait noté l'adresse où vivait son père, elle trouverait bien quelqu'un pour lui indiquer le chemin.

Le trajet reliant Rio à São Paulo fut presque aussi long que le vol. Le bus or et blanc se mit en marche dans un fracassant rugissement, comptant sur ses couleurs éclatantes pour se frayer un passage parmi la jungle de véhicules qui envahissaient la chaussée. Le chauffeur mâchonnait on ne savait quoi tout en manipulant le volant comme il aurait joué des coudes dans une foule compacte, en slalomant entre taxis rutilants et deux-roues métalliques, et à grand renfort de Klaxon.

– Ils ne sont pas au point pour ce qui est des suspensions, ici, marmonna Gina après avoir été propulsée de son siège une troisième fois, manquant de peu de se cogner la tête contre le bas plafond.

Comment un tas de ferraille pareil pourrait-il couvrir une telle distance ? Cela relevait du miracle. Elle fit presque aussitôt taire son début d'exaspération : pour ce que le progrès technique lui avait apporté…

La touffeur ambiante lui parut bien différente de la chaleur estivale parisienne : moins écrasante, plus riche, presque fruitée. Elle s'estompait quand le bus se mettait en branle, et l'air qui entrait par les fenêtres ouvertes avait un goût de sel. Sur la chaussée, citadins aux chaussures vernies et paysans nu-pieds se mêlaient dans un tourbillon effervescent. Gina remarqua des groupes de touristes tentant désespérément de se protéger du soleil qui dardait ses intolérables rayons sur leurs lunettes noires et leurs appareils photo. Le conducteur pila pour céder le passage à des dames élégantes et des messieurs sensuels aux mouvements félins, avant de faire couiner le moteur en redémarrant, projetant les passagers sur le dossier miteux de leur siège. Afin d'occulter ses sombres pensées et l'écho de ce cri qui la hantait, Gina étudia ses compagnons de route à la dérobée. À même le sol dans le couloir étroit, était accroupie une jeune femme râblée dont l'ample jupe repliée faisait office de fauteuil. Ses genoux enserraient fermement une cage grillagée dans laquelle pépiaient des poulets rachitiques au plumage tacheté de boue. La place à côté de Gina était vacante, mais de l'autre côté du couloir s'entassait sur deux sièges une famille de cinq : deux femmes d'un âge différent, vraisemblablement une mère et sa fille, avaient calé sur leurs cuisses un bébé aux yeux étonnés et deux enfants qui alternèrent rires et pleurs pendant toute la durée du trajet. Derrière elle, un homme vêtu d'une chemise froissée et d'un chapeau devisait avec un garçon à la moustache naissante et au teint foncé. Leur langage était sautillant, ondulant, et les syllabes chuintaient dans un rythme irrégulier. Tous dégageaient une tranquillité stable et forte, une assurance optimiste, alors qu'elle-même était tendue et aux aguets. Au fond du bus, enfin, un groupe de jeunes femmes aux larges lunettes de soleil bavardait et riait tandis qu'un magazine de mode passait de main en main. Les gens lui semblaient plus petits qu'en Europe, bien qu'en meilleure santé, et la carrure massive des hommes tranchait avec l'aspect longiligne et la mine lasse des étudiants grenoblois.

Le bus réalisa une embardée pour emprunter une route dont les virages en épingle à cheveux n'annonçaient rien qui vaille à Gina. De l'autre côté du couloir, la plus jeune femme sortit de son panier tressé une boîte en métal, qu'elle ouvrit. Une senteur fumée et épicée se diffusa dans l'habitacle quand la boîte passa de main en main et que les deux enfants piochèrent du bout des doigts les aliments qu'elle contenait. La grand-mère, lorsqu'elle eut la boîte entre les mains, la tendit à Gina dans un geste aussi spontané qu'imprévu : l'Italienne, dont le premier réflexe fut de refuser la nourriture qui lui était proposée, se figea à la vue du mélange de haricots rouges et de riz. Elle se sentit chanceler : la mixture lui évoquait un magma de sang noir et bouillonnant. Extraordinairement, aucune miette ne fut renversée malgré la route sinueuse que le conducteur semblait se faire un devoir de prendre à pleine vitesse, mâchoires serrées comme s'il se livrait à un combat contre l'asphalte. Alors que Gina s'agrippait au rebord de la fenêtre, un panorama grandiose se dévoila sous ses yeux grands ouverts. La baie enlaçait l'océan d'une myriade d'îlots, qui évoquaient la cime de montagnes englouties. De longs rubans de sable blanc ourlaient ces pans de terre recouverts d'une verdure luxuriante, au sein de laquelle s'encastrait un amas de tours, de dômes et de clochers. Le contraste entre la végétation tropicale, cette masse épaisse de plantes au nom inconnu lovées les unes contre les autres, et l'éclat métallique du verre et de l'acier du centre-ville était saisissant. Au loin, le bleu cobalt de la mer se fondait avec l'azur du ciel en une ligne floue. Gina cligna des yeux pour appréhender le spectre de couleurs voluptueuses qui s'étalaient à travers la vitre. Et soudain, une forme blanche imposante, majestueuse, baissa le regard sur elle. Le Christ Rédempteur ne la pointa pas du doigt : il lui ouvrit les bras, aveugle à ses péchés, comme s'il l'accueillait sur cette nouvelle terre et dans une vie future, sans jugement, sans préjugé. Elle qui avait toujours été, depuis l'adolescence, une anticléricale convaincue, fut saisie d'une bouffée de gratitude si fulgurante qu'elle en eut les larmes aux yeux.

Ils roulèrent pendant au moins deux heures sans que la ville semblât prendre fin ; aux immeubles modernes succédèrent des maisons coloniales de pierres et de chaux, des églises aux façades ornementées, puis des bâtisses de deux étages aux couleurs brique et pastel reliées entre elles par un amas de câbles électriques enchevêtrés. Le bus pénétra alors dans une épaisse forêt dont le relief entravait la vue. Chaque fois qu'ils dépassaient l'une des innombrables chapelles sans fenêtres qui émaillaient le bord de la route, l'ensemble des passagers se signait en marmottant une prière. Les quelques trouées dans la végétation offraient un aperçu des plages idylliques qu'ils longeaient. Gina occulta momentanément la raison qui l'avait amenée dans ce pays, et ses ongles se désincrustèrent de la paume de ses mains où ils s'étaient plantés : elle était subjuguée par la forme ciselée des feuilles et des lianes, la brise iodée qui lui fouettait le visage, la fine bruine créée par les grains de sable et de poussière et la terre noire et cabossée sur laquelle ils roulaient. Alors que ses voisins somnolaient, elle garda ses yeux écarquillés pour glaner le moindre détail du paysage défilant.

Une brusque pluie s'abattit sur São Paulo alors que le bus pénétrait dans la ville. Le bruit assourdissant de l'eau sur la tôle et les bourrasques s'engouffrant dans l'habitacle donnèrent un aspect cataclysmique à ce phénomène météorologique banal. La vue s'en trouva obstruée, et Gina ne parvint pas à dessiner les contours de sa destination tant tout était devenu flou et grisé. De nouveau, la circulation se densifia, s'organisa sur six voies dans une danse frénétique. Malgré le temps, les rues se peuplèrent, et la masse de piétons accentua la sensation de concentration de la ville : tous se tassaient sous le moindre abri de fortune. On s'interpellait à travers la chaussée, pointant du doigt des arcades, des porches, des recoins où se cacher de la fureur céleste, dans une joyeuse agitation. Il n'y avait presque plus d'arbres maintenant, et d'indéfinis arômes douceâtres avaient remplacé l'odeur de sel.

Elle descendit au terminus, dans la gare routière grouillante où elle manqua de se faire emporter par la foule. Un maelstrom de véhicules à deux, trois ou quatre roues cernait les arrêts de bus qui déversaient leur flot de voyageurs. Des chauffeurs de taxi à la peau café ou caramel apostrophaient les passagers, qui tous paraissaient avoir en tête une destination précise où se rendre, et vers laquelle ils se dirigeaient d'un pas décidé, sans l'ombre d'une hésitation. Un homme roux aux joues pâles mais rebondies constellées de taches de son hurla au téléphone dans une cabine flambant neuve. Une bande de garçons bousculèrent Gina, manquant de la faire trébucher dans les ruisseaux qu'avait engendrés la pluie torrentielle qui dégoulinait des trottoirs. La jeune fille, complètement dépassée, se força à garder son calme malgré sa respiration qui s'emballait de nouveau comme un petit animal. En prenant soin de rester sous la zone couverte, elle traversa d'un pas hagard le gigantesque hall et alla se poster sous la grosse horloge où plusieurs voyageurs semblaient attendre leurs proches. En scrutant les silhouettes qui s'activaient devant elle, l'ampleur de sa quête lui apparut et l'abasourdit : comment faire pour retrouver son père, qu'elle n'avait jamais vu de sa vie, et dont elle n'était pas sûre qu'il eût reçu son message, dans une telle cohue ? Prise d'un léger affolement qui menaçait de se muer en épouvante au fil des minutes, elle commença à appeler le nom de Marco à haute voix et à interroger des passants déroutés par le flot de paroles incompréhensible de cette étrangère.

Ses forces commençaient à l'abandonner lorsque quelqu'un lui toucha l'épaule : elle se retourna et fit face à un homme qui lui arrivait au menton, et qui s'adressa à elle dans un italien approximatif. Elle devait rejoindre un dénommé Marco Acampora, n'est-ce pas ? Oui, il savait où il était, Marco Acampora, un Italien, de cette taille-là, plutôt musclé, l'air honnête et les bras travailleurs. Elle était l'une de ses parentes ? Justement, il cherchait sa fille d'environ vingt ans qui débarquait tout droit de Rio, mais qui – à son avis – ne parlait pas un mot de portugais. Mais où Gina pourrait-elle le retrouver ? Eh bien, à l'arrêt où arrivaient les cars en provenance de Rio, bien sûr ! Où d'autre aurait-il bien pu l'attendre ? Éperdue de reconnaissance, l'espoir au ventre, la jeune Italienne saisit la main de l'employé de la gare entre les siennes : pouvait-il le guider vers ce Marco Acampora ? L'homme lui enjoignit avec calme de le suivre, sans paraître le moins du monde conscient du rôle primordial qu'il était en train de jouer pour Gina et Marco. Après tout, il ne faisait que son travail, et puis cet Italien, il finissait par le connaître : le brave homme errait dans le hall depuis la veille en appelant le nom de Gina à tue-tête.

Elle le vit avant qu'il ne la vît. Les années ne semblaient pas avoir d'emprise sur cet homme qui venait de célébrer ses cinquante ans, mais qui n'apparaissait qu'aujourd'hui devant elle. La carrure moyenne et musclée qu'il avait conservée s'alignait avec son air tranquille, ses bras ballants, son cheveu court, l'expression douce qui habitait ses traits encore jeunes, et surtout ses yeux bons, des yeux dorés auxquels elle accorda immédiatement une confiance inconditionnelle. Ses vêtements élimés semblaient trop serrés, et il ne portait pas de chaussures, mais il était rasé de près, et une casquette neuve couvrait son crâne. Elle n'aurait jamais deviné qu'il était Italien et non Brésilien. De lui émanait quelque chose de… digne. Voilà, c'était cela. Il croisa son regard, et son visage s'éclaira, sa bouche s'entrebâilla. Cette dame élégante, cette aventurière élancée qui avait traversé le globe pour se retrouver à cet instant devant lui, était-ce donc bien sa fille ? En scrutant ses traits, il essaya de s'imaginer l'évolution année après année de ces grands yeux effarés, ces membres déliés et ce long cou gracile. Une fêlure dans son sourire et quelque chose de contracté dans sa posture démentaient une attitude qu'elle souhaitait assurée. Une gêne les saisit, et leurs premiers échanges s'en tinrent aux banalités d'usage.

– Où est ta voiture ? demanda Gina tout de go, encore étourdie par son périple.

– Il faut que nous empruntions un bus, éluda Marco de sa voix grave.

Elle allait droit au but, elle semblait savoir ce qu'elle voulait, pensa-t-il, et une bouffée d'orgueil l'envahit. Ils firent la queue au guichet pour acheter les billets, et durent attendre une bonne heure dans un silence embarrassé.

– Et si nous faisions du stop?

Marco la regarda comme s'il se trouvait face à une extraterrestre.

– Trop dangereux, souffla-t-il. Et puis, personne ne se rend à Bela Vida en voiture. Là, on va prendre un bus : c'est pour cela que je suis venu te chercher. Je reste avec toi, on prend les transports en commun, c'est plus sûr.

Gina s'assit par terre devant l'arrêt en soupirant. Ce père adoptait déjà un rôle bien sérieux. Qu'est-ce qu'il croyait, qu'elle était trop fragile pour se débrouiller? Décidément, où qu'elle se rendît, elle tombait sur des hommes condescendants, se dit-elle agacée.

Pendant le trajet, ils ne pipèrent mot. Gina finit par s'endormir, la tête naturellement posée sur l'épaule musclée de son tout nouveau père. L'accablement et la fatigue qui étiraient ses traits disparurent pour laisser place à l'expression innocente, enfantine, qu'apporte seul le sommeil profond. Marco profita de cette trêve pour détailler de la tête aux pieds cette fille qu'il avait tant imaginée. Il remarqua, ému, les cheveux fins qui s'échappaient de son chignon lâche, une mousse brune qui faisait comme un duvet d'ange. Avec sa frêle allure, son torse maigre, ses pommettes tendues et son front bombé, elle ne ressemblait ni à Rita ni à lui.

Depuis qu'il avait reçu la toute première lettre de Gina, Marco avait imaginé ce moment. En cajolant la petite Giulia, la benjamine de Vittorio, dont la frimousse le faisait fondre, il s'imaginait bercer Gina; en consolant Enzo, son grand frère, et en baisant ses genoux écorchés après une chute, il se projetait aux côtés de sa fille, partageant ses jeux d'enfants. Quelques mois plus tôt, une chipie du voisinage, élevée par deux Italiens farouchement attachés à leur langue maternelle, avait raconté à un Marco plein de sollicitude, tout en reniflant bruyamment, que les plus grands s'étaient moqués d'elle pour une erreur qui lui échappait. Marco finit par comprendre la subtilité : sa mère lui avait donné comme mission de s'agripper à la *borsetta*, le porte-monnaie italien... alors que ce terme désignait en argot portugais un endroit précis de l'anatomie masculine, ce qui expliquait les railleries des gamins brésiliens. Il avait chatouillé la fillette jusqu'à ce que sa grimace larmoyante se transformât en éclat de rire, auquel il s'était joint de bon cœur.

La pensée qu'un enfant, une partie de lui, respirait, s'esclaffait et se promenait de l'autre côté de l'océan le plongeait dans une rêverie émerveillée. Il lui avait tant tardé de rencontrer cette Gina, dont l'image était restée jusqu'alors floue dans son esprit, mais qu'il avait toujours imaginée vive et pétillante, un peu comme Giulia avec quelques années de plus. Et la voilà qui, enfin, avait franchi les milliers de kilomètres qui les séparaient de la même manière dont elle aurait sauté au-dessus d'une flaque d'eau, l'air de rien. J'espère que Rita n'en aura pas fait une seconde version d'elle-même, une poupée reproduite à l'identique, songeait-il par moments, bien que les quelques lettres de sa fille dénotent un sacré caractère. Inconsciemment, il redoutait surtout que les visions et les cauchemars qui le tourmentaient sporadiquement, s'ils se raréfiaient, l'aient rendu trop instable pour se lier à qui que ce soit. Son âme était encore en cours de reconstruction – serait-il possible qu'un jour elle redevînt intacte ?

Ils roulèrent sur de larges avenues où sur les terre-pleins centraux, des piliers en forme de T soutenaient l'autoroute surélevée que les Paulistes surnommaient « le grand ver » et à l'ombre de laquelle fourmillaient les innombrables véhicules. Cela faisait longtemps que Marco n'avait pas franchi l'Avenida Paulista, qui depuis une dizaine d'années se verticalisait dans des proportions gigantesques. Sampa[8] donnait l'impression de s'organiser sur plusieurs niveaux reliés par des ponts et des tunnels. Entre les immenses immeubles cubiques étaient coincés des parkings où se tassaient des voitures de toutes formes et de toutes couleurs, de vastes espaces privés surveillés par de patibulaires gardiens et quelques friches foncières qui n'avaient pas encore trouvé preneur. À la vue des imposants écriteaux publicitaires vantant les mérites de marques d'alcool et de lave-linge, Marco se remémora, ahuri, son arrivée vingt ans plus tôt : les tours modernes abritant banques et bureaux avaient remplacé les demeures coloniales des barons du café, et les concessionnaires aux vitrines scintillantes narguaient les piétons et les usagers du bus. La démesure verticale tentait de rattraper l'étendue horizontale de la ville, dans une course sans fin. Mais la ségrégation entre centre d'affaires et cités ouvrières, entre riches lotissements et favelas, dessinait plus que jamais ses frontières radicales.

Gina était encore endormie quand le bus s'arrêta à Bela Vida : il la porta dans ses bras jusqu'à chez lui, tout troublé de cette nouvelle intimité et prenant soin de ne pas la réveiller, sous les yeux émerveillés des habitants du quartier amassés autour d'eux pour les escorter.

---

8 L'un des sobriquets que les Paulistes donnent à leur ville – parfois également surnommée « la cité de la bruine ».

Premiers pas à São Paulo

La jeune Italienne dormit pendant plus de quatorze heures. Elle émergea de la paillasse que Marco avait étalée pour elle à même le béton, qui avait remplacé la terre battue, avec l'impression que son corps entier souffrait de courbatures. Après s'être frotté les yeux de ses poings, elle savoura le rayon de soleil qui entrait par la porte pour lui caresser les pieds. Elle balaya la chambre minuscule et minimaliste du regard : elle était d'une propreté immaculée, rangée et vide, excepté pour les deux nattes, chacune alignée le long d'un mur, une malle où étaient soigneusement pliés quelques vêtements d'homme, une table, un tabouret et un reste de riz dans une jarre en terre cuite. Il n'y avait que la porte d'entrée ; pas de fenêtres, pas de cuisine ni de salon – l'exploration de sa maison ne lui prendrait pas beaucoup de temps. Elle se demanda où se trouvait la salle de bains, avant de se morigéner : elle et ses habitudes de bourgeoise ! Marco – elle n'avait pas encore le réflexe de l'appeler son père – devait être parti au travail. Elle bondit dans ses vêtements de la veille et franchit le seuil de l'appartement, curieuse de découvrir son nouvel environnement.

Le quartier était bien différent du centre-ville qu'elle avait entr'aperçu à travers les vitres du bus. La pièce dans laquelle elle avait dormi faisait partie d'une grande maison qui ressemblait plutôt à un squat, avec bien plus d'occupants qu'elle n'était initialement destinée à en accueillir. Se sentant toute petite, Gina sortit du *sobrado* et commença prudemment son exploration de la rue. Des grilles rouillées fermaient l'accès aux demeures les plus habitables, tandis que d'autres masures semblaient ouvertes aux quatre vents. Il n'était pas rare qu'un promeneur interrompît sa course pour échanger quelques mots avec un vieil homme qui se balançait sur sa chaise ou une ménagère qui passait le balai sur son perron au carrelage pastel. On tendait des toiles au-dessus des trottoirs afin de se protéger de l'agression du soleil : marchands ambulants étalaient leurs colifichets à même le sol, dont la poussière montait jusqu'aux genoux, brocanteurs transportaient des meubles que l'on cédait pour une bouchée de pain, vendeurs à la sauvette proposaient des billets de loterie à prix réduit – illusion tenace de la possibilité d'un avenir riant, qui permettait aux pauvres d'accepter plus facilement leur condition, commenta Gina *in petto*.

Sous le ciel jaune pâle, on criait, s'invectivait, s'interpellait, dans une boulimie de mouvement : cette fièvre d'activité, couplée avec une humidité lourde bien que la température ne fût pas trop élevée, lui donna soudain le vertige. Elle se réfugia, craintive, dans l'ombre d'un cul-de-sac où les murs pourpres étaient décorés d'une fresque désignant l'établissement sous l'intitulé de « *Bela Vida futebol e samba club* », souligné d'une phrase que Gina comprit et qui la fit hocher de la tête : « L'union fait la force. » Derrière, elle crut voir d'immenses terrains de football, qui apportaient de l'espace dans ce quartier quelque peu oppressant. Une porte s'ouvrit violemment, et un groupe de garçons manqua de la renverser en sortant du local à toute allure : elle se plaqua contre une paroi ornée de faïence bleue, le souffle coupé. Éperdue, elle s'égara en voulant rentrer, et il lui sembla que la foule se densifiait au fur et à mesure que les heures s'écoulaient. Elle ne reconnaissait plus aucune des ruelles qui sinuaient dans les entrailles du quartier, et son pas rapide se mua en trottinement nerveux. Quand elle parvint finalement à rejoindre le *sobrado*, les odeurs épicées du soir commençaient à monter dans la touffeur du crépuscule. Marco était déjà sur le seuil, essayant sans grand succès de dissimuler l'inquiétude qui le taraudait, et le soulagement les envahit tous deux lorsque leurs regards se retrouvèrent. Dorénavant, il l'accompagnerait partout, annonça-t-il d'emblée – il n'était pas question qu'elle explorât le ghetto sans chaperon.

Gina et Marco parcoururent donc ensemble les moindres recoins de Bela Vida les semaines qui suivirent son arrivée. Elle s'était imaginé le quartier autrement, bien plus misérable, presque une favela. Les lettres de son père avaient décrit à Gina des pluies diluviennes emportant voitures et ponts, ne laissant que désolation derrière elles, des pannes d'électricité, des poubelles débordantes jamais ramassées, des assistants sociaux absents et une police trop présente – elle se hérissa imperceptiblement à l'évocation de ce point précis. Il était vrai qu'au détour des ruelles de Bela Vida cuisaient sous le soleil de midi des cartons remplis de déchets et des sacs d'ordures ménagères. Il n'y avait ni école maternelle ni crèche, et les enfants de moins de six ans riaient et couraient à travers le ghetto.

Mais ce n'était pas une favela, et Marco insista sur ce point : les solides maisons de ciment de Bela Visa avaient été construites par des maçons et des architectes, même si le quartier périclitait en raison du désintérêt des pouvoirs publics, tandis que les *favelados* édifiaient eux-mêmes leurs habitations. Celles-ci s'entassaient, prenaient appui les unes sur les autres en un tissu dense et serré de tôle et de toile que Gina ne parvenait pas réellement à concevoir, mangeant le moindre espace vert et la moindre route, ce qui finissait par devenir problématique : la circulation en voiture était impossible dans une favela, et les pompiers, la police ou les services de sécurité voyaient leur accès barré. Les *favelados* devaient parfois marcher des heures pour gagner le réseau de bus et rejoindre le centre-ville au prix d'embouteillages monstrueux, alors que les habitants de Bela Vida n'avaient qu'à traverser l'Avenida Paulista pour atteindre les rues à six voies qui desservaient tout São Paulo.

Cela expliquait, disait Marco, pourquoi ceux-ci n'étaient jamais désœuvrés : la plupart s'étaient installés ici pour une durée temporaire et pour se rapprocher du centre-ville à faible coût. Le quartier était à mi-chemin entre les bidonvilles et le centre-ville : c'était un ghetto hybride, mouvant. Depuis le labyrinthe de cours intérieures qui serpentait dans les *sobrados*, la vue sur les gratte-ciel était bouchée par des pans de toits de tuiles et des murets nus, et les immeubles imposants étendaient leur ombre sur les pauvres jardins en toute impunité. Leur profondeur verticale et horizontale évoquait pour Gina les tunnels de taupes, faisant de Bela Vida une ville basse écrasée par l'aura d'une ville haute si lointaine et si proche, comme dans un roman de science-fiction. Le premier étage d'un *sobrado* était la partie la mieux entretenue, lui apprit Marco. Dans le leur, c'était une femme d'une soixantaine d'années, maillon d'une longue chaîne d'intermédiaires, de gestionnaires et de tenanciers dans le quartier, qui y logeait en échange d'un loyer réduit. La riche propriétaire qui vit au-dessus de la masse qu'elle exploite, pensa Gina avec indignation, pourquoi ne suis-je pas surprise ? Mais tout compte fait, les gens n'avaient pas l'air plus malheureux que dans les campagnes autour de Naples. Elle se gardait bien d'exprimer son point de vue, retenue par une pudeur qu'elle ne s'expliquait pas tout à fait.

Marco prenait son rôle très au sérieux, et ne tarissait pas d'informations sur l'histoire de sa ville d'adoption, enchanté de ces moments durant lesquels il se familiarisait avec sa fille, buvait ses rares paroles et la mangeait des yeux. Elle ne le quittait plus, et ainsi ils s'apprivoisaient peu à peu, avides de se connaître. La semaine suivante, Marco fut missionné pour une livraison de fruits et décida d'emmener Gina. Ils traversèrent le nouveau quartier qui se construisait en périphérie, le ghetto de leur ghetto. L'endroit évoquait presque un lotissement français. L'effet de perspective des toits de tuiles parfaitement alignés donnait le tournis. Toutes les maisonnettes étaient reproduites à l'identique, et nul jardin, nul lampadaire, nulle école et nul bureau ne venait interrompre cette accumulation ordonnée de logements microscopiques. C'était comme si l'on avait dupliqué à l'infini la plus petite cabane imaginable et que l'on avait déposé avec précaution la maquette sur un terrain vague stérile et nu.

Alors qu'ils rebroussaient chemin, ils croisèrent dans une allée de terre battue cinq garçons à la mine belliqueuse qui marchaient en quinconce. Gina entr'aperçut un objet qui déformait le pantalon moulant de l'un d'eux : une légère brise vint soulever un pan de la chemise que le garçon portait ouverte sur son torse maigre, dévoilant la poignée d'un pistolet engoncé dans sa ceinture. Fronçant le sourcil, la jeune fille se tourna vers son père. Marco interrompit alors son flot de paroles et se figea, pétrifié par l'aura des voyous; son regard se vida, ses paupières s'agrandirent, et ce fut comme s'il revivait un épisode enfoui dans les tréfonds de sa mémoire, et que devant lui se jouait un film invisible aux autres. Sa main agrippa celle de Gina, qui protesta contre la force insoupçonnée de la poigne paternelle. Les muscles de son bras étaient contractés, comme face à un danger imminent. Les garçons étaient déjà loin quand il cligna des yeux et reprit sa conversation avec sa fille médusée comme si de rien n'était. L'apparition de ces gangs de voyous semblait constituer un phénomène nouveau, tout comme ces coups de feu qui retentissaient parfois la nuit – Gina, lorsqu'elle ne dormait pas, entendait des gémissements monter de la paillasse voisine à la sienne et transpercer les murs du *sobrado*, trouvant écho à travers le ghetto. Et cette plainte qui ricochait de *quarto* en *quarto* et la prenait aux tripes racontait le désespoir face à la violence du monde, le traumatisme d'avoir côtoyé la mort de près, la proximité de folie qui les guettait tous, ces naufragés, ces survivants, ces déracinés.

Marco emmena ensuite sa fille au-delà de l'Avenida Paulista pour lui faire découvrir le centre-ville, qu'elle n'avait pas eu l'occasion d'appréhender depuis la vitre du bus à son arrivée. Il lui exposa qu'au départ, São Paulo était délimitée par le triangle formé par trois fleuves. Mais la marée humaine qui déferlait chaque minute sur Sampa l'avait fait déborder il y a bien longtemps. L'océan urbain s'expliquait mathématiquement : la population de São Paulo doublait tous les dix ans ! Quelques Allemands au teint blême, derniers migrants en date, erraient sans but comme des fantômes.

– On voit aussi de plus en plus de gens du Nordeste qui fuient leur terre désertique et leurs champs de manioc brûlés… Alors que les Européens quittent leur continent, les Brésiliens, qui vivent dans un si grand pays, se contentent de changer de ville pour changer de vie. Et l'on ne compte plus le nombre de projets vertigineux de l'État pour urbaniser les campagnes.

Lorsqu'ils traversèrent la frontière délimitant le centre-ville des quartiers populaires, le sentiment d'ébullition que Gina avait ressenti dès Rio ressurgit : elle ne sut plus où donner de la tête. Çà et là, des câbles électriques d'où pendaient les feux de signalisation s'enchevêtraient aux branches des quelques arbres au tronc tortueux, largement supplantés par les bâtisses sinusoïdales gris et ocre au pied desquelles Gina se sentit insignifiante. Les formes effilées aux angles arrondis des immeubles tranchaient avec les palaces carrés des derniers oligarques du café, dans une impression de vaste fouillis. Un garçon d'une douzaine d'années juché sur un escabeau agençait les lettres rouge vif annonçant le nom du prochain music-hall sur la devanture d'un théâtre, gêné dans sa tâche par deux immenses panneaux, l'un représentant un cowboy chantant dans un microphone et l'autre un grand moustachu allongé sur son cheval, dont il tenait la bride d'un pied négligent. L'abondance de messages étourdissait, entre les caractéristiques du lieu – air conditionné ! –, les pseudonymes des acteurs – Terence Hill, Bud Spencer, Harry Carey Jr... – et les précisions temporelles – aujourd'hui ! bientôt ! Des slogans publicitaires de mille couleurs recouvraient les façades des hôtels et les stores des boutiques. Ils peinaient à dissimuler les affiches proclamant un sévère rappel à l'ordre, qui tempéra l'ébahissement de Gina : « Le Brésil : aimez-le ou quittez-le. » C'était comme si la ville avait trop de choses à dire. D'ailleurs, le bruit était assourdissant, et le brouhaha des conversations fusionnait avec la musique de rue et les Klaxons. Marco semblait à son aise parmi tous ces badauds, et l'épisode auquel Gina avait assisté lorsqu'ils avaient croisé le garçon armé ne se reproduisit plus.

En arrivant dans le vieux centre, les majestueuses avenues cédèrent la place à un lacis de ruelles piétonnes bordées de monuments à l'architecture byzantine et biscornue, qui paraissaient être tout juste sortis de terre. Rien à voir avec l'Italie, engluée dans le passé avec son prétentieux patrimoine historique, nota Gina, appréciatrice. Elle suivit Marco, qui se dirigea vers le nord jusqu'à se planter devant une immense construction avec fierté, poings juchés sur les hanches :

– Nous sommes au pied du premier gratte-ciel de São Paulo ! Tu ne devineras jamais qui l'a fait bâtir... Un ingénieur italien !

L'intimidante São Paulo était difficile à appréhender : si l'Avenida Paulista et ses longues avenues parallèles constituaient un repère efficace dans cet imbroglio, le centre-ville était composé d'une accumulation de quadrillages accolés, fruit d'un développement effréné et non maîtrisé. Père et fille dépassèrent des hommes en costard-cravate et de riches dames en robe de soie à l'allure empressée. Devant des restaurants grecs, arméniens, japonais, hongrois ou coréens affichant des prix exorbitants, des infirmes mendiaient leur ration de riz quotidienne. Marco, que ce melting-pot semblait ravir, lui montra le marché municipal, ses vitraux et ses épices venues du monde entier ; ils échangèrent quelques signes avec les vendeurs juifs et slaves qui leur firent goûter des confiseries dégoulinantes de miel.

Il lui expliqua que les Paulistes s'estimaient d'acharnés et fiers travailleurs tirant le Brésil derrière eux comme l'aurait fait une locomotive. Une fois passé le premier choc visuel, lui-même avait été séduit par l'immensité de la ville, qu'il considérait comme à la fois exaltante et rassurante : si l'on ne trouvait pas d'emploi ni de logement, si l'on se disputait avec son voisin ou essuyait le moindre outrage, il suffisait d'aller chercher fortune dans un quartier autre et de cueillir les occasions qui ne manqueraient pas de fleurir ailleurs. Décontenancée face à cet amas de nouveautés qu'elle ne parvenait pas encore à analyser sous le prisme de ses croyances, Gina se rendit compte qu'elle était davantage indignée par les contrastes du centre-ville que par la pauvreté dans le ghetto.

Elle manipulait ses souvenirs avec précaution – elle tenait à faire bonne figure auprès de son père, il n'était pas question de subir une crise d'angoisse comme celle qui l'avait submergée dans l'avion ! La simple vision des silhouettes fantomatiques de militaires aux lunettes noires qui hantaient le moindre carrefour la faisait suffoquer : dès qu'elle apercevait l'une de ces ombres reproduites à l'identique, elle se sentait aspirée de l'intérieur, comme si sa chair s'évadait et que ne subsistait que sa peau flottant sur un vide abyssal. Ils faisaient un fier tandem, ironisa-t-elle en son for intérieur, s'armant de courage pour surmonter son effroi : la fugitive effarouchée et le vétéran traumatisé. Elle s'autorisa à laisser dériver ses pensées vers les ouvriers pour lesquels elle s'était battue à Grenoble. Leurs conditions de vie l'avaient révoltée alors, car leur avenir était bouché et sans grand espoir ; mais dans l'industrieuse São Paulo, un kaléidoscope de chemins s'offrait à tous, et la ville semblait capable du meilleur et du pire. Satisfaite du contrôle qu'elle exerçait sur ses émotions, elle se détendit peu à peu.

Dans la rue, le brouhaha ambiant forçait les gens à hausser la voix pour couvrir le bruit des moteurs. Gina regarda un très bel homme aux cheveux ondulés et à la peau tannée reluquer les montres en vitrine d'un horloger : il avait l'air de sortir tout droit d'un western. Non loin, un jeune Noir polissait sa voiture de course jusqu'à ce qu'elle scintillât au soleil. Tous portaient des pantalons de couleur vive ou bien des jeans, et les Brésiliennes étaient perchées sur des talons hauts. Ils dépassèrent un groupe de femmes aux jupes bariolées et coiffées de curieux chapeaux hauts de forme desquels de longues tresses noires s'échappaient. Le long du trottoir, ils s'arrêtèrent pour admirer les dessins au fusain qu'une artiste blonde exposait. Intriguée par les deux Italiens, celle-ci entama avec eux une discussion animée au cours de laquelle Marco joua le rôle d'interprète avec brio, bien que son accent portugais laissât à désirer.

Non loin, des artisans exhibaient de délicates poupées d'argile aux silhouettes élancées et aux membres déliés. Instinctivement, père et fille ralentirent le pas pour détailler ces adorables sculptures : elles représentaient des femmes vêtues de robes et coiffées de foulards qui leur faisaient comme une tiare. L'artiste avait orné leurs atours d'oiseaux de paradis, de fleurs tropicales aux pétales bleus et orange et de symboles étranges, disposés selon des règles manifestement très précises : il s'agissait de l'habit traditionnel de Caruaru, d'où il était originaire, expliqua-t-il à une Gina subjuguée par les couleurs vives des statuettes. Leurs lèvres étaient peintes d'un rouge éclatant, et l'on ne pouvait qu'admirer la finesse de leurs traits. Toute la richesse du pays se résumait ici. Soudain, Gina fut prise d'une envie folle de tout absorber, de tout comprendre ; ces rues, ces codes finiraient par être siens, mais il fallait d'abord qu'elle fît une chose : apprendre à parler le portugais.

– Ouais ? C'est à quel sujet ?

– Bonjour, monsieur Esposito, s'exclama Gina d'une voix qu'elle voulut assurée.

Il n'était pas question qu'elle se laissât intimider par un homme, malgré les réticences qu'avait eues Marco à lui indiquer l'adresse d'Agostino – une bicoque en périphérie de Bela Vida, à la lisière des favelas et dont le toit gouttait. Mue par un instinct qu'elle s'expliquait difficilement, et bien qu'elle ne parvînt pas à appréhender la relation qu'entretenaient les deux anciens compagnons de voyage naguère si proches, elle avait frappé à sa porte avec aplomb.

Elle avait fait la connaissance de Vittorio, un bellâtre dont les yeux cernés de noirs et dégoulinants d'onctuosité avaient fait naître chez elle un fort sentiment de dégoût. Sa femme toisait avec sévérité la moindre jeune fille qui paraissait s'intéresser de trop près à lui, en véritable chien de garde aux canines menaçantes. Leurs enfants, par contre, l'avaient accueillie avec bienveillance et curiosité. Les deux aînés, Giorgio et Carmela, avaient son âge, quant aux deux cadets, Enzo et Giulia, ils avaient respectivement dix-sept et onze ans. Vittorio s'était en effet rapidement retrouvé à devoir nourrir deux bouches supplémentaires, puis trois, puis quatre ; il avait par conséquent planté un potager sur les quelques mètres de terrain dont disposait la famille de Maria et avait développé des qualités de fermier probablement, bien qu'il s'en défendît, héritées de ses parents. Les mots doux susurrés aux jolies Brésiliennes s'étaient mués en paroles d'encouragement prodiguées à la terre afin que poussent légumes et baies.

Elle s'était découvert davantage d'atomes crochus avec Alfredo, bien qu'il fût aussi vieux que son père. Selon lui, le dénuement que connaissaient les quartiers les plus pauvres au Brésil, et notamment les favelas, différait de la misère européenne en ceci qu'il concernait également la sphère culturelle. Si quelques cliniques s'étaient installées dans les alentours de Bela Vida et s'il devenait plus facile avec les années de trouver un docteur acceptant d'y venir faire ses visites, les écoliers devaient marcher plusieurs kilomètres avant d'aller s'entasser dans une salle de classe bondée. Les quelques initiatives éducatives qui s'étaient courageusement lancées ici avaient rapidement périclité, par manque de moyens publics ou à cause de la délinquance.

– Pourtant, la jeunesse brésilienne a quelque chose à dire ! Surtout en ces temps troublés. La contestation gronde, et se traduit par une vitalité artistique foisonnante, sur les campus, mais aussi dans les ghettos. Mais la dernière fois qu'une petite salle de cinéma d'art et d'essai a ouvert à Bela Vida, expliquait-il à une Gina dont la curiosité était piquée, les gangs s'en sont servis comme stockage pour leur dope…

Alfredo, alors que son ami Vittorio s'employait à peupler le quartier de versions miniatures de lui-même, avait surpris tout le monde en annonçant un matin qu'il avait décroché une bourse pour s'inscrire à l'université de São Paulo. Il comptait suivre un programme axé sur la sociologie et l'ethnologie :

– Il s'agit d'étudier ce qui façonne les rapports sociaux, les mœurs et les inégalités communautaires sous le prisme de la ségrégation urbaine et ethnique, en analysant à la fois les politiques gouvernementales et les discriminations liées au logement, expliquait-il en portugais à un public médusé, qui le regardait avec des yeux ronds.

Lui qui n'avait pas pu finir le lycée en Italie n'était pas peu fier d'avoir dompté les obstacles bureaucratiques et la barrière de la langue. Avec l'impression émue de perpétuer l'héritage familial, il avait donc suivi des cours à la faculté, entouré d'étrangers ayant bénéficié de la même bourse. Il avait révisé avec application ses notes jusqu'à tard dans la nuit, à la lueur d'une bougie : les *quartos* jouissaient d'astucieux branchements aux usines non loin, mais l'électricité détournée n'était disponible qu'en journée.

Alfredo avait troqué son existence sobre et sans écart pour une frénésie d'étude et de culture. Ses hobbies consistaient, lorsqu'il préparait sa maîtrise, à fréquenter théâtres expérimentaux et expositions artistiques avec ses amis de l'université; aujourd'hui encore, il aimait assister aux concerts qui se tenaient au marché municipal les soirs de fin de semaine, en grignotant des sandwichs à la mortadelle. Curieusement, il semblait à Gina que le mode de vie d'Alfredo ressemblait grandement à celui d'un étudiant, malgré ses cinquante ans bien sonnés, et l'homme lui apparaissait comme bien plus épicurien que Vittorio, qui pourtant se posait comme tel.

– C'est mon plaisir coupable ! Si ma chère mère me voyait manger de la mortadelle sur le pouce... Je t'emmènerai la prochaine fois. C'est stimulant de voir comme le multiculturalisme mène à de telles créations !

Elle avait ainsi fait connaissance avec les deux amis pour qui son père avait traversé un océan. Ne restait plus qu'Agostino, le compagnon de route. Elle ne savait rien de lui, simplement qu'il ne s'était jamais tout à fait adapté au rythme harassant du travail manuel dont Marco avait retiré une certaine forme de sérénité. Agostino, lui expliquait son père, était un être solitaire qui, quand le tumulte du quotidien le poussait dans ses retranchements, se réfugiait dans les dernières publications de Saint-John Perse qu'il se procurait on ne savait comment. Il aimait à convoquer son poète favori tout particulièrement les nuits de mousson, lorsque les rideaux de pluie étaient tirés devant leurs fenêtres de fortune :

L'autre soir il tonnait, [...] j'écoutais [...], et l'amour, en tous lieux, remontait vers ses sources...

Gina remarqua, alors qu'il la détaillait, qu'il cachait justement un livre dans son dos. D'un air méfiant, Agostino scrutait cette brindille de femme qui lui faisait face, cet oisillon aux cheveux d'un noir de jais et au regard pétillant qu'il ne quittait pas des yeux.

– Je m'appelle Gina, je suis...

– La fille de Marco, oui. J'aurais pu le deviner seul.

Gina se troubla : leur lien de parenté n'était apparu évident pour personne depuis qu'elle était arrivée dans le ghetto. Marco et elle se ressemblaient si peu qu'à Casalnuovo, plusieurs mauvaises langues avaient remis en question sa filiation, bien que Rita se fût empressée d'apposer le nom d'Acampora à son prénom dès sa naissance comme on aurait marqué une vache du sceau de son propriétaire. Agostino, dont la maigreur et la haute stature évoquaient un roseau ondulant au vent, la dévisageait d'un œil perçant qui lui sembla traverser son âme. Tentant tant bien que mal de dissiper son malaise, elle commença à laborieusement lui expliquer ce qu'elle voulait de lui.

– Malgré tout le respect que je dois à ton père, je ne pense pas pouvoir faire quoi que ce soit pour toi, jeune fille, la coupa Agostino en détachant les syllabes, dans un italien hésitant – était-ce possible qu'il eût oublié sa langue natale ?

– C'est-à-dire que… Alfredo m'a assuré que vous étiez l'un de ceux qui parlaient le mieux le portugais. Je voulais donc vous demander si vous seriez disposé à me donner des leçons.

La logique aurait exigé, en réalité, qu'elle s'adressât en premier lieu à Alfredo, qui alternait entre italien et portugais avec l'aisance d'un poisson dans l'eau, mais le quotidien de ce dernier, entre études, événements culturels et diverses fréquentations qu'il gardait pour la plupart secrètes, s'avérait bien trop rempli pour y ajouter des cours de portugais. En outre, aveugle au malaise paniqué qu'il provoquait ainsi chez elle, il s'était rapidement mis à interroger Gina au sujet des revendications sociales en vigueur parmi les étudiants et les ouvriers français : la jeune fille avait probablement assisté à des assemblées, des débats, des manifestations lors de son cursus universitaire, non ? Quel était son avis sur la situation sociétale et les luttes militantes actuelles ? Poussée dans ses retranchements, incapable de renchérir à la moindre de ces questions, Gina n'avait d'autre choix que de botter en touche. Parfois, elle ne se reconnaissait plus : l'évocation de sujets politiques la plongeait dans une paralysie sidérée. Et puis, il y avait autre chose qui motivait Gina à faire appel à Agostino : intriguée et attirée par ce personnage énigmatique, elle était curieuse d'en percer les mystères et avait concocté cette excuse pour enfin lui rendre visite. Étrangement, elle devinait chez lui une fêlure similaire à celle qui fendillait son âme depuis l'accident.

Avant même d'avoir fini de formuler sa requête, elle sut qu'il refuserait. Malgré cela, Agostino, dont la tête était restée dans l'entrebâillement, ouvrit lentement la porte tout en continuant de fixer Gina de ses yeux sombres. En essayant d'échapper à son regard, elle aperçut dans l'obscurité de sa chambrette une valise à demi remplie de maigres possessions.

– J'en suis malheureusement dans l'incapacité.

– Vous partez en voyage ? interrogea Gina distraitement.

– Vois-tu... Les Italiens affluent à São Paulo depuis le début du siècle. Tu rencontreras des gens dans le bidonville, dont les parents, les grands-parents, ont débarqué il y a cinquante ans, avec pour toute richesse deux revolvers cachés dans un pot de graisse. Et la criminalité, ici... C'est une question de bon sens, on peut vivre avec, il suffit de suivre quelques règles basiques, comme de ne pas se promener seul sans but dans le ghetto alors que le jour tombe.

Gina rougit, se sentant ridicule – ce curieux personnage, apparemment omniscient, l'avait-il remarquée errer, à son arrivée, dans le dédale des ruelles de Bela Vida ?

– Et puis, les Italiens ont décidé que le Brésil n'était pas si intéressant, finalement. Nous avons recréé une petite Italie ici, et ce n'est pas très différent de chez nous. Alors les Italiens se rendent maintenant au Paraguay, en Argentine, car un parent leur a dit que c'était là-bas que tout se passait, ou qu'une fortune les attendait, que sais-je.

– L'Eldorado n'est plus le même qu'avant, glissa Gina.

Agostino acquiesça, et son regard se fit plus perçant encore.

– Chacun se forge ses contes personnels – tout en prenant soin de bien conserver ses biens et ses propriétés en Italie, là où se trouve leur foyer, là où ils sont nés et où on les enterrera.

– Vous voulez dire que personne ne parvient à se détacher de son pays natal ?

– Peut-être que ces gens-là n'ont pas vraiment de raison de quitter leurs terres. Mais peu importe : c'est de nouveau l'excitation du départ, les préparatifs et la grande traversée, poursuivit Agostino sans l'entendre. Et pour quoi ? Pour retrouver la même misère, la même urbanisation galopante, les mêmes usines qui crachent les mêmes fumées. On veut toujours plus, mais l'homme, dans tous les territoires qu'il colonise, bâtit les mêmes choses et détruit ce qui faisait la richesse du lieu de ses fantasmes. Il entretient son insatisfaction ainsi.

– Monsieur Esposito ?

Il tourna la tête vers elle, surpris de la voir encore ici, et ses pupilles furent de nouveau habitées.

– Gina... Dis au revoir à ton père pour moi. Qu'il sache qu'il sera le bienvenu s'il cherche à me rejoindre, ainsi que tous ses descendants.

– Mais... où allez-vous ? demanda-t-elle, soucieuse et déroutée d'être ainsi congédiée.

Elle se retrouva, sans voix, sur le seuil de la maison de tôle et de ciment ravagée par les vents. Hébétée, elle revint sur ses pas tout en essayant de décortiquer ce qu'elle venait d'entendre. Décidément, cet Agostino était bien plus difficile à cerner que les autres amis de Marco.

– Alors ça y est... Il va vraiment y aller, il va le faire !

Le beau visage de Marco exprimait un mélange d'empathie et d'admiration.

– Je ne comprends pas… D'abord, il me sort un couplet sur l'absurdité de voyager et d'espérer mieux, ensuite il prépare sa valise pour lui-même fuir le quartier?

– Tu dois réaliser quelque chose : Agostino, en Italie, faisait partie de la Camorra. Il n'a jamais eu d'attaches, il lui est difficile de se fixer quelque part, et il a toujours fait preuve d'un certain… nihilisme. Mais tout au fond de lui, il n'est pas dénué de rêves.

– Mais alors, tu sais où il se rend comme ça?

– Je me souviens qu'il me racontait, pendant la traversée en bateau, que petit, il fuyait les coups en allant se cacher dans la campagne. Mais l'aspect artificiel et dévitalisé des champs cultivés avait fini par le rebuter. Plus grand, il a parcouru les Alpes, dans des recoins jamais foulés par l'homme. Agostino a toujours été en quête de pureté, d'authenticité. Il a toujours cherché à dialoguer avec la nature.

– Tu ne réponds pas vraiment à ma question…

Marco adressa à sa fille, à qui il était déjà si lié, un sourire lumineux.

– En Amazonie!

Il lui expliqua tout – tout ce qu'il avait cru comprendre de la personnalité complexe de son ami, après les années et les épreuves qu'ils avaient partagées. Il lui expliqua Saint-John Perse, la nature vierge, les émotions suscitées par l'exploration, le saut dans l'inconnu, les racines qu'il fallait parfois couper pour que puissent se développer les branches. Il lui expliqua avoir décelé dans l'œil de son compagnon de voyage, lors de ses dernières visites, cette étincelle qui le singularisait. Marco n'avait jamais imaginé Agostino se contenter d'un quotidien dans le ghetto, et depuis peu, il observait chez lui une absence, une tendance à la rêverie, qui tranchaient avec son caractère tendu vers l'avenir, toujours exalté par la possibilité de nouvelles aventures. C'était comme si, du fait de sa haute taille, les pensées d'Agostino vagabondaient parmi les nuages bien au-dessus de la foule. Agostino se préparait déjà pour la prochaine étape de son existence, Marco en était persuadé.

Gina ne put s'empêcher de relever que son père semblait affecté par la décision d'Agostino :

– C'est vrai, chacun de nous deux fut un moment la famille de l'autre. Et puis, j'ai retrouvé Alfredo et Vittorio, j'ai essayé de m'intégrer dans ce nouveau pays, de construire une vie. Je crois qu'Agostino n'a pas encore trouvé l'endroit où il pouvait réellement poser sa valise, conclut Marco, philosophe.

Gina voulut changer de sujet, préoccupée par une larme qu'elle voyait poindre dans l'œil de son père.

– Il ne faut pas que je te distraie ! Qu'étais-tu en train de faire ? demanda-t-elle avec un entrain légèrement exagéré, en désignant le petit paquet que Marco entourait de ses deux mains comme un oiseau qu'il aurait recueilli.

– C'est le café que j'envoie à ta grand-mère tous les mois ! C'est mon patron qui m'en donne un peu, il le récupère du surplus de la fazenda dans laquelle il fait des livraisons. C'est le meilleur café au monde, renchérit-il sans remarquer la mine moqueuse de sa fille.

– C'est moi qui le préparais pour mamie à Casalnuovo…

– Tu as donc dû le goûter plusieurs fois !

– Je crois que si tu n'en envoyais pas, il ne manquerait à personne.

Et, devant l'expression interdite de son père, elle précisa :

– Il est imbuvable, ton café !

Et elle partit d'un grand éclat de rire, si communicatif que Marco se laissa lui aussi gagner par l'hilarité.

L'aveu

Les musiciens s'installaient et déployaient leurs instruments alors que la procession progressait depuis l'église Notre-Dame d'Achiropita, dont la blancheur immaculée aveuglait les fidèles sous le soleil, jusqu'à l'imposant escalier, où l'on photographia les mariés entourés de tous leurs parents. Gina, une nouvelle fois, s'émerveilla de la manière dont les familles de Bela Vida se constituaient, s'épandaient et se rapprochaient en une danse fusionnelle, comme si l'exil renforçait la cohésion du clan italien. Elle-même, après plus d'un an dans le ghetto, ressentait, palpable, la prégnance de la communauté et cette volonté d'ancrage et de perpétuation avec intensité. Voilà pourquoi son père n'avait pas le mal du pays, songea-t-elle. Ce qu'elle ne savait pas, c'était le soulagement qu'éprouvait Marco à avoir mis un océan entier entre le Vieux Continent – ses querelles vaines et pourrissantes, ses pogroms inhumains – et lui.

Carmela Tosi portait la robe que sa mère portait à son propre mariage, qui évoqua à Gina un abat-jour : le décolleté et le jupon n'étaient qu'un amas de dentelles, tandis qu'un fourreau enserrait la poitrine jusqu'aux genoux en un tube lisse et moulant. Maria, en mère affairée et nerveuse, s'activait, bousculant un enfant qui piétinait le voile de Carmela, déplaçant un parent qui gênait le photographe, confisquant un sachet de riz que l'on avait trempé dans du café en plaisanterie, et pestant contre l'intégralité des invités de la noce et tout particulièrement contre Vittorio, qui, étouffé par les larmes, ne remuait pas le petit doigt. L'émotion était palpable : tout le quartier adorait Carmela, une beauté brune au sourire facétieux que venaient relever deux canines pointues, et qui du haut de ses vingt-deux ans était toujours prompte à aider son prochain. Elle épousait aujourd'hui un jeune Brésilien d'origine portugaise nommé Tiago, et le couple était si bien assorti qu'au fil des mois leur union, qui participait à l'homogénéité du clan, s'était imposée naturellement. On imaginait sans peine le futur visage de leurs enfants.

Les cloches tintèrent, ameutant tout le quartier, dont la grande majorité avait de toute façon été conviée à la noce ; et sous le chaud soleil de décembre, on s'installa à table pour déguster le menu gargantuesque concocté par les tantes de Tiago. La gastronomie brésilienne ravissait les papilles de Gina, habituées aux consistants plats maternels et aux grignotages sur le pouce du campus grenoblois. Sur les immenses barbecues allumés depuis plusieurs heures crépitait une viande tendre, dont la graisse attisait les flammes et le fumet faisait monter l'eau à la bouche de tous les convives. Maria avait tout de même insisté pour que soient servies les sempiternelles pâtes dont les habitants du quartier les plus conservateurs se nourrissaient exclusivement – bien qu'ils fassent parfois une exception pour une occasionnelle pizza. Étaient concoctés du manioc, du gombo et des fricassées de haricots noirs, de porc et de bœuf. La moqueca de fruits de mer mijotait dans une marmite de fonte, de grosses bulles venant troubler la surface du ragoût bahianais, qui dégageait un arôme subjuguant. De crémeux desserts étaient disposés sous une avalanche de fruits tropicaux dont l'acidité relèverait la douceur.

Gina considéra son amie, rayonnante au bras de l'homme que son cœur avait choisi, et sentit une bouffée d'allégresse l'envahir. Carmela et elle étaient devenues des confidentes ces derniers mois, après que Gina s'était éloignée d'Alfredo. Celui-ci s'était finalement découragé face aux tactiques d'évitement répétées de la jeune fille : dès qu'il abordait des sujets relatifs à la virulence de l'opposition à la Cinquième République[9], insistant pour l'intégrer dans certains cercles dissidents de son université – ses amis brûlaient d'échanger avec une étudiante française –, Gina restait coite, en retrait. Et pourtant, elle ne pouvait s'empêcher de s'insurger contre la disparition de « Beto », le révolutionnaire ; l'emprisonnement et la torture de Dilma Rousseff ; ou encore la formation des policiers brésiliens par la CIA. Tétanisée à l'idée de la confrontation et de l'action militante, tiraillée entre ses convictions et ses réticences, elle avait trouvé refuge dans la fréquentation de Carmela.

Les jeunes filles, que deux ans séparaient, se complétaient par leurs différences. Si les discussions portant sur les détails du mariage, la gentillesse de la belle-famille de Carmela ou l'investissement de Tiago dans leur vie de couple ne passionnaient pas Gina – et qu'elle frémissait d'agacement lorsque son amie lui racontait comment ils avaient graissé la patte d'un fonctionnaire pour l'achat de leur maison –, Carmela faisait preuve d'une bonté et d'un humour qui délectaient la jeune Italienne. La mariée ne s'intéressait pas à la politique, et c'était là une autre de ses qualités ; la seule nouvelle qui avait attiré son attention dernièrement était – et les deux filles en plaisantaient encore – l'appel au boycott des relations sexuelles avec les militaires lancé par des artistes contestataires. Autrement ? Le pays connaissait une croissance

9 La Cinquième République, au Brésil, désigne le régime dictatorial mis en place par les militaires dès 1964.

exponentielle, tout le monde avait du travail, les salaires augmentaient presque aussi vite que les prix : dès lors, pourquoi se plaindre ?

Quant à la conversation des frères et sœurs de Carmela, elle se révélait fort hétéroclite. Les rejetons de Vittorio formaient une joyeuse bande, bien qu'aucun ne fût pourvu du même caractère. Giorgio, qui comptait sur le charme envoûtant de sa démarche assurée et des yeux noirs liquides qu'il avait hérités de son père, ne parlait pas beaucoup, préférant le langage du corps à celui des mots. Un seul sujet de discussion animait son visage à la mâchoire carrée, que l'ombre d'une barbe assombrissait même quand il se rasait de près : les concours de chanson à la télévision. Si la junte s'immisçait chaque jour davantage dans les programmes audiovisuels – pourquoi se passer d'un tel outil de contrôle ? –, les soirées musicales et festivals diffusés sur le petit écran battaient tous les records d'audience. La télévision représentait une tribune pour les artistes, un rare exutoire, un interstice non négligeable dans le couvercle étanche placé sur la population. La ferveur populaire portait aux nues certains chanteurs comme s'il se fût agi de footballeurs, et même la junte et ses élucubrations idéologiques ne parvenaient pas à faire taire un Geraldo Vandré quand il susurrait « mourir pour la patrie, vivre sans raison[10] ». Le sujet de prédilection d'Enzo, le frère de Carmela et Giorgio, était simple : Pelé, Pelé et encore Pelé – avec une relecture régulière de la Coupe du monde de 1958, lors de laquelle le garçon n'avait que trois ans, mais dont il disait se souvenir avec une précision d'horloger.

---

10 Sa chanson *Caminhando*, sortie en 1968, est devenue l'hymne de la résistance à la junte.

Curieusement, c'était la petite Giulia qui, du haut de ses douze ans, amusait le plus Gina en raison de son irrévérence. Ses dernières frasques s'étaient déroulées pendant sa profession de foi : elle avait tout bonnement débattu avec le curé devant une foule ébahie et une Maria écarlate. Est-ce qu'être vivant ne consistait pas à apprendre à accepter sa propre fin, avait-elle demandé à l'homme d'Église ? Était-ce la raison de toutes ces simagrées, de tous ces rituels millénaires ? Dieu n'était-il en fait qu'une façon de donner un sens à l'existence, car enfin, l'être humain ne pouvait se consacrer à sa vie qu'à la condition de mettre la peur de mourir derrière lui ? Gina avait dû sortir de l'église tant son fou rire était devenu incontrôlable – elle n'avait pas ri ainsi depuis l'accident. Dire qu'elle avait traité Giulia comme une enfant, alors que la fillette démontrait clairement une maturité bien supérieure à celle de tous les membres de sa fratrie ! Plus tard, Gina était allée humblement s'excuser auprès du brave curé : son estime pour la hiérarchie ecclésiastique avait considérablement crû quand elle avait appris l'engagement des prêtres brésiliens contre la dictature militaire et pour la justice sociale.

À son arrivée au ghetto, de nombreux Italiens lui avaient demandé des nouvelles du pays, qu'elle avait laborieusement essayé de restituer. Alors que le Brésil fourmillait, gonflé par une formidable énergie, l'Italie, complètement à l'arrêt, se débattait dans des conditions d'hygiène d'un autre siècle, sclérosée par la corruption, immobile. Gina, incapable de conserver la tête froide en relatant ces nouvelles révoltantes, obliquait vers des sujets plus neutres, comme la vivacité de la *nonna*, l'aïeule d'Alfredo – dont le rire de corbeau retentissait encore à travers Casalnuovo en dépit de son âge avancé et de sa chevelure blanche.

Marco ne lui posait jamais de questions sur Casalnuovo : il semblait insensible au lent déclin et à la déliquescence de son pays, contrairement aux autres exilés du ghetto, que la moindre évocation de leur terre natale emplissait d'une émotion éloquente. En revanche, son père voulait tout savoir de sa vie à elle. Face à ses interrogations répétitives, Gina, que son secret étouffait, avait fini par lui raconter les raisons de sa fuite en lui faisant promettre de garder le silence. Elle ne s'attendait pas à ce que cet homme doux, presque impassible, réagît aussi intensément à son récit :

– Je ne comprends pas comment tu as pu à ce point intégrer la violence dans ton quotidien. Comme si c'était normal !

– On n'avait pas le choix, papa, avait-elle pathétiquement gémi.

N'aurait-il pas fallu montrer leur supériorité par leur pacifisme et leur refus de se déchirer comme des animaux, demandait Marco, choqué ? Était-il nécessaire de s'abaisser à l'usage incontrôlé de la force et de laisser libre cours à ses plus bas instincts simplement pour prouver que l'on avait raison ? Ne faisait-on pas ainsi le jeu des fascistes que Gina méprisait tant, ne s'avilissait-on point ? Le débat et l'argumentation constituaient des armes bien mieux affûtées. Comment pouvait-on vouloir la paix dans le monde si l'on n'était pas en paix avec soi-même ? Marco s'était adouci en constatant les soubresauts qui secouaient la poitrine de sa fille comme un soufflet : son aveu avait coupé la respiration de Gina, dont les oreilles retentissaient encore du cri inhumain qui la suivait partout depuis l'accident dont elle avait été l'origine. C'était comme si son ouïe avait enregistré ce hurlement, qu'elle lui rejouait depuis sans relâche.

– Cet accident, il n'a pas seulement coûté des vies : il a fracturé ton âme.

– Pourtant, je ne parviens pas à cesser de m'indigner contre les injustices et les inégalités. Mais dès que mon cerveau commence à imaginer le moindre plan d'action, c'est comme si mes pensées s'effaçaient, baignées dans une eau trouble. Je ne me reconnais plus, avait haleté Gina.

Marco avait observé sa fille, démuni face à sa mine égarée : la guérison serait longue.

– Quand je suis arrivé à São Paulo, avait-il alors raconté, Vargas était revenu au pouvoir. Ce n'était pas un saint, entends-moi bien : mais il a rendu le vote obligatoire, y compris pour les femmes, instauré un salaire minimum…

– Il a dissous le congrès et réprimé le mouvement communiste ! n'avait pu s'empêcher de s'insurger Gina, bien qu'impressionnée par les connaissances de son père.

– Et il a été chassé par les militaires pour avoir essayé d'exécuter un journaliste d'opposition, quatre ans après mon arrivée ici, avait répliqué celui-ci. Qui était le méchant ? Vargas ou la junte ?

Gina était restée coite, attentive. L'analyse de Marco avait éveillé son intérêt. Et puis, elle se sentait si faible, si impuissante… Son aveu l'avait vidée de son énergie.

– Ce qu'il s'est passé en 1964, on a d'abord appelé ça une contre-révolution, pas un coup d'État. Le président s'est laissé intimider par la droite et les classes moyennes qui paniquaient, car Castro avait pris le pouvoir quelques années plus tôt.

– Et parce que les États-Unis s'en sont mêlés, comme d'habitude !

– Je veux juste te faire comprendre qu'au Brésil, avait relativisé Marco, la situation est brutale, encore plus qu'en Europe : l'économie avance à une vitesse folle, que la politique n'arrive pas à suivre, et il nous faudra des années pour juger un événement qui survient aujourd'hui. Nous avons eu notre compte de morts, je peux te l'assurer, et le durcissement est palpable depuis Mai 68, quand les émeutes ont secoué toute l'Amérique du Sud.

– C'est justement contre cela que l'on doit lutter ! La promulgation de l'AI-5[11]...

De nouveau, elle dut s'interrompre pour reprendre sa respiration ; ses poumons refusaient de cautionner son propos.

– Je vois bien que tu t'indignes, tu veux te battre pour ce en quoi tu crois. Ton empathie est une force, mais prends garde à ne pas te perdre. Essaie d'appréhender ce pays plutôt que de t'approprier aveuglément ses luttes. Refrène tes passions : elles peuvent faire plus de mal que de bien. Et surtout, surtout, méfie-toi de la violence, car elle te rapproche de ceux que tu combats... Moi, je mène mon existence selon mes principes, et je fais de mon mieux pour composer avec une situation qui m'est présentée et à laquelle je ne comprends déjà pas grand-chose ; je remercie le Ciel d'être sur Terre, de t'avoir rencontrée, je refuse de trop analyser le monde, par peur d'oublier de vivre. Il convient, simplement, de continuer à avancer.

Gina l'avait serré contre elle, reconnaissante.

Le rhum avait remplacé le ragoût, et l'alcool coulait à flots tandis que les noceurs quittaient leurs chaises pour aller se trémousser sur la piste. L'atmosphère vibrait, fébrile, et une folle liesse s'emparait des invités. Gina avait remarqué avec amusement que la moindre célébration, au Brésil, devenait une excuse pour danser. Carmela enflammait le cœur des jeunes hommes en ondoyant sur un morceau de samba, pendant que

---

11 Cinquième d'une série de décrets édictés par la junte, qui abroge partiellement la Constitution de 1967, notamment en accordant au président des pouvoirs extraordinaires.

son nouveau mari claquait des mains en rythme. De lourdes mèches s'échappaient de son chignon. Vittorio, superbe dans un costume qu'il avait acheté pour l'occasion, se remettait peu à peu de l'émotion qui l'avait pris aux tripes à la vue de sa fille aînée en robe blanche, tout en jetant des œillades de prédateur vers l'une des tantes de Tiago. Marco, avec qui il discutait, le remarqua et le morigéna. Faussement outré, Vittorio se détourna de la tante en question et posa ses deux mains sur les épaules de son ami, en lui avouant que peu importait, finalement, les amourettes, les jeux de séduction. La famille : voilà qui donnait une valeur à cette farce que l'on nommait l'existence. Ce soir-là, Vittorio était bouleversé par la beauté et la force de l'adulte qu'était devenue sa fille, et cela l'emplissait de bonheur. Marco acquiesça : il réalisait mois après mois à quel point l'arrivée de Gina avait bousculé ses convictions et son mode de vie.

Marco congratula avec effusion la famille de la mariée et chercha du regard Alfredo, avant de se souvenir que celui-ci s'était éclipsé juste après la cérémonie – restant comme à son habitude très pudique sur ce à quoi il allait consacrer sa nuit. Alfredo découchait parfois, et on le voyait revenir au quartier au petit matin, la mine basse et les lunettes tombantes, malgré la discrétion dont il ne se départait jamais. Marco ne s'étonnait guère, pensant aux années d'emprisonnement qu'avait subies son ami, qu'il s'accrochât tant à son jardin secret, à son indépendance. Il alla s'asseoir à sa table pour s'accorder quelques instants de calme : il n'était plus un jeune homme, après tout. Au loin, sa fille lui envoya l'un de ses sourires éclatants, puis se retourna vers son interlocuteur.

– Je t'y emmènerai en février, tu verras, si tu aimes les fêtes brésiliennes, tu vas adorer le carnaval ! criait Giorgio dans l'oreille de Gina pour couvrir la musique. Ce n'est même pas une fête, c'est une... bacchanale ! Il y a une parade avec des danseuses habillées de plumes et de paillettes, un tonnerre de percussions...

Gina perdit le fil de la discussion lorsqu'il se mit à parler des racines païennes et de la signification séculaire de cette célébration hédoniste et débridée ; ses pensées vagabondèrent vers son père, qui semblait en paix, repu, à sa place – il s'était reconstruit, commençait-elle à comprendre, grâce à la proximité de ses amis et à la formidable entraide qui régnait en maîtresse dans le ghetto, le réconciliant avec l'espèce humaine. Elle fut une nouvelle fois impressionnée par l'humilité de Marco, sa résilience après tout ce qu'il avait traversé. Parfois s'imposaient à lui des instants de pétrification inconsciente, comme dans le lotissement où Gina et lui avaient croisé des gangsters, mais ces moments s'espaçaient progressivement, et la plupart du temps se dégageait de lui une grande sérénité, qu'elle trouvait inspirante. Leurs joutes verbales étaient devenues monnaie courante, et il n'était pas rare que tous deux se lancent dans d'infinis débats sur le perron du *sobrado*, rattrapant le temps perdu, sans que la faim de connaissance qu'ils avaient l'un de l'autre s'étanchât.

Giorgio se rapprocha tout près d'elle. Elle ne l'avait jamais vu si volubile, même quand il parlait musique, son sujet de prédilection. Le jeune homme s'exprimait avec l'assurance feutrée des jolis garçons. Ses paupières étaient à moitié baissées sur des iris d'un noir d'encre ; elle remarqua un grain de beauté sur sa mâchoire carrée. Elle devint soudain très consciente de son propre corps : si elle s'était rincée aux sources communes qui à Bela Vida faisaient office de douche le matin même, la sueur perlait déjà sur sa peau. Son visage n'était plus qu'à quelques centimètres de celui de Giorgio.

– On va danser ?

Alors qu'ils se dirigeaient tous deux sur la piste, la samba s'atténua doucement pour laisser place à quelque chose que Gina ne connaissait pas. C'était un son étrange, presque jazzy. Elle remarqua soudain que l'écho effroyable qui sifflait à son oreille depuis l'accident, et qui s'était intensifié lorsqu'elle avait convoqué de nouveau ce souvenir auprès de son père, s'étouffait, assourdi et supplanté par la musique. Sans qu'elle s'en rendît compte, ses hanches se mirent à onduler, ses bras à se mouvoir comme si elle flottait dans l'eau. Que lui arrivait-il ? Elle demanda à un Giorgio très à l'aise de quel style il s'agissait. Il la regarda, étonné :

– Tu n'as jamais entendu de bossa-nova ?

– Je ne crois pas... Ou peut-être n'ai-je jamais écouté convenablement.

– Peut-être surtout que tu n'as jamais eu l'occasion d'écouter la vraie bossa-nova, insista-t-il en appuyant le mot « vraie ». Les majors américaines pillent ce qu'elles renomment le « latin jazz »...

– Taisons-nous !

Giorgio, qui n'avait pas l'habitude d'être interrompu de façon si cavalière, toisa cette fille si différente de celles du quartier, dont les formes affriolantes et les roulements de hanches assurés remplissaient la piste. Gina était plus gauche, mais aussi plus curieuse, plus intéressante, et ses yeux toujours écarquillés brillaient d'un feu passionné. Il la trouvait merveilleuse. Il lui avait fait écouter plusieurs groupes qu'il aimait, en particulier Os Mutantes, dont elle avait comparé le patchwork joyeux et insouciant aux yéyés français tout en étant sensible au double sens des paroles. Il en allait de même dans tous les régimes dictatoriaux : les musiciens devenaient les messagers de la contestation, brouillaient les pistes avec leurs métaphores, tout en « parlant à voix basse », ainsi que l'intimait la chanteuse Maysa Matarazzo. Giorgio considérait la bossa-nova comme un peu vieillotte, mais comprenait l'attrait qu'elle exerçait sur des oreilles néophytes : ce son évoquait un autre temps, la parenthèse dorée de l'époque de Kubitschek, quand il n'était qu'un petit garçon. Lui-même avait plaisir à la laisser ruisseler sur tout son corps.

Insensible à la présence de Giorgio, Gina observa déconcertée l'excitation qui partait de son ventre pour se diffuser à travers le tissu de sa peau jusqu'au frisson. Le doux chuintement susurré par la chanteuse enjôlait tout l'auditoire : à la fois intime et tendue vers son public, elle dégageait une sensualité si prégnante qu'on l'aurait crue au lit avec son amant et non sur scène. Elle refréna un sourire coquin et glissa un regard langoureux à la foule, qui fut parcourue d'un spasme. C'est à cet instant que Gina fit taire son esprit analytique : après tout, pourquoi essayer de décortiquer ses sensations ? Elle fut envahie d'une vague de bien-être alors qu'autour d'elle, les danseurs se muaient en félins ondoyants dont les mouvements se fluidifiaient. Une guitare malicieuse s'ajouta au chuchotement chanté, puis des accords se posèrent sur un piano en légère dissonance. Rien cependant n'était laissé au hasard et tout s'arrangeait en une ronde harmonieuse. L'éclat de rire d'un instrument dont Gina ignorait le nom vint troubler ce fond sonore ; la percussion impromptue, le sifflement d'un serpent à sonnette, souligna le morceau. Et ce tempo ! Une caisse claire avança d'un pas tranquille, aussitôt contrecarrée par un tambourin, comme lors d'une querelle d'amoureux, avant que leurs déséquilibres s'accordent en un flottement, une joute rythmique commentée par les congas.

Un formidable balancement les prit tous… Ou plutôt un roulement, oui : une grosse boule qui roulait inexorablement, récupérant çà et là des touches de pulsation et de mélodie.

Son élan ne souffrait ni retard ni hésitation. La pression monta avec la vitesse des doigts sur les tissus tendus des instruments, faisant planer les danseurs, dissipant leur fatigue et leurs déceptions. La peau de Gina brûlait. Les cerveaux étaient mis en veille, tout n'était que sensation pure. La félicité déferlait avec la rapidité croissante de la musique : il était illusoire d'imaginer y résister. Une vague de joie et d'insouciance enveloppa la foule en une expérience de communion totale : les vieux esquissèrent d'élégants pas de danse, les jeunes laissèrent exploser leur vivacité, tous entraînés par le rythme, lançant leurs corps vers leurs partenaires avec fièvre, comme en transe. Gina eut l'impression de vivre quelque chose de mystique, l'émerveillement d'un mystère dévoilé. À l'aube, épuisée et confiante alors que la fête battait encore son plein, elle était tombée amoureuse du Brésil.

Interlude

L'inexorable trajectoire de notre bref séjour sur Terre ne semble pas renfermer la moindre explication. Malgré cela, nous aspirons à conjurer le destin en recherchant un sens, qui plus nous essayons de le saisir, plus ne cesse de nous échapper. Une raison, un moteur, un Eldorado : quelque chose qui nous meut et nous émeut.

Peut-être est-ce la quête de l'indépendance, la prise en main de son existence, l'écoute de son instinct. Peut-être est-ce consacrer ses forces à de grands idéaux afin qu'à l'automne de sa vie, on ait la conviction d'avoir œuvré pour l'amélioration du monde.

Ou bien, la direction que doit emprunter chaque être humain est celle prévue par notre nature organique : et notre présence sur Terre a pour but principal de reproduire l'espèce. Si l'on admet ce postulat, il est bien normal que nous ressentions un tel sentiment de plénitude quand naît un enfant et qu'ainsi se transmet notre nom et se perpétue notre lignée. Participer au développement physique et psychique d'un soi miniature devient alors une aventure, dans laquelle on se plonge intégralement et qui nous procure d'ultimes émotions.

Mais pourquoi devrait-il y avoir forcément un sens ? Certains acceptent qu'il n'y ait pas de raison métaphysique à notre existence, pas de principe premier ni de cause. Ils ne perdent ni leur temps ni leur santé mentale à décortiquer le pourquoi, le comment. Ils admettent bien volontiers la pertinence de s'interroger sur notre condition, tout en se vouant à apprivoiser l'idée d'une mort inéluctable ; malgré cela, ils décident de simplement savourer chaque instant qui leur a été accordé, avec béatitude et sérénité. Ce sont certainement les plus sages.

III. Ernesto

Divergences

Ernesto, attiré par les éclats de voix qui résonnaient dans toute la rue, hâta le pas. Aucun doute : sa mère était bien revenue de New York. Combien de temps était-elle partie, cette fois ? Au moins deux mois, compta-t-il en se concentrant. Comme d'habitude, elle avait dû tomber sur un Simon affalé sur le canapé en cuir qu'elle leur avait offert et hypnotisé par la télévision dernier cri qui lui faisait face.

– As-tu seulement bougé de ce canapé depuis mon départ ? … Oh, bonjour, mon chéri ! s'interrompit distraitement Gina lorsque Ernesto posa sa main sur son épaule, avant de reporter son attention sur son second fils. Je ne sais pas, moi, essaie au moins de sortir dans le quartier, de t'activer, de trouver un travail, tiens, pourquoi pas ?

– Maman… J'ai toute la vie devant moi pour faire ce genre de choses.

– À ton âge, je ne rêvais que de parcourir le monde, d'entrer à l'université, de conduire une voiture, énuméra-t-elle, excédée, sur ses longs doigts agités.

Ce n'était pas tout à fait exact : après avoir décroché son baccalauréat, Gina s'était laissée flotter dans une lassitude molle qu'elle n'était parvenue à surmonter que quelques mois plus tard. C'était à cette période-là qu'elle avait commencé une relation épistolaire avec son père, mue par l'intuition que cette tristesse inexpliquée qu'elle ressentait se résorberait ainsi. Existait-il une malédiction qui s'abattait sur les membres de cette famille, impactant une génération après l'autre ? Ou bien cette impuissance, cette fatigue déprimée et temporaire plongeaient-elles leurs racines dans l'histoire de Marco, et du choc qui l'avait arraché à son adolescence ?

Mais les souvenirs qui altéraient le roman d'une vie avaient tendance à être occultés sans la moindre mauvaise foi.

– Toi, on dirait que tu n'as aucune ambition, même pas celle de te redresser pour faire face à ta mère.

– À quoi bon, laissa échapper Simon.

Gina examina ses deux grands fils, qu'elle avait portés et élevés seule, de l'air appliqué qui était le sien lorsqu'elle butait sur un obstacle. Elle pouvait les différencier à l'odeur : la peau hâlée d'Ernesto sentait la chaleur et la poussière, mais Simon dégageait un parfum presque morbide. Elle les avait prénommés d'après deux révolutionnaires sud-américains, deux héros courageux et inflexibles – dans la plus pure tradition familiale, qui consistait à affubler chaque enfant d'un nom contraire à son caractère. Elle s'adoucit soudain.

– On dirait que vous avez peur, tous les deux, avança-t-elle précautionneusement. Que vous imaginez forcément que tout ce que vous entreprendriez risquerait de mal tourner. Simon… Ton grand-père t'a parlé de quelque chose ?

– Maman, soupira Simon, toi qui parcours la planète, tu te rends bien compte qu'elle est déchirée par les conflits. Les journaux télévisés nous abreuvent de tueries, de l'Irak à la Yougoslavie, de l'Afghanistan à la Sierra Leone… *Vovô*[12] n'a pas besoin de me raconter ses réminiscences du front libyen ou que sais-je, d'ailleurs tu sais bien qu'il ne parle jamais de la guerre. Ce n'est pas moi qui suis peureux, c'est le monde qui est effrayant.

---

12 « Papi » en portugais.

– Cela me désespère que tu utilises des arguments géopolitiques pour expliquer ton flagrant manque d'ambition.

– Nous ne sommes pas tous obligés d'être à ton image.

Le sarcasme de Simon fit mouche, et Ernesto songea, avec une once de respect, que lui-même n'aurait jamais osé ainsi clouer le bec à leur mère. Cela faisait quelque temps que le moindre raisonnement émis par Simon laissait celle-ci coite et contrariée. Gina avait, c'était vrai, souvent tendance à mettre ses deux fils dans le même panier, tentant par tous les moyens de les façonner selon ses désirs. La rébellion de Simon l'irritait au plus haut point, en ce qu'elle soulignait l'indépendance du garçon vis-à-vis d'elle. Ernesto, quant à lui, restait sous son entière emprise. Gina se morigéna intérieurement de reproduire le schéma maternel ; elle était pourtant suffisamment vigilante pour refréner cet instinct. Mais de voir ainsi son fils presque adulte dans l'exacte position dans laquelle elle l'avait quitté plusieurs semaines auparavant lui donnait envie de le secouer comme un prunier. Elle qui gérait toute une entreprise d'une main de maître ne parvenait pas à exercer le moindre contrôle sur son propre enfant, et cela altérait la perfection impeccable de son environnement. Simon poursuivit :

– Tu me critiques pour mon manque d'ambition, dis-tu. Mais depuis quand la constance est-elle une tare ? De nombreux philosophes visent à atteindre cet état de béatitude, de satisfaction, qu'ils n'arrivent pas à toucher du doigt, car ils ne tiennent pas en place.

– C'est insensé... Je ne comprends pas comment des jeunes de dix-sept ans peuvent imaginer un avenir à Bela Vida.

– *Vovô* est bien resté, lui, intervint Ernesto pour attirer à lui l'attention de sa mère.

– Votre grand-père, c'est différent ! Il a son association, lui, il a un impact dans le quartier !

Gina avait rétorqué du tac au tac, mais Ernesto savait qu'elle trépignait régulièrement face à un Marco stoïque qui refusait tout net de déménager dans l'appartement trois-pièces que lui avait acheté sa fille à Higienópolis. Il imagina son *vovô*, doux et naïf, essayant d'entrer dans un restaurant chic ou dans une boutique de mode sous le regard dédaigneux des résidents huppés peuplant ce faubourg de luxe, et il fut submergé par une bouffée d'amour pour le vieil homme. Marco était devenu l'un des habitants les plus anciens de Bela Vida, un pilier pour les familles qui y défilaient. C'est ainsi qu'il accueillait les nouveaux arrivants, les déclassés, les immigrés, les voyageurs et les rêveurs ; il les guidait à travers les méandres administratifs, les aidait à trouver leur place dans la ruche, s'assurait que chacun s'accommodât de ses voisins et veillât à l'entretien des sanitaires et à la salubrité des *quartos*. Peu à peu, il s'était rapproché de la vieille gestionnaire qui habitait au premier étage du *sobrado* et, à force de sollicitations, avait décroché quelques petites victoires : l'aménagement d'une cour intérieure en potager partagé, l'installation de barreaux aux fenêtres ou même de toilettes individuelles dans certains appartements, l'allègement des charges pour les chambrettes souterraines – comprendre et convaincre les multiples intermédiaires de la ponction du loyer n'était pourtant pas une mince affaire. En bref, Marco s'affirmait comme l'une des figures emblématiques de Bela Vida, et chacun savait pouvoir miser sur son soutien.

Ernesto eut à peine le temps d'intégrer la conversation que Gina quitta la pièce comme une tornade : elle avait beaucoup à faire, lança-t-elle, avant son prochain rendez-vous au centre-ville, pour lequel il lui faudrait emprunter un bus et deux métros – les taxis ne pénétraient toujours pas à Bela Vida, de peur d'être impliqués dans quelque règlement de compte entre gangs. Son fils crut se souvenir qu'elle devait également préparer sa visite à Brasília, ce qui ne semblait pas l'enchanter. La capitale brésilienne, désertée les week-ends, était peu animée, si peu brésilienne que chaque déplacement là-bas se transformait en corvée qu'elle ne cessait de repousser. Elle aimait alors à fredonner un vers de Caetano Veloso, qui lui arrachait un rictus ironique : le chanteur, feignant de se pâmer face à l'avant-gardisme de Brasília, s'étonnait ensuite comiquement que l'on ne dît rien de la modernité de son costume qui valait bien celle de la cité surgie de nulle part. Sa silhouette gracile disparaissait déjà dans les méandres du ghetto quand Ernesto, dépassé par l'énergie maternelle, l'entendit également clamer au loin quelque chose au sujet d'une visite à Alfredo.

Alfredo était devenu un monsieur distingué, professeur émérite à l'université de São Paulo où il conduisait des travaux sociologiques portant sur l'immigration européenne au Brésil. Après avoir finalisé sa maîtrise et décroché une bourse, sa thèse, très remarquée, lui avait permis d'intégrer une équipe d'enseignants-chercheurs venus du monde entier. À ses soixante ans, il avait le premier déménagé du ghetto pour s'établir dans le quartier de Luz, haut lieu artistique tout aussi mal famé que Bela Vida, mais serti de vastes espaces verts où arbres tropicaux, sculptures modernes et policiers patibulaires cohabitaient. Affranchi du ghetto, Alfredo revenait cependant toutes les semaines à Bela Vida pour passer du temps avec Vittorio et Marco, mais Gina était l'une des seules qui lui rendaient visite, car il tenait toujours farouchement à son indépendance et à son intimité. Il vivait avec un homme élégant au crâne dégarni, Jose, qu'elle aimait beaucoup, et le couple se faisait une joie de traîner celle qui était devenue leur protégée de galeries en cafés bohèmes, où l'accent italien qu'Alfredo avait eu toutes les peines du monde à conserver lui conférait une aura exotique très remarquée. Gina, pleine d'espoir et de l'assurance dont elle était coutumière, avait tenté d'amener Simon chez Alfredo pour qu'il élargît son horizon et prît conscience de toutes les activités que São Paulo pouvait offrir. Alfredo, étudiant ce garçon grognon par-dessus ses lunettes carrées à la dernière mode, comme il l'aurait fait d'un de ses sujets de recherche, avait caressé sa barbe poivre et sel, et d'un léger sourire l'avait surnommé Oblomov. Sa passion de longue date pour la littérature russe l'avait évidemment poussé à associer le petit-fils de son ami d'enfance et le rêveur paresseux imaginé par Gontcharov, condamné par son oisiveté à s'incruster dans son divan.

Alfredo était l'un des seuls du quartier à être retourné en Italie depuis toutes ces années; il avait quitté ses biennales, ses musées et ses restaurants préférés l'espace d'un mois pour enterrer ses parents à Casalnuovo. Il s'était assuré que sur leur tombe était gravé le nom d'Amato – avec la particule. Ce citadin s'était pris d'horreur pour la campagne, avait ressenti une sensation d'inconfort croissante, n'avait su que dire à ses frères et sœurs devenus des étrangers, et sans tarder avait sauté dans le premier avion pour rentrer au Brésil. Selon lui, Simon aurait été plus épanoui en Campanie : les distractions étaient peu nombreuses, il aurait pu ainsi se concentrer sur son être intérieur comme il clamait le souhaiter. Sa grand-mère maternelle aurait sûrement été ravie de se consacrer à un petit-fils qu'elle n'avait jamais rencontré.

Mais en dépit des invectives fréquentes de Gina, Ernesto constatait qu'elle aussi, quand elle revenait de ses déplacements à travers le continent, ressentait la fascination qu'exerçait le ghetto sur ses habitants : elle-même aimait à se nicher sur le perron du *sobrado* où logeaient encore Marco et les jumeaux, et faire le point avec ses enfants sur l'évolution de cette société en huis clos. Ernesto pouvait déjà l'entendre comme s'il y était.

Elle s'exaspérerait, comme d'habitude, à l'écoute des ridicules histoires de cœur de Vittorio qu'Ernesto se faisait un devoir de lui rapporter – à son âge, quel frisson pouvait-il bien retirer en collectionnant les maîtresses ? N'avait-il pas charmé toutes les femmes du quartier? Mais peut-être était-ce justement pour lui un moyen de conjurer la vieillesse, de ne penser ni au passé ni au futur. La beauté autrefois troublante de Vittorio s'était altérée sous le poids des années : il commençait à perdre ses dents, et les mèches éparses de ses cheveux fins avaient pris une couleur gris sale. Son teint sombre virait à l'olivâtre, et des poches alourdissaient ses yeux cernés de noir, lui donnant l'air d'un clown qui aurait omis de se démaquiller après une nuit d'excès. Si ses enfants et petits-enfants ensoleillaient sa vie, il avait souvent dû se serrer la ceinture, comptant sur sa femme pour subvenir aux besoins du ménage, bien qu'il cultivât encore son potager. Ces privations l'avaient forcé à délaisser sa coquetterie naturelle, et il n'était plus aussi bien apprêté qu'auparavant, portant jusqu'à ce qu'ils tombent en poussière d'élégants costumes usés jusqu'à la corde. Maria était devenue une harpie à la jalousie dévastatrice et à l'obésité considérable, et si le couple avait déménagé pour une masure à l'écart du *sobrado* de Marco, on entendait leurs disputes à travers tout le quartier. Ernesto et Simon aimaient bien rendre visite à ce vieil ami de leur père : il faisait pousser, avec une habileté presque magique, toutes sortes de plantes en plus des fruits de son jardin, et recueillait les animaux errants du ghetto – au grand dam de Marco, pour qui ces bestioles n'engendraient que crasse et maladie. Le carré de verdure luxuriant que Vittorio entretenait apportait au quartier une bouffée d'air pur.

Quant à Marco, on lui avait connu quelques compagnes, mais Simon et Ernesto se doutaient que leur grand-père finirait célibataire – tout comme Gina. Ses fils la rassureraient une fois encore sur la santé et les conditions de vie de leur *vovô* : les routards envahissaient maintenant Bela Vida pour savourer ses pizzas et chiner dans ses brocantes, et ils constituaient une clientèle de choix sur les marchés d'artisanat. De plus, cet intérêt nouveau attirait l'attention des pouvoirs publics sur ce ghetto oublié. La rénovation des façades des *sobrados* – « tant qu'on laisse les portes fermées pour qu'ils ne se rendent pas compte du fourmillement à l'intérieur », argumentait Marco avec un pragmatisme dénué de cynisme – ou l'entretien des espaces communs s'imposaient comme une circonstance opportune pour attirer davantage de touristes dans cette vitrine improvisée de São Paulo. À mesure que l'implication de Marco dans la vie de Bela Vida croissait, ses cauchemars s'atténuaient, et les gémissements nocturnes qui effrayaient les enfants lorsqu'ils étaient petits s'étaient mués en grognements anodins.

Si d'aventure ils croisaient le chemin de Giorgio et de Flavia, sa fille unique, Gina pincerait les joues de cette ravissante poupée, qui du haut de ses dix ans montrait déjà les signes d'une impertinence jubilatoire. À la grande gêne d'Ernesto, l'affriolant regard sombre du fils de Vittorio caresserait sa mère sans qu'elle lui accordât davantage qu'un simple hochement de tête, avant de se poser, insistant et indéfinissable, sur Simon et lui. Giorgio et Gina étaient toujours troublés en la présence l'un de l'autre et s'adressaient à peine la parole. Le garçon admettait qu'à quarante-deux ans, sa mère pouvait encore plaire : sa vitalité, sa silhouette mince, ses yeux expressifs et ses gestes fluides lui conféraient une jeunesse presque adolescente. Il semblait presque qu'entre

Giorgio et elle subsistaient un désir latent, un lien invisible, l'ombre d'une passion avortée.

Elle accepterait avec un plaisir affiché l'invitation à dîner de Carmela et Tiago, que l'absence d'enfants avait dévastés, et qui pour oublier leur chagrin organisaient une foule de fêtes et de soirées, tout en sachant qu'elle n'aurait pas le temps d'honorer sa promesse. Elle aurait peut-être des nouvelles du père de Tiago, qui avait déménagé au Venezuela et qui rentrait tous les trois ans à Bela Vida pour mettre enceinte une jeune fille du quartier, avant de fuir de nouveau. Puis, avec un mélange d'enthousiasme et de réticence, Gina irait rendre visite à Giulia, dans la zone industrielle en périphérie du quartier qui peu à peu se laissait manger par la favela voisine. C'était un rituel auquel elle tenait, avait-elle avoué à ses enfants que cette dame échevelée rebutait quelque peu. L'indigence de la fille cadette de Vittorio ne faisait que croître depuis sa grossesse non désirée à quinze ans ; et Maria, sa propre mère, refusait même de prononcer son nom. La grosse femme irascible, qui perdait désormais de précieuses années à hurler sur tout son entourage, n'avait jamais souhaité rencontrer sa petite-fille, crachant par terre à la simple évocation de son existence – d'ailleurs, elle méprisait également Gina, cette dévergondée dont les jumeaux ne connaissaient pas leur père. Gina proposerait, malgré son agenda chargé et ses réunions à rallonge, d'aider Giulia avec la petite Elena : c'était elle qui avait choisi ce prénom – « un prénom de femme forte, qui prend sa vie en main ! » avait-elle déclaré en se souvenant de sa colocataire grenobloise si courageuse. Et, tout en berçant la fille de Giulia, elle se remémorerait la verve de l'impertinente qui débattait avec le curé et illuminait le quartier de son rire, et qui n'était plus qu'une fleur fanée. Elle rejoindrait enfin Ernesto et Simon, abattue, faisant de son mieux pour ne pas absorber les peines et les peurs de tous ses amis, tout en s'ébahissant de l'espérance dont ils semblaient ne jamais se départir.

Et pourtant, quelle joie ils avaient connue lorsque les militaires avaient été évincés, en dépit de leurs manigances électorales ! Quelle excitation s'était emparée de Gina, Giorgio, Alfredo, Marco, Tiago, Giulia et de tout le ghetto à la lecture du journal ! Ernesto, qui avait alors dix ans, se souvenait du soulagement palpable qui planait dans un São Paulo libéré de la dictature. Ç'avait été un jour heureux pour son frère et lui : Gina, rentrée plus tôt que prévu à Bela Vida, les avait embarqués dans une masse hilare qui défilait avec un formidable élan d'espoir. Les joues enflammées, elle ne tarissait pas d'éloges envers le charismatique leader de grèves aux faux airs du Che. Leur mère avait cru corps et âme en Lula, cet homme affable et passionné en qui résidait le futur du Brésil. Elle rechignait pourtant à accorder sa sympathie aux idéaux occidentaux et aux révoltes estudiantines, rejetant avec une aversion particulière le progrès technique porté aux nues dans les sociétés modernes. Pol Pot, que Sartre avait encensé, avait commis l'un des génocides les plus brutaux qui soient. L'URSS s'était opposée aux combattants indépendantistes du Caucase. Partout, les rebelles se muaient en dangereux dictateurs, les manifestations militantes en guerres civiles. Gina, dès la plus tendre adolescence de ses fils, les avait mis en garde contre la tendance à romantiser les conflits dont les racines s'enfonçaient bien plus profondément qu'on ne pouvait jamais l'imaginer.

Ces derniers temps, cependant, une dissonance presque imperceptible se faisait entendre. Les gamins des rues, dont Ernesto enviait la gouaille et l'esprit rebelle, s'étaient tous affiliés à un gang quelconque. C'était le trafic de passeports qui battait son plein en ce moment, à cause de l'explosion de la demande : que vous soyez Noir, Blanc, ou de n'importe quelle couleur, vous pouviez passer pour un Brésilien – même si les favelas étaient de plus en plus peuplées d'Afro-Brésiliens, tandis que les descendants des Européens entamaient doucement leur migration vers des quartiers plus chics. La toile étendue du réseau ferré de São Paulo semblait contribuer à l'éparpillement de la criminalité jusqu'aux banlieues les plus éloignées. Dans les ghettos, les rares parcs qui n'avaient pas été rasés pour bâtir de énièmes agrandissements de maisons de tôle étaient jonchés de seringues. Les rythmes de bossa-nova s'étaient accélérés. Vingt-quatre heures sur vingt-quatre, la musique de rue retentissait à travers un São Paulo qui ne dormait jamais, et où les hordes de sans-abri remplaçaient dès la nuit tombée les jeunes loups ambitieux qui arpentaient le trottoir. Les MC, avec leurs enceintes imposantes et leur énergie furieuse, s'affrontaient pour remporter le titre de maître du hip-hop, s'emparant de leur héritage funk et soul pour enflammer la place Roosevelt. Une tension palpable régnait dans le quartier, un déséquilibre, un gouffre entre riches et pauvres, une faille dans le miracle de la croissance brésilienne ; et il paraissait prudent de ne pas mettre le feu aux poudres, car la moindre étincelle pourrait faire tout exploser.

L'ascension d'une mère

Gina était énervée : elle avait prévu de passer une semaine complète à Bela Vida pour profiter de sa famille, mais voilà qu'elle ne tenait déjà plus en place. Sans le fourmillement de ses pensées qui l'agitaient jour et nuit, elle ne trouvait pas la paix. Son insatisfaction chronique, assortie à un état d'alerte permanent, la poussait, croyait-elle, à perfectionner le moindre de ses projets et à s'assurer de la portée philanthropique de ceux-ci. En dépit de la pression constante à laquelle elle s'astreignait, elle ne se sentait jamais malade ni fatiguée.

Cela faisait maintenant quinze ans qu'elle avait lancé sa première entreprise. Après avoir pris la décision de s'installer durablement au Brésil, sûre d'elle, elle s'était frénétiquement imprégnée de la culture et de l'histoire du pays en se plongeant dans les journaux, en explorant la ville et en échangeant avec qui voulait l'entendre. Enceinte jusqu'au cou, elle avait participé à des conférences avec Alfredo – ravi d'avoir finalement réussi à traîner sa jeune amie sur les bancs de l'université – et écouté, avide de connaissance, les discussions qui s'ensuivaient. Son appétence pour la mécanique s'était évanouie : elle considérait désormais que le progrès technique, en donnant à l'homme des outils de plus en plus perfectionnés pour s'exterminer, l'avait davantage perverti. Machines et robots ne l'intéressaient plus – lui faisaient même horreur –, et la simple évocation d'une innovation industrielle risquait de déclencher au creux de son tympan le hurlement déchirant qui la hantait depuis l'accident. Elle n'avait pas ouvert le moindre roman de science-fiction depuis plusieurs années. Les sujets politiques et sociétaux la rebutaient pour des raisons similaires : elle n'était pas parvenue à surmonter son blocage, et fréquenter des étudiants aux idées dissidentes la tétanisait dans l'inaction. Pourtant, ses convictions gauchistes restaient intactes et tout aussi intenses. Dès lors, vers quel chemin s'orienter ?

Elle avait tiré de son immersion des constats clairs. Il lui avait semblé comprendre que ce qu'il se passait au Brésil pouvait presque systématiquement s'expliquer par le prisme de rouages économiques, commerciaux et financiers. À la fin des années 1970, São Paulo s'établissait sur le plan international, avec ses banques, son industrie et son dynamisme culturel. De nouvelles fortunes jaillissaient, et des immeubles neufs côtoyaient les bâtisses de tôle. En parallèle, des millions de Brésiliens ne possédaient pas de carte bancaire et nourrissaient une méfiance apeurée des institutions de prêt – qui exigeaient de leurs souscripteurs un tel historique comptable et un tel catalogue de garanties que la lecture en donnait le tournis. S'ils vivaient dans une favela ou dans un ghetto comme Bela Vida, entrepreneurs et ménages n'avaient que très peu de chances d'obtenir un crédit. Comment, dès lors, s'insérer dans l'économie brésilienne, fournir un premier apport ou pérenniser son affaire ?

Elle s'était inspirée des travaux de Muhammad Yunus sur le microcrédit et avait récupéré de vieux ouvrages spécialisés – avec la complicité d'Alfredo et de ses camarades de l'université –, qu'elle avait dévorés tandis qu'elle donnait le sein à Simon et Ernesto. Au lieu de démonter des machines, elle décortiquait maintenant à corps perdu les mécanismes économiques sur lesquels la société brésilienne s'était construite. Là résidait une possibilité d'utiliser le capitalisme à bon escient :

si elle parvenait à en maîtriser les outils, elle pourrait alors renverser le rapport de forces imposé aux classes populaires afin que les plus démunis puissent se doter des moyens propres à revendiquer l'égalité. Pour changer le monde, il fallait le faire depuis l'intérieur du système. La finance au service de la justice sociale !

Le plus difficile n'avait pas été de convaincre des investisseurs de lui faire confiance : elle avait perfectionné son portugais et ficelé un discours infaillible afin d'obtenir des fonds. Non, le plus difficile avait été d'échapper aux foudres de Mme Silva, l'usurière de Bela Vida, dont le petit carnet rouge était impitoyablement rempli du nom des pauvres hères qu'elle détroussait avec ses taux exorbitants. Avec passion, elle était allée frapper à la porte du Circolo Socialista pour glaner des conseils, avec sa poussette cahotant sur les routes inégales de Bela Vida. Gina prévoyait d'octroyer des prêts plafonnés et remboursables en sept mois aux habitants des quartiers défavorisés de São Paulo. Et les clients payaient, restaient et revenaient; en trois ans, Gina s'était fait un nom sur la place financière et dans les cercles philanthropiques. Elle avait rencontré des gens fascinants qui partageaient sa vision du monde, et qui – bien plus efficacement que l'ALN ou le MR-8[13] – combattaient l'exclusion et les inégalités, amélioraient les conditions de travail dans les ghettos et combinaient rentabilité et solidarité. Les entreprises sociales avaient pour vocation de collaborer, et, en peu de temps, elle avait développé un réseau étroit d'investisseurs et d'hommes d'affaires.

---

13 Mouvements révolutionnaires qui luttèrent contre la dictature brésilienne à la fin des années 1960, notamment par des actions violentes (enlèvements, guérilla). Ils furent sévèrement réprimés dans les années 1970.

Débordante d'énergie, elle relâchait la pression en s'étourdissant de mélodies et de danse. Les premières années, la présence de Giorgio à ses côtés lui avait ouvert les portes de la scène musicale pauliste. Le rythme entraînant de la tropicália, à cette époque, la prenait aux tripes : certains refrains homériques donnaient l'impression que de grandes choses, ou de grands dangers, se préparaient. Elle avait d'abord accompagné le fils de Vittorio assister au concert de Rita Lee, la voix d'Os Mutantes, qui chantait les louanges d'un parfum bien particulier dont les vapeurs libéraient l'esprit; et puis, les deux jeunes gens s'étaient mis à régulièrement fréquenter d'immenses bals funk dans le but d'entendre le timbre rauque de Tim Maia. Giorgio, joli garçon, plaisait beaucoup à Gina : sa peau brûlante et ses yeux liquides l'entêtaient, et elle se délectait à laisser ses doigts courir dans sa chevelure brune lorsqu'ils faisaient l'amour sous les rayons de lune. Mais elle n'était pas amoureuse de lui. Il avait cessé de lui adresser la parole quand il avait appris qu'elle était enceinte.

Dans une galaxie dont les étoiles représentaient toutes les envies et les passions de Gina, la nouvelle de sa grossesse avait créé un trou noir, dont les ténèbres avaient menacé d'avaler toute source de lumière. Carmela l'avait accompagnée voir la faiseuse d'anges de Bela Vida, mais au dernier moment, Gina s'était rhabillée en hâte, paniquée et poussée par un indicible instinct. Elle n'aurait su l'expliquer : elle considérait l'avortement comme un droit, pour lequel elle avait naguère manifesté. Fervente athée, elle rejetait par ailleurs l'idée reçue qui exigeait que les femmes s'accomplissent par la maternité. Les préjugés traditionalistes et religieux de Rita avaient-ils traversé l'océan pour se nicher dans les tréfonds de son inconscience, relayés par un conservateur clan italien qui réclamait d'être perpétué ? Ou bien imaginait-elle, en apportant sur cette Terre une nouvelle vie, réparer les meurtres dont elle s'était rendue coupable ? Que ce fût par loyauté familiale ou pour régler une dette latente qu'elle formalisait à demi-mot, son ventre avait commencé à s'arrondir.

Quand les enfants étaient encore petits, il lui arrivait de plancher une partie de la nuit sur son plan d'affaires, puis de laisser à Marco la garde d'Ernesto et de Simon avant d'aller hanter les clubs de samba jusqu'à l'exaltant épuisement qui découlait de la danse. Plus tard, elle avait assisté à l'essor des DJ de São Paulo tout en préparant un déplacement à Rio, et tapé du pied sur les pulsations entêtantes des concerts de MPB après avoir finalisé un dossier d'emprunt particulièrement épineux. Insensible à la fatigue, elle avait développé un besoin addictif et assoiffé de lancer son corps contre celui des autres, dans la fièvre et la communion que lui procuraient ces concerts. De nombreuses fêtes où elle allait danser étaient interrompues par la police, qui faisait irruption pour séparer les garçons et les filles sensuellement enlacés. Néanmoins, ce fragile équilibre lui avait donné la brève impression de mener de front sa vie familiale et sa vie professionnelle. Ils vivaient alors tous encore dans le *quarto* de Marco ; farouchement indépendante, elle n'avait jamais envisagé de faire appel au père de ses enfants.

Et puis étaient arrivées les années 1980, et l'hyperinflation galopante : impossible dès lors de prêter une somme dont, même moins d'un an plus tard, on ne serait remboursé que d'une infime portion de sa valeur, à moins de fixer des taux d'intérêt à quatre chiffres. Quelques mois avaient suffi à Gina pour liquider son entreprise en évitant de peu la banqueroute. La tête froide, forte de sa courte expérience et de son réseau étendu, elle avait recherché rapidement un autre secteur vers lequel se rediriger. Elle s'en était ouverte à ses nouveaux amis, afin d'être assurée de s'investir dans un secteur éthique. Les uns œuvraient pour l'éducation et la santé, d'autres pour le développement ou l'emploi, mais tous suivaient la même ligne directrice qu'elle : non à la dialectique patrons-employés, oui à une communauté d'associés et à une économie qui bénéficierait à tous ! L'égalité et la justice sociale habitaient Gina, dictaient ses paroles, modulaient son paysage intérieur ; ces valeurs humanistes donnaient le rythme au métronome de son cœur.

Un après-midi qu'elle flânait dans les ruelles de Bela Vida, savourant l'air frais du mois de juillet en laissant vagabonder ses pensées, elle avait remarqué un couple de jeunes gens au teint rouge qui portaient des sacs à dos. Intriguée, il lui avait fallu quelques instants avant de réaliser qu'il s'agissait de touristes ; elle s'était remémoré les commentaires de son père, qui avait observé la présence de ces nouveaux voyageurs, ces routards en quête d'expérience locale, blasés des gratte-ciel et des centres commerciaux. Le garçon s'était arrêté auprès d'un étal où Joao, un homme sans âge arrivé un an plus tôt de Recife, avait soigneusement disposé divers objets sur une toile cirée, se tenant prêt à tout remballer à la vue d'un policier. Après une discussion animée, Gina avait vu la jeune fille tirer de sa sacoche une poignée de billets violacés, qu'elle avait tendue à Joao avant de choisir deux statuettes et de les ranger dans l'une de ses innombrables poches. Gina avait attendu que le couple s'en allât pour, curieuse, interpeller Joao :

– Bonne affaire ?

– Tu parles, regarde-moi ça ! lui avait-il répondu, hilare, en lui montrant les billets qu'il déployait devant ses yeux écarquillés.

Des francs, avait reconnu Gina avec amusement. Joao n'avait aucune idée du taux de change entre francs et cruzeiros, il était simplement ravi d'avoir en sa possession une monnaie étrangère dont la valeur resterait stable. Elle avait poursuivi la conversation avec lui tout en considérant les colifichets qu'il vendait. Ses yeux s'étaient arrêtés sur une figurine représentant un musicien au chapeau orné de symboles. Elle avait été saisie d'une bouffée d'émotion : elle reconnaissait les poupées d'argile devant lesquelles Marco et elle s'étaient extasiés, quelques années auparavant. Elle avait alors été hypnotisée par la finesse des détails et par l'histoire que racontait une banale sculpture.

– Ça vient du Nordeste, n'est-ce pas… avait-elle demandé avec une moue conspiratrice.

– En effet, avait répondu Joao, dont la pupille s'était allumée – réaliserait-il une deuxième vente aussi facilement ? C'est peint à la main, avait-il repris d'un ton bonimenteur, ce sont les femmes de mon village qui les façonnent, et ce depuis si longtemps que…

– Tu te fournis où ? s'était enquise Gina d'une voix pressante, tandis que ses neurones s'activaient à toute allure.

– On tient un petit commerce avec les Magalhães. Ils vivent à deux blocs d'ici. Je t'y emmène, si tu veux.

Et ainsi était née la seconde entreprise de Gina. Quelques mois avaient été nécessaires pour dégager un profit confortable et mettre à l'abri sa famille ; quelques années avaient suffi pour se diversifier et, à l'aide d'une équipe d'experts triés sur le volet, explorer diverses opérations sur les marchés financiers nationaux et internationaux. Les enfants grandissaient, et si la présence de leur mère les emplissait de joie, ils s'habituaient à ses absences – comblés par l'attention que leur portait leur grand-père complètement gaga, et gardés, quand celui-ci devait aller travailler, par une armada de voisines accommodantes que leurs bêtises inventives charmaient.

Une nouvelle fois, elle avait étudié la situation actuelle avec soin. Depuis une dizaine d'années, l'exode rural avait remplacé l'immigration étrangère, et une vague de migrants du Nordeste déferlait tous les jours dans les ghettos de São Paulo, à la recherche d'un emploi, d'un toit et d'une dignité perdue. Autochtones d'Amazonie et du Mato Grosso, eux, avaient fui la torture, les viols et les spoliations de la junte : Gina se souvenait à quel point Sarah et elle avaient été scandalisées lorsque le *Sunday Times* avait révélé l'ampleur de ces drames aux lecteurs occidentaux, et son indignation n'avait pas diminué. L'Europe prenait peu à peu conscience de la menace qui pesait sur les communautés sud-américaines, et de nombreuses ONG s'organisaient pour dénoncer les massacres sur le continent. Mais le grand public, s'il s'apitoyait facilement, finissait par zapper ou par tourner la page du journal, frustré par son impuissance. Et si elle lui donnait l'occasion de s'impliquer à son niveau ? Et si elle mettait à profit ce bouillonnement médiatique pour pousser ses anciens compatriotes à changer les choses autrement qu'en descendant dans la rue ou qu'en accordant une minute d'attention à un reportage ?

Avec l'aide de Carla, une entrepreneuse autochtone qu'elle connaissait depuis deux ans, elle avait pris contact avec le FUNAI, une association défendant les droits des peuples autochtones au Brésil. Animée d'une détermination sans pareille, elle avait noué des relations, extorqué dix numéros de téléphone à chaque nouvelle personne qu'elle rencontrait, tissé sa toile, monté des dossiers, récolté des fonds. Malgré son jeune âge, son identité italienne et ses études françaises avaient cette fois joué en sa faveur, tout comme l'assurance qu'elle avait acquise grâce à sa courte expérience en affaires. L'objectif, multiple, s'adaptait en fonction de l'interlocuteur qu'elle cherchait à convaincre : faire rayonner la richesse des cultures brésiliennes à l'international ; donner l'occasion à des Français – dans un premier temps – d'agir et de s'engager avec leur portefeuille, seule arme à l'impact durable et positif ; attirer sur le territoire brésilien des devises étrangères ; assurer aux communautés un mode de vie décent, tout en leur permettant de conserver leurs traditions et de ne pas fuir leur région ; désengorger les ghettos urbains. Comment ? C'était simple : en commercialisant en Europe des objets d'artisanat brésilien.

À ce moment-là, les investisseurs haussaient un sourcil intrigué : en quoi ces babioles vendues pour quelques sous sur des marchés mal fréquentés pourraient-elles bien intéresser un consommateur outre-Atlantique ? Gina s'enflammait alors, ses bras graciles s'agitant en de larges arabesques. Les touristes occidentaux évoluaient, s'exclamait-elle : ils recherchaient aujourd'hui de l'authenticité, des rencontres exotiques, des coutumes ancestrales, le frisson de l'inconnu. En face d'elle, on acquiesçait avec une satisfaction méprisante : il était avéré que ce genre de visiteurs imaginait le Brésil recouvert de jungle et peuplé de sauvages. Comme si la modernité et le progrès technique étaient l'apanage des Européens ! Le poisson avait mordu : Gina décochait alors l'estocade finale, évoquant l'insatisfaction chronique des Occidentaux qui, depuis leur pays sclérosé et gâté, ne survivaient qu'en rêvant d'ailleurs, de retour au vrai, de pureté. La part des produits manufacturés dans les exportations brésiliennes grimpait en flèche : il fallait surfer sur la vague et profiter de cet intérêt croissant à l'international. Ce discours, rodé, achevait de convaincre les plus réticents.

D'abord, Gina s'était rendue dans l'arrière-pays du Pernambuco pour y nouer des liens avec les artisans de figurines en argile, et partout son idée avait été favorablement accueillie. Ensuite, et même si elle pensait l'éviter, la jeune Italienne n'avait eu d'autre choix que de réactiver ses contacts à Grenoble afin de trouver des débouchés pour sa production. Étonnamment, ç'avait été l'étape la plus difficile de la création de son entreprise. Raviver ce lien avec un passé qu'elle s'était efforcée d'occulter et avec l'accident dont elle n'avait parlé qu'à Marco – et à une seule reprise – lui avait semblé au-dessus de ses forces. Après d'interminables atermoiements qui ne lui ressemblaient que fort peu, mue par le sentiment d'un devoir à accomplir et convaincue du potentiel de son idée, elle avait fini par décrocher le téléphone pour composer le numéro de Lenu, qu'elle avait eu le plus grand mal à retrouver. Le souffle court, son cœur battant la chamade et un acouphène persistant vibrant dans ses tympans, elle s'était annoncée.

Son ancienne camarade lui avait paru affreusement distante quand elle était enfin parvenue à l'avoir au bout du fil, balayant des années d'amitié partagée d'un revers de main. Quant à Sarah, elle lui avait raccroché au nez dès qu'elle avait reconnu sa voix. En essayant de ne pas se laisser gagner par l'affolement, Gina avait alors contacté Manu, qui avait été le premier à la saluer avec une sympathie réservée. Il avait fini par avouer qu'il n'avait jamais su comment lui envoyer l'argent qu'il avait retiré de la vente de sa Fiat 500. Gina s'était empressée de le rassurer à ce sujet et la conversation s'était poursuivie, allégée. Manu lui avait raconté qu'après l'explosion, les policiers avaient d'emblée mené une enquête, mais que celle-ci n'avait pas abouti. De toute façon, le militantisme sur le campus avait tant dégénéré à la fin de la décennie qu'il était rare de voir une semaine s'écouler sans qu'une manifestation dérapât. Seul Michel avait été inquiété deux ans après le départ de Gina pour une histoire de dégradation de biens publics – il s'en était tiré avec quelques mois de prison. Mais lui, Manu, avait une dette envers elle. Souhaitait-elle qu'il la mît en contact avec Michel ? Certainement.

Les longues conversations qu'elle avait eues avec l'ancien leader maoïste lui avaient ouvert des portes dont elle n'aurait pas soupçonné l'existence. Assagi, Michel avait fait rédemption, s'était rabiboché avec sa famille et prévoyait même de se marier ! Il semblait heureux d'avoir des nouvelles de Gina, dont il avait conservé une forte impression. Sa voix profonde, qu'il n'avait jamais eu besoin d'élever pour se faire entendre, était devenue apaisée, loin des trémolos qui ponctuaient ses sermons presque ecclésiastiques d'autrefois. Sa fiancée, un peu hippie sur les bords, l'avait converti à un mode de vie *peace and love* qui lui faisait du bien. Gina avait songé que les veinules qui rougissaient son visage ne devaient que mieux s'en porter, et avait réprimé un petit rire en l'imaginant pieds nus et coiffé de tresses rasta. Sa respiration saccadée s'était enfin apaisée, et un immense poids dont elle ne soupçonnait pas l'ampleur s'était évaporé, libérant sa cage thoracique – comme si elle achevait un livre dont la lecture s'était avérée fastidieuse, comme si elle fermait une fenêtre restée entrouverte et en proie aux courants d'air.

Au cours de leur premier échange téléphonique, elle lui avait expliqué son projet avec tant de passion qu'il n'avait eu d'autre choix que d'embarquer avec elle dans sa folle entreprise. Il avait été en mesure de la mettre en contact avec le gérant d'une friperie que fréquentait sa fiancée, et qui commercialisait des accessoires ethniques. Émue, elle avait reconnu là la solidarité dont faisait preuve son ancien camarade, pour qui l'entraide et la communauté n'étaient pas de creux concepts. D'appel en appel, la toile tissée par Gina s'était solidifiée et étendue, et ses investisseurs n'avaient pas dû attendre bien longtemps pour se féliciter de leur choix.

Gina retirait une intense jubilation face à tout ce qu'elle avait accompli. Les nouveaux défis qui s'offraient à elle lui donnaient par avance des papillons dans le ventre. Pour la taquiner, Marco la comparait parfois à ces hommes d'affaires sans vergogne qui dédaignaient la nature et les ouvriers et contre lesquels elle s'indignait. Mais sa cause était juste, et le travail une drogue qui provoquait en elle de délicieuses décharges électriques, malgré ses excès – peut-être souhaitait-elle simplement oublier ce sifflement au creux de l'oreille qui, s'il s'était atténué, n'avait jamais tout à fait disparu.

Si seulement sa famille pouvait voir les choses ainsi ! Marco, qu'elle n'aurait jamais cru aussi têtu, refusait de quitter ce trou à cafards menacé par la moindre crue qui lui servait de logement pour le magnifique appartement qu'elle lui avait offert ; pis encore, Ernesto et Simon avaient emménagé dans le *quarto* voisin. Et maintenant, Simon ne se levait plus du canapé qu'elle avait elle-même acheté ! La belle rhétorique de son fils ne tenait la route que si, dans l'ombre, quelqu'un finançait son train de vie – peu coûteux, certes, mais tout de même confortable. Elle savait pourtant que l'argent ne comptait pas pour eux. Si elle refusait de l'admettre, Gina connaissait les désirs secrets de ses fils. Ernesto et Simon voulaient qu'elle les guidât à travers la fin de leur adolescence, pour qu'ils parviennent à s'accomplir, à s'épanouir et à cerner ce qui les rendrait heureux. Elle le savait ; elle n'en avait simplement pas le temps.

Un rythme de hip-hop la ramena à son présent : elle prêta une oreille appréciatrice au tempo entraînant, presque agressif, sans pouvoir empêcher son menton de battre la mesure. Une bise légère se leva, éparpillant ses cheveux sur son visage dans une douce caresse, lui apportant une saveur salée et épicée sur le palais, mêlée d'un arrière-goût de poudre qui la fit tressaillir. L'épais brouillard qui régnait parfois sur

São Paulo, nimbant la ville et ses alentours de sa pollution insistante, s'était quelque peu dissipé. Elle lutta contre une folle envie de se rapprocher du son et reprit le fil de ses pensées. Elle prévoyait de se rendre en France pour rendre visite à ses distributeurs, puis à Bahia pour sélectionner des sculptures sur bois – on lui avait parlé d'un hameau dans les environs de Cachoeira, où elle envisageait de rencontrer les artisans directement et d'ainsi limiter le nombre d'intermédiaires entre les producteurs et elle. Certains de ses concurrents commençaient à proposer de la dentelle du Ceará ; symbiose entre les filets de pêche et les ornements ecclésiastiques portugais, cet art était révélateur du syncrétisme qui façonnait la culture du Nordeste. Mais il n'y avait pas d'intérêt à seulement copier ses confrères, songea-t-elle avec une excitation familière, elle était déterminée à offrir mieux, ou différent ; elle essaierait de faire un détour par l'Alagoas, proche de Salvador, où les dentellières étaient réputées bien plus habiles.

En parallèle, Carla l'avait entretenue de peuplades en Amazonie qui vivaient encore reculées, sans aucun lien avec la frénésie urbaine de la côte : elle était curieuse d'aller leur rendre visite. Un fournisseur local lui permettrait de faire face à la demande française volatile, toujours avide de nouveaux articles. Gina était ravie de ce défi : elle adorait chiner, et savait aujourd'hui évaluer en un clin d'œil la qualité d'un produit. Malheureusement, cela nécessiterait beaucoup plus de temps que ce qu'elle pouvait s'accorder. Son emploi du temps surchargé lui octroyait un sentiment de puissance et d'accomplissement de soi, mais elle se voyait de plus en plus obligée de déléguer ce genre de missions – ce qu'elle avait les plus grandes difficultés à faire. Une solution s'offrait à elle… Peut-être était-ce l'occasion de la mettre en œuvre. Oui, à bien y réfléchir, cette idée réglerait tous ses soucis.

Un garçon en décalage

Ernesto s'adossa contre le mur alors que leur mère venait de quitter leur petit studio, sans savoir quoi penser de cet échange mouvementé. Dès que le garçon conversait avec son frère, il remarquait que celui-ci érigeait peu à peu son attitude au rang de principe. Pour Simon, le stress et le mouvement permanents dont faisait preuve Gina étaient vains : lui se contentait de son confort, sans éprouver le moindre besoin d'affronter le monde extérieur. Il n'était attiré ni par la richesse, ni par le déferlement de distractions offert par Sampa, ni par une présence affectueuse à ses côtés. Il allait même plus loin, en opposant à qui l'enjoignait à rencontrer de nouvelles personnes que la confrontation avec d'autres êtres humains n'aboutirait qu'à la compromission de sa vraie nature. En devisant avec ses voisins, en trouvant un travail, en partageant un repas, en contant fleurette à une jeune fille, on cédait à tout un ensemble de conventions sociales qui petit à petit effritaient son tempérament. À un Ernesto qui lui parlait, timide, d'une récente petite amie, il rétorquait :

– Tu sais toi-même que tu vas rapidement te lasser d'elle. Tout le plaisir à la conquérir, tu l'as déjà consommé. Qu'est-ce qu'il reste ? L'ennui.

Il fallait admettre que Simon, bien qu'engoncé dans de grandes idées moralisatrices, avait raison. Peu après, la vague excitation qu'Ernesto avait ressentie à fréquenter la jeune fille en question s'étiolait immanquablement, et il devenait bien plus exaltant de jeter son dévolu sur une autre moins accessible – ses tièdes tentatives n'aboutissant pourtant jamais à de grandes histoires romanesques. Jusque-là, Ernesto se trouvait tantôt attendri, tantôt agacé par la rhétorique bien rodée de son alter ego, et souvent tiraillé entre Simon et Gina ; mais depuis peu, son incompréhension grandissait en constatant l'imperméabilité de son frère jumeau aux railleries des lycéens. Lui-même, en dehors du cercle privé, préférait mettre le plus de distance possible entre eux deux, paralysé par une honte qu'il s'avouait à peine.

Ils étaient nés à quelques secondes d'écart, mais leur ressemblance tendait à s'atténuer au fil des années. Si les cheveux châtains ébouriffés d'Ernesto se paraient de reflets blondissant sous le soleil, Simon disciplinait ses mèches souples et presque brunes en les coiffant sur le côté. Tous deux étaient pourvus de sourcils très clairs : cela accentuait le regard d'Ernesto, tandis que Simon paraissait juste hébété par tout ce qui se déroulait autour de lui. L'iris des deux garçons était d'un noir profond, et l'on ne percevait presque pas la partie blanche de leur œil : des yeux liquides, commentait leur mère d'une voix absente qui ne lui ressemblait guère, comme si cette caractéristique lui rappelait des souvenirs enfouis. Ils étaient tous deux dotés d'un nez épaté ; mais la lèvre inférieure de Simon, légèrement avancée, lui donnait un air belliqueux, alors que ce même détail soulignait le charme boudeur d'Ernesto. Les frères étaient de taille moyenne, mais de corpulences différentes : les muscles d'Ernesto laissaient deviner une silhouette déjà adulte, quand le corps de Simon, à force d'avachissement, semblait presque informe.

Alors que Simon replongeait dans sa léthargie, Ernesto franchit le seuil de l'appartement qu'il partageait avec lui et erra un moment, désœuvré, dans les ruelles entrelacées du quartier, son pas traînant sur les dalles de béton. Un nuage de poussière enveloppait Bela Vida depuis plusieurs semaines, sous un soleil éblouissant, mais lointain, forçant les badauds à cligner constamment des paupières. Ernesto achèverait le lycée d'ici trois mois, après une scolarité médiocre et sans passion, et ne s'était inscrit dans aucune université – au grand dam de Gina, qui ne semblait pas comprendre une telle indifférence. Ses professeurs lui avaient bien proposé une panoplie de voies, aux débouchés multiples : il n'y avait pas de place pour tout le monde au Brésil, et bien des étudiants restaient sur le carreau faute d'objectif clair ou d'agilité intellectuelle. Mais rien ne suscitait chez lui la moindre envie. Parfois, il entendait parler d'un secteur de métier qui éveillait sa curiosité l'espace d'un instant, et puis il n'osait pas s'informer davantage, préférant laisser mariner l'idée dans son esprit jusqu'à ce qu'elle perdît complètement sa saveur – à moins qu'elle ne finît par lui paraître insensée. Le moindre de ses désirs subissait le même traitement.

Sa mère avait accusé Simon d'avoir peur de tout; elle avait visé juste, mais aurait dû s'adresser aux deux jumeaux. Ernesto ne savait pas s'il en était ainsi depuis son enfance; il lui semblait que, petits, Simon et lui bravaient tous les interdits, arpentaient le ghetto et se hasardaient dans les favelas, se lançaient les paris les plus invraisemblables et n'éprouvaient jamais de lassitude. Gina tenait à ce qu'ils grandissent en devenant dégourdis et autonomes; lors des absences fréquentes de sa fille, Marco se laissait bien souvent amadouer par ces deux diables toujours en quête d'aventure et baissait sa garde, se rappelant avec émotion ses bêtises de môme. Puis Simon s'était enfoncé dans une lente indolence, se calfeutrant d'abord en esprit, puis physiquement. Il émettait des jugements dégoûtés sur le quartier, crachant sur les travailleurs et la précarité qui leur collait à la peau, déclinant toute occasion d'apprentissage et critiquant aussi vertement l'ambition de sa mère que la gentillesse de son grand-père. Marco avait pris la chose avec philosophie, sans se vexer du rejet systématique de son petit-fils, mais Gina, peut-être sous l'emprise de la culpabilité, avait d'abord considéré le comportement de Simon avec mépris, comme la simple expression d'une rébellion adolescente. Tous deux s'étaient tant concentrés sur la façon dont Simon s'enfonçait dans un discours morbide et fataliste, son pragmatisme extrême qui lui faisait voir la mort de face et l'accepter sans se débattre, qu'ils s'étaient détournés d'Ernesto. Pourtant, si celui-ci affichait au premier abord un caractère avenant, il ressentait une forte gêne face à l'évolution de son double à la fois si proche et de plus en plus distant, et il s'embourbait lentement dans une sourde anxiété.

– Hé, Neto !

Il se retourna et reconnut Guilherme et Javier, les cousins de Flavia. Les deux frères n'avaient qu'un an d'écart, mais ne se ressemblaient guère : la peau de Guilherme, d'un ton café au lait, contrastait avec les joues criblées de taches de son de Javier. Tous deux se dirigeaient vers le stade : à la vue du ballon de football défraîchi que Guilherme tenait sous son bras, Ernesto ne put retenir un mouvement de recul.

– Tu viens avec nous ? On va jouer contre les gars de Jardim ! Et regarde qui on amène comme *pom-pom girl*, ajouta Javier avec un clin d'œil appuyé.

Il désigna une jeune fille de leur âge qui les précédait, et qui se retourna timidement. Elle était vêtue d'une minijupe et d'un sweatshirt aux manches lâches. Ses longs cheveux, lisses à leur racine, ondulaient vers les pointes, et sa lèvre supérieure était retroussée sur deux incisives blanches, ce qu'Ernesto trouva ravissant. Il lui adressa un demi-sourire timoré : Gala était dans la même classe que lui, et il avait déjà échangé avec elle quelques frôlements, quelques regards, sans que presque aucun mot fût prononcé – c'était généralement ainsi que le charme se brisait. Il hésita, puis déclina l'invitation d'une moue qu'il voulut dédaigneuse. Il n'avait aucune envie de courir et de risquer de tomber devant Gala. Et s'il se ridiculisait ? Et si l'équipe le laissait à l'écart ? S'il recevait le ballon en pleine tête et se blessait, devenant la risée de ses camarades ? C'était plus fort que lui : il ne pouvait s'empêcher d'imaginer les pires scénarios dès lors qu'on lui demandait de prendre une décision. Le stade de Bela Vida ayant été rasé par d'avides promoteurs immobiliers, il faudrait probablement marcher plusieurs kilomètres avant d'atteindre le prochain terrain vague ; de quoi parleraient-ils ? Ernesto avait remarqué que son indifférence affichée lui conférait une aura de popularité, et il se confortait dans cette posture, bien que cela ne lui apportât aucune satisfaction.

En regardant avec un certain regret ses camarades partir, il se demanda où il pourrait trouver de l'herbe pour passer le temps. Ces derniers temps, il plongeait volontiers dans la douce léthargie qu'induisait la marijuana, dont les effluves faisaient taire les grandiloquents verbiages du quartier et en enrayaient l'agitation carriériste. Sa déconnexion des préoccupations propres à son âge ne lui paraissait alors plus aussi pesante. Les pensées qu'il ruminait s'étiolaient sans jamais vraiment s'évaporer, et son esprit baignait l'espace d'un instant dans une brume apaisante. Mais les dealers qui employaient une bonne partie des jeunes désœuvrés de Bela Vida avaient compris que c'était la cocaïne qui trouverait preneur chez les *golden boys* de l'autre côté de l'Avenida Paulista, et par conséquent avaient délaissé l'héroïne – mauvais payeurs – et la marijuana – faibles rendements. En plus de la difficulté à se procurer de l'herbe, la porosité entre le centre-ville et le ghetto se décelait grâce à divers indices, comme les vêtements standardisés des adolescents de Bela Vida qui tentaient d'imiter les minets paulistes. Les chemises satinées, encore tendance quelques années auparavant, avaient cédé la place aux tee-shirts floqués de logos divers, et il était de bon ton d'arborer dans sa garde-robe plusieurs paires de sneakers. La plupart des jeunes filles de la classe d'Ernesto voulaient travailler dans la mode. Et tous, garçons et filles, voulaient quitter le ghetto.

Bien sûr, Ernesto savait que la plupart d'entre eux ne parviendraient pas à s'extirper de ce quartier que tous, à travers les âges, avaient considéré comme une étape, un tremplin. L'Avenida Paulista restait une frontière presque impossible à traverser, plus imposante que s'il s'était agi d'un mur protégé de barbelés. L'occupation spontanée de Bela Vida était devenue pérenne : la plupart des *sobrados* étaient raccordés en eau et en électricité, il y avait de l'éclairage public, des boîtes postales, le téléphone – São Paulo avait presque ravalé son excroissance cancéreuse, réintégré Bela Vida comme faisant partie de son corps. Ernesto considéra ses camarades avec le fatalisme d'un vieil homme : ils traqueraient la fortune au centre-ville, mais finiraient par récurer les toilettes des gratte-ciel ou se faire embaucher comme videurs pour une boîte de nuit huppée. Certains accepteraient des horaires contraignants, une précarité institutionnalisée, d'autres tremperaient dans diverses magouilles, trahiraient leurs amis, oublieraient leurs principes; chacun pour soi, l'individualisme érigé en maître, tout plutôt que de rester dans le ghetto.

Heureusement, et cette pensée mit du baume au cœur d'Ernesto, tous n'avaient pas la même vision; et il décida d'aller saluer son grand-père, dont l'association était située non loin. Rasséréné à l'idée d'échapper momentanément à ses ruminations, il suivit le tracé anarchique d'un imbroglio de câbles, qui le mena jusqu'à un carrefour bordé d'immeubles pimpants aux volets colorés, qu'accentuaient les néons d'une trattoria et les nappes à carreaux d'une cantine italienne. Derrière un arbre feuillu, sous le porche d'une discrète maison aux tons pastel et aux briques apparentes, se tenait Marco, assis sur une chaise pliante. Il peinait à rester trop longtemps debout désormais, et paraissait voûté, même sur son fauteuil. Son visage s'éclaira lorsqu'il aperçut son petit-fils, et ses yeux d'ambre enfouis sous un fouillis de rides pétillèrent. Les visites de ses petits-fils l'emplissaient de joie. Les deux hommes partagèrent un café et discutèrent un moment du nouveau graffiti monumental qu'avaient peint d'inconnus artistes la nuit précédente sur la façade en face. Il s'agissait d'une femme d'allure asiatique aux paupières bleues et à la longue chevelure couverte d'une avalanche de lettres, que chacun était invité à assembler au gré de ses croyances. Marco pensait – un peu ingénument, selon Ernesto – que le graffiti sublimait la devanture décrépie, malgré les réprobations des anciens qui voyaient là une dégradation supplémentaire de leur quartier; le garçon acquiesça, tout en rechignant à s'approcher trop près du mur de peur de respirer les vapeurs de la peinture encore fraîche ou de salir ses vêtements.

L'énergie prodigieuse dont faisait preuve sa fille au quotidien avait inspiré le vieil homme. Gina était animée par un engagement formidable, une intégrité telle qu'il n'en avait jamais connu. Elle refusait tout compromis, tout en acceptant de remettre en question certains principes qu'elle aurait pensés immuables. Encore plus louable : elle utilisait ses faiblesses pour mieux rebondir. S'il espérait avoir joué son rôle de père, même tardivement, depuis son arrivée au Brésil, il avouait humblement que Gina lui avait davantage appris, avec toute sa passion et sa détermination. Au fil des années, il l'avait vue, admiratif, louvoyer dans les milieux les plus divers, grimpant les échelons de son pas léger mais décidé, se battant pour ce en quoi elle croyait sans jamais se laisser décourager. Qui aurait pensé que cette frêle jeune fille en avait autant dans le ventre ? Chacune de ses victoires emplissait Marco de fierté, et contribuait à la reconstruction de son âme. Et lui, que faisait-il pour la rendre fière ? Comment narguait-il la mort et la souffrance, comment rendait-il au destin, qui l'avait doté d'une si merveilleuse descendance, la monnaie de sa pièce ? Comment expiait-il les massacres dont il avait été témoin ?

Trois garnements d'environ cinq ans se bousculèrent soudainement à la porte pour sortir dans la rue, manquant de renverser Ernesto qui, titillé par un tel manque de considération, pesta en silence : Marco rit puis songea avec mélancolie que les parents de ces enfants-là n'avaient pas su voir l'extraordinaire richesse qui sommeillait en eux. Il leur cria de faire attention : ils peinaient à se comporter sagement, ayant rejoint un mois plus tôt seulement l'association que Marco avait créée. Cela s'était fait tout naturellement, et bien plus facilement qu'il ne l'aurait imaginé. La tenancière du *sobrado* où il vivait depuis son arrivée à Bela Vida était décédée une dizaine d'années auparavant, cédant son appartement du premier étage à sa fille, qui gérait par ailleurs six autres pensions du même acabit dans le ghetto et n'avait nul besoin de cette charge de travail additionnelle. Marco avait fait connaissance avec cette dame respectable, qui avait rapidement reconnu en lui un membre important de la communauté : c'était en effet à l'empathique Marco que faisaient appel les habitants du *sobrado* dès qu'un problème survenait dans la plomberie ou qu'un conflit les opposait à leur propriétaire, substituant ainsi le vieil Italien à la tenancière, que de toute façon on ne voyait jamais sortir de chez elle.

Bien décidée à ne pas perdre son énergie avec des considérations aussi futiles, la fille de la tenancière s'était fait un devoir de développer les relations les plus cordiales avec ce monsieur pragmatique, fiable et apprécié du voisinage, afin qu'il l'épaulât davantage dans la gestion du *sobrado*. Un matin, elle l'avait mandé pour lui faire part de la chose suivante : le propriétaire, sommité invisible avec qui elle venait de s'entretenir, avait hérité d'une maison quelques rues plus loin dont ni lui ni elle n'auraient le temps de s'occuper. Marco serait-il disposé à se charger de cette pension ? Il n'aurait pas à trouver de locataires immédiatement et ne serait tenu à nulle collecte de loyer pour le moment ; le propriétaire s'inquiétait simplement que, sans une présence responsable, l'endroit ne fût investi par des squatteurs qui auraient tôt fait d'y abriter quelque opération douteuse. Marco avait accepté de bon cœur, et la dame avait paru délestée d'un lourd poids.

Ainsi, alors que ses petits-enfants venaient de fêter leur dixième anniversaire, Marco s'était retrouvé avec une maison sur les bras, quand chaque jour il constatait avec la plus grande tristesse que les rues de Bela Vida se peuplaient d'enfants désœuvrés. Ils n'étaient pas des orphelins, non ; mais ces gosses au nez coulant rassemblés en hordes, souvent issus de familles trop nombreuses, ne connaissaient pas d'endroit qu'ils pouvaient appeler foyer. On les voyait errer sans but sur les trottoirs écroulés, et inéluctablement des gangsters malintentionnés les récupéraient sous leur aile, scellant par là même leur destin. Suivant l'élan de son cœur et l'exemple de sa fille, Marco avait résolu d'ouvrir les portes de sa pension à ces gamins, sous couvert de respecter quelques règles – pas de drogue, pas de vol, et pas d'arme. Lui qui avait si souvent aidé ses voisins à remplir des formulaires monta patiemment un dossier adressé à la municipalité afin de demander les fonds nécessaires pour pouvoir offrir à ses protégés trois repas quotidiens, qu'ils ne devraient par conséquent ni mendier ni gagner illicitement. La détermination et l'abnégation de Marco avaient fini par payer : aujourd'hui, il pouvait contempler la pension pastel aux briques apparentes avec la satisfaction d'avoir fait surgir de terre quelque chose qui, sans lui, n'aurait pas existé. Il mettait un point d'honneur à ce que les espaces communs soient immaculés, resplendissants de propreté. Lui-même arborait une chemise impeccablement repassée. Il n'avait jamais recherché l'argent ni la reconnaissance, non : si la guerre lui avait appris une chose, c'était l'inconsistance des désirs matérialistes. Malgré les injonctions de sa fille, il se fichait de vivre dans le dénuement : la richesse, selon lui, se trouvait ailleurs.

Le grand-père et le petit-fils restèrent un moment silencieux sur le perron, alors que de l'intérieur de la maison fusaient des rires innocents; puis Ernesto, les yeux fixés sur ses pieds, lui fit part de son ennui et de l'incapacité qu'il avait à le surmonter.

– Tu vois, c'est comme si je flottais, suspendu dans les airs, mais en même temps statique… Pourtant je sais que j'ai le choix entre de nombreux chemins, pas comme toi ou maman qui avez dû vous débrouiller avec peu de moyens… Parfois, je me dis que Simon a raison.

Marco écouta avec une douceur dénuée de jugement : il se targuait d'être le dépositaire des secrets du ghetto, et comprenait à quel point ce genre d'aveu était pénible pour un garçon aussi introverti que son petit-fils.

– Simon, remarqua-t-il d'une voix qui n'avait pas vieilli, a choisi justement de n'emprunter aucun chemin. C'est une attitude mortifère. Mais passons : en quoi le passé de ta mère ou le mien devraient-ils intervenir dans l'orientation de ta vie ?

Ernesto botta en touche, gêné, et fixa avec intensité ses chaussures comme s'il voulait les transpercer du regard. Il sentait confusément que sa mère et son grand-père lui cachaient des pans entiers de leur histoire. Comme tous les enfants, Simon et lui avaient perçu l'existence de ces non-dits, flagrants dans cette communauté rythmée par les commérages et les bavardages. Alors qu'il était coutume pour les expatriés de célébrer leur date d'arrivée au Brésil par de grands banquets – tous les prétextes étaient bons pour festoyer –, Marco et Gina ne parlaient jamais de leur installation. De même, Marco se figeait parfois quand des explosions ou des coups de feu résonnaient dans le lointain, avant de poursuivre son chemin ou sa discussion comme s'il venait d'oublier ce qu'il avait entendu ; Gina détournait le regard face aux questions de ses fils, qui avaient fini par ajouter ce sujet à la longue liste des thèmes interdits.

– Je ne sais pas... Je ne pourrai jamais être comme maman, tu vois... énonça-t-il avec difficulté, une angoisse lui battant les tempes.

La vérité, c'était qu'à l'ombre de la figure maternelle, dynamique et omnisciente, lui ne parvenait ni à s'attacher à quoi que ce soit ni à être motivé par la moindre activité. Il ne se pensait pas en dehors du regard perçant et critique de Gina. Avec Guilherme et Javier, comme avec les autres, il se sentait constamment en dehors, tel un observateur planant au-dessus de l'agitation adolescente. À l'entrée au lycée, il avait bien tenté de se rapprocher des élèves populaires, traînant ses basques à leurs côtés pour les habituer à sa présence, comme si cela suffisait pour l'intégrer à la bande. Il essayait tant bien que mal de se greffer à ces jeunes de son âge qui semblaient si à l'aise dans leur quotidien. Il singeait leurs gestes et leurs paroles sans parvenir à se sentir accepté, et feignait l'affection sans s'engager pleinement dans une relation, de peur d'avoir l'air ridicule. Le moindre regard posé sur lui l'amenait à se perdre en conjectures et en interprétations. Il avait l'impression sourde d'être inadapté. Il n'était rassuré et détendu qu'en présence de son grand-père, intangible et ancré dans son environnement, même s'il se lassait de sa compagnie comme il se fatiguait de tout.

Marco le détailla en hochant la tête, compréhensif.

– Ce ghetto est simplement trop étroit pour te permettre d'y développer tes rêves, suggéra-t-il avec poésie, tentant d'apporter une touche de légèreté à leur échange.

Ernesto laissa échapper un ricanement, les yeux toujours baissés, et s'exprima pour une fois sans trébucher sur les mots :

– C'est toi qui dis ça, *vovô* ! Toi qui refuses de quitter le quartier comme si tu y étais enchaîné !

Mais en effet, Bela Vida absorbait en elle les enfants perdus, déroulant devant eux le chemin du foyer dans son atmosphère rassurante et son murmure menaçant. On s'installait en elle comme on enfilait un vieux pull élimé auquel on était bizarrement attaché. L'odeur douceâtre qui planait dans les rues imprégnait la peau de ses habitants, à la manière d'un mauvais sortilège. Le ghetto palpitait tel un organisme vivant. Et l'on s'y engluait, sans qu'il ouvrît son sol pour qu'on y plongeât ses racines.

Marco, indulgent, resta coi. Comment aurait-il pu lui expliquer que parfois, les bruits qui résonnaient dans le lointain lui rappelaient la sauvagerie des hommes, et que ces réminiscences intrusives et intempestives, survenant à des instants totalement fortuits, le pétrifiaient d'horreur ? Comment raconter l'immense détresse qui devenait la sienne lorsqu'il perdait ses repères en dehors du quartier ? Comment évoquer cette bombe prête à se déclencher à tout moment ? Et que la seule option, pour lui, consistait à recréer un environnement stable et immobile, sûr et prévisible, afin que se ferment pour de bon les portes du temps ?

Mais si un rescapé de guerre pouvait justifier son attachement à un quotidien sans heurt, une telle attitude chez un adolescent interpellait et intriguait. Son petit-fils essayait péniblement de mettre des mots sur ce que lui-même sentait flotter dans l'atmosphère, mêlé à l'épaisse poussière hivernale. La fin de la dictature, la fin du cycle d'industrialisation, la fin de la croissance et du miracle brésilien : le pays stagnait, sans projets, sans rien de plus que l'attente d'une nouvelle ère. Non loin, la forêt de gratte-ciel se rapprochait dangereusement de Bela Vida, comme un ogre affamé. Désormais, les riches se rendaient d'un immeuble à l'autre en hélicoptère, dans un vrombissement qui envahissait tout l'espace. Il devait être jouissif de ne même pas avoir à descendre parmi le bas peuple pour se déplacer, pensa Marco sans acrimonie. La séparation sociale se muait en ségrégation : les élites gardaient pour eux la partie haute de la ville, tandis que les rues grouillaient de SDF, sans parler des favelas qui champignonnaient partout autour de São Paulo. Il n'était pas surpris que la jeunesse de Bela Vida se sentît poussée vers les abysses, comme si la terre voulait l'avaler.

– Maman nous incite à voyager… Mais je ne sais même pas par où commencer, et… dans quel but. En fait… j'ai peur que tout soit pareil, où que j'aille, et que ça ne serve finalement à rien, révéla Ernesto dans un rythme hésitant.

Marco ne pouvait lui donner tort. Gina continuait à lui lire la presse italienne, qu'elle se procurait surtout lors de ses visites en Europe et rapportait à Bela Vida, mais les nouvelles n'étaient pas glorieuses. Au début de l'année, une affaire de corruption de grande ampleur dans les marchés publics avait secoué les médias : l'enquête menée par deux magistrats milanais mentionnait des sommes énormes. Les juges Falcone et Borsellino, célèbres pour leur engagement contre la Mafia, avaient été exécutés par les Corleone. Partout, le monde politique et économique était sclérosé, pourri jusque dans ses plus petits interstices. Et partout, des adolescents ne parvenaient pas à passer à l'âge adulte, rebutés et effrayés.

– Je pense vraiment que tu devrais en parler à Gina. Tu pourrais l'aider dans ses déplacements, par exemple ? Elle sera ravie de voir que tu montres une once d'intérêt à ses affaires.

Ernesto soupira, indécis. Peut-être son grand-père avait-il raison, après tout. Il l'entendit rire doucement, et leva la tête, décrochant enfin son regard de ses pieds : Gina se précipitait vers eux de son pas rapide, les poings serrés, son œil brillant d'une étincelle décidée que tous deux connaissaient bien. Marco n'eut pas l'air le moins du monde surpris de son apparition : il avait souvent remarqué que lorsqu'il lui adressait ses pensées, Gina ne tardait jamais à surgir devant lui. Il n'y voyait aucune coïncidence, mais plutôt la confirmation du lien puissant qui les unissait.

– Et nous qui croyions proposer une nouvelle idée à ta mère ! s'exclama-t-il à l'attention d'Ernesto. Regarde-la, je suis sûr qu'elle a déjà tout prévu !

L'Amazonie

Ernesto fixait sans la voir la fantastique étendue qui s'étalait sous lui, avec un mélange de curiosité et d'appréhension. À travers le hublot, l'Amazonie se teintait d'un vert bleuté aux contours flous, comme si, pudique, elle se dérobait aux regards invasifs. Une longue queue argentée serpentait à travers, rompant l'immensité émeraude d'un éclat scintillant. L'attention du jeune homme fut détournée par l'énonciation des consignes de sécurité résonnant dans la cabine. L'atterrissage à Manaus était imminent, et l'avion entamait sa plongée dans l'air épais qui formait comme un dôme protecteur au-dessus de la plus vaste forêt tropicale au monde. Ernesto emprunta la passerelle aérienne qui reliait l'appareil à l'aéroport et s'étonna de la modernité incongrue du hall d'arrivée, qui jurait avec les espaces sauvages qu'ils venaient de survoler : le Brésil poursuivait-il donc son entreprise de modernisation extrême jusqu'à cette région indomptée ? Au moment où il posa le pied à l'extérieur, il fut saisi par l'humidité de l'atmosphère ; des perles de transpiration naquirent automatiquement sur son front nu, et la chaleur ainsi accentuée le plongea dans une torpeur passagère, enfermant son crâne dans un étau. On aurait dit que l'asphalte renvoyait vers le haut ciel blanc les rayons d'un soleil invisible, en effet de miroir. L'air, immobile, n'était troublé d'aucune brise. Même les globes oculaires d'Ernesto lui parurent liquéfiés, et il cligna des paupières pour chasser la sueur diffuse.

Il chercha impatiemment du regard l'employé de sa mère. Il avait été convenu qu'Ernesto voyageât avec un guide jusqu'à la vallée de Javari, mais ne l'ayant jamais rencontré, il espérait que lui saurait le retrouver. Les quelques passagers de son vol finirent par se disperser et emprunter leur véhicule, tandis qu'au loin il vit rouler un bus. Après une heure d'attente, son sac à ses pieds et les mains en visière sur son front, il était littéralement sur le point de suffoquer. Contrarié et abruti par la touffeur ambiante, il plissa les yeux. Depuis le fond du parking s'avançait une silhouette, dont les contours ondulants sous la chaleur se précisèrent quand il se dirigea vers lui. C'était un homme manifestement originaire de la région, et qui était vêtu d'une chemise et d'un pantalon, ce qu'Ernesto trouva ahurissant, lui-même portant son tee-shirt le plus léger – dont plus une maille n'était sèche. Il vint se planter à quelques mètres d'Ernesto et brandit un panneau blanc. Le jeune garçon se déplaça jusqu'à pouvoir lire ce qui y était inscrit : c'était son nom, mais l'homme tenait sa pancarte à l'envers. À peine soulagé, Ernesto se présenta, et sans un mot, l'Autochtone le conduisit à son pick-up rouillé à bord duquel il s'installa.

La peau de son guide était décorée de tatouages, nota Ernesto en le détaillant du coin de l'œil : des arabesques dépassaient de son col de chemise et des lignes ondulées ornaient ses doigts noueux. L'encre se fondait au hâle de l'Autochtone, et de longs cheveux brillants recouvraient son cou. Il conduisait avec dextérité ; Ernesto s'agrippa à son siège tout en essuyant machinalement ses paumes sur son short. Ils contournèrent l'opéra tout juste rénové, un grandiose édifice de style Belle Époque chapeauté d'un dôme vert et jaune aux allures byzantines auquel il resta insensible : les magnats du caoutchouc avaient fait surgir de terre cet anachronique symbole de leur opulence, qui offrait aux artistes s'y produisant de mirobolants cachets. La chaussée fraîchement goudronnée les mena vers une jetée où tanguaient quelques pirogues et un bateau plus grand, avec deux étages et une coque en bois. L'Autochtone gara son pick-up et fit signe à Ernesto de descendre. Le garçon ne fut pas surpris : sa mère lui avait brièvement parlé de ce pays qu'elle-même ne connaissait que très peu, et que les différents projets de routes transamazoniennes n'avaient jamais réussi à coloniser, malgré les milliards de dollars injectés. En Amazonie, la route était le fleuve.

Ils se dirigèrent vers un homme replet dont les sourcils étaient tellement enfoncés que l'on ne distinguait pas ses yeux. Le jeune garçon pensa qu'il devait s'agir là d'un mécanisme corporel visant à filtrer les rayons implacables du soleil brûlant. L'Autochtone et celui qui semblait être le capitaine du plus grand bateau discutèrent brièvement dans une langue inconnue en le désignant du menton, puis l'Autochtone remit à Ernesto un paquet de tissu grossier mais soigneusement plié avant d'embarquer sans l'attendre et sans s'embarrasser de davantage d'explications. Énervé de ne rien comprendre au déroulement de son trajet, Ernesto pressa le pas pour le rattraper, mais une fois à bord, il dut se rendre à l'évidence : son guide l'avait planté là. Il réalisa ensuite que la partie protégée du bateau était remplie de toiles tendues qui s'entrecroisaient, laissant peu de place aux voyageurs qui par conséquent flânaient sur le pont. Alors qu'il s'inquiétait de devoir dormir par terre, il prit soudain conscience du tissu que l'Autochtone lui avait remis et le déplia : c'était un hamac d'un bleu usé, mais qui lui sembla propre et solide. À peine soulagé, comme si cette heureuse coïncidence cachait quelque chose de louche, Ernesto l'attacha puis rejoignit les autres passagers à l'extérieur pour se dégourdir les jambes, ses affaires pressées contre lui par peur qu'on ne les lui volât. Par réflexe, il chercha spontanément la silhouette de Gina sans même s'en rendre compte.

Le bateau quitta la rive, glissant sur le fleuve qui se parait de reflets mordorés pendant que le soleil descendait sur la canopée. Les berges mangées de mangrove dévoilaient par moments de fins rubans de sable. De légers nuages caressaient les cieux d'un rose pâle, et bientôt, les bruits de circulation furent remplacés par un concert de pépiements. Une forme grisée troubla l'espace d'un instant la surface de l'eau. Un voyageur à côté d'Ernesto la pointa du doigt en s'exclamant en portugais :

– Un dauphin !

Dormir dans un hamac s'avéra étonnamment agréable. Le garçon en oublia momentanément ses doutes, bercé par le roulis fluvial et enveloppé dans l'épais tissu, pour sombrer dans un sommeil entrecoupé de cris stridents qui ne semblaient perturber que lui. La température avait chuté, mais la concentration humaine à l'intérieur garantissait un certain confort thermique. Le bateau longeait une jungle impénétrable : Ernesto était rassuré d'être à bonne distance des berges et des créatures mythologiques qui les peuplaient, imaginant des singes aux dents pointues, des caïmans et des fourmis géantes. Il lui faudrait cependant bien descendre de ce bateau, pensait-il avec appréhension.

En effet, deux jours plus tard, alors que la chaleur s'était douillettement réinstallée comme une invitée gênante et qu'un épais brouillard poisseux recouvrait la forêt, on vint secouer Ernesto avec ardeur – ou bien était-ce le jeune homme qui, ralenti par la canicule, était saisi d'une langueur telle que chaque geste vif lui semblait brusque ? Ce fut son guide autochtone qui, subitement réapparu, lui intima de rassembler ses affaires tandis que le bateau se rapprochait d'une rive dégagée où était attachée une pirogue. Le bois grinça dangereusement quand il s'assit dans ce nouveau véhicule, et Ernesto écarquilla les yeux, se demandant une énième fois si tout cela était bien prudent : Gina avait-elle planifié ce ballet ? L'Autochtone qui pagayait devant lui et qui lui avait à peine accordé un regard était-il employé par sa mère, ou bien s'agissait-il d'un enlèvement pur et simple ? Après tout, le nom d'Acampora commençait à gagner en popularité, *Exame*[14] avait même récemment consacré une page entière à Gina. Exigerait-on une rançon pour sa libération, tout en menaçant Gina de le torturer si elle ne payait pas une somme démesurée ? Alors que son guide émettait un sifflement régulier – visant à éloigner les reptiles ? –, il imagina mille scénarios, tous plus dramatiques les uns que les autres.

Ils remontèrent un bras du fleuve dont la couleur évoquait le café au lait, et durent se baisser à plusieurs reprises pour ne pas se cogner contre les troncs et les lianes qui s'emmêlaient au-dessus de leur tête. Le silence pesant parut assourdissant au jeune homme habitué au bruit permanent des nuits paulistes. L'Autochtone évitait avec une grande adresse les fougères immenses qui effleuraient la surface de l'onde jaune et les racines mousseuses qui s'y enfonçaient profondément. Il manœuvra sa pirogue pendant plusieurs heures à travers une végétation dont il semblait à Ernesto qu'elle refermait ses mâchoires sur eux. Il imagina les arbres se livrer un combat féroce pour le moindre interstice de lumière, pour le plus petit accès à la boue limoneuse, se contentant parfois de la seule humidité de l'atmosphère. D'imposantes orchidées aux couleurs séductrices

---

14 Magazine brésilien spécialisé dans l'économie et le monde des affaires au Brésil.

dardaient leurs pétales vers lui. L'air avait un goût terreux de sous-bois, et des senteurs fleuries surgissaient par moments, presque sucrées, entêtantes, comme venant de fruits trop mûrs.

Ernesto voulut toucher l'eau sirupeuse d'un frôlement prudent, mais le batelier aboya un ordre dans un dialecte inconnu : le jeune garçon se recroquevilla, effaré par les innombrables dangers dont recelait cet environnement étrange. L'Autochtone regarda vers le ciel en marmonnant ; Ernesto se demanda comment il pouvait bien s'orienter dans ce dédale aquatique, aux mille nuances de vert, alors qu'aucun rayon de soleil ne parvenait à percer l'envahissante canopée. Il s'affola quelques instants, et essaya pour la dixième fois d'interroger son guide sur la durée du voyage et les menaces manifestement omniprésentes qui les encerclaient, mais ne réussit qu'à faire tanguer leur frêle embarcation. L'Autochtone ne comprenait manifestement pas un mot, et finit par l'invectiver de son dialecte sifflant. Ernesto reprit ses esprits : il était inutile de paniquer, pour l'instant la seule stratégie possible était de s'en remettre à son guide. Il n'allait tout de même pas fuir à la nage dans cette eau trouble probablement infestée de piranhas ! Il inspira une longue bouffée d'air croupi. Cette simple pensée fut comme un déblocage pour lui : dans une situation dont il ne pouvait s'extirper, le plus sage restait d'attendre. S'inquiéter aurait pour seule conséquence de nourrir sa peur sans pour autant changer quoi que ce soit. L'esprit curieusement allégé, il se laissa glisser sur le dossier de son siège.

Le ciel s'assombrissait, et Ernesto, déboussolé et harassé, avait renoncé à élaborer les plus tragiques hypothèses, quand la pirogue acheva doucement sa course devant un ponton de bois recouvert de mousse. Ils étaient manifestement arrivés à l'endroit où ils passeraient la nuit – l'une des multiples étapes d'un voyage de plusieurs jours, l'avait prévenu Gina.

Sur celui-ci, un homme blanc, très grand et uniquement vêtu d'un pagne et d'un collier fait de perles et d'os, les attendait. Ses yeux, enfoncés dans son crâne maigre, détaillaient avec curiosité le nouveau venu, tandis que ses longues mains caressaient ses mâchoires surmontées de pommettes protubérantes. Ses cheveux gris étaient coiffés en une fine tresse décorée de plumes qui pendait dans son dos. Il était ardu de lui donner un âge : si les rides sillonnaient sa peau aussi craquelée que du papier froissé, elles apportaient une douce harmonie à ses traits déséquilibrés et marqués. Sa carrure sèche et musclée ne montrait aucun signe de vieillissement, et dégageait un charme canaille. Son visage taillé à la serpe et creusé par les années s'anima quand il s'adressa en portugais à un Ernesto éberlué :

– Sois le bienvenu dans notre communauté, jeune Acampora.

Ils partagèrent un repas composé de manioc et d'une viande grillée très savoureuse dont le goût évoquait des côtes de porc, qu'Ernesto dévora avec un rare appétit. À la lueur dansante du feu, l'homme blanc lui expliqua qu'il s'agissait d'un pécari et désigna le villageois qui l'avait tué : il se tenait à l'écart et picorait le contenu d'un bol en terre cuite, car il se devait d'offrir le fruit de sa chasse au reste de la tribu. Il lui faudrait attendre qu'un autre chasseur lui fît don, à son tour, d'une part de son gibier. Ernesto, sans comprendre ce qui pouvait bien motiver quelqu'un à travailler sans recevoir la moindre compensation, demanda si le chef du village n'avait pas également un droit de regard sur les ressources communes. À son grand étonnement, l'homme blanc lui répondit qu'il n'y avait pas de chef et que si traditionnellement, les femmes s'occupaient de la pêche et de la cueillette alors que les hommes partaient chasser, les décisions se prenaient par consensus sans qu'aucun membre de la communauté fût délaissé.

Ils s'étaient installés dans l'aire centrale d'une maison collective qui formait un cercle tout autour d'eux. Sous les toits tressés et inclinés étaient tendus des couches et des hamacs, sans distinction entre les familles. La proximité entre les Autochtones dans le dense cocon que la végétation daignait leur accorder réconforta Ernesto – il lui semblait que dans leur dos, la clairière s'étrécissait et les plantes regagnaient du terrain, profitant de l'obscurité. D'abord mal à l'aise à l'idée de partager la soirée avec des hommes et des femmes dont il ne comprenait pas un traître mot, et qui le pointaient du doigt comme une bête curieuse, il se drapa dans une attitude faussement nonchalante et concentra son attention sur son hôte.

Quelle chance il avait eue de tomber sur un lusophone ! Son hôte et lui étaient les seuls Blancs de l'assemblée : les villageois à la peau cuivrée se distinguaient aussi par leurs traits épatés, leurs yeux en amande avec la paupière inférieure gonflée et leurs cheveux coiffés en une intrigante coupe au bol. L'homme blanc lui raconta comment son peuple d'adoption était intimement et intrinsèquement lié à la forêt ; les ancêtres de leurs ancêtres habitaient ces terres, et ce depuis d'innombrables générations. L'énonciation de ce simple fait expliquait la plupart des rites qui rythmaient leur quotidien. Nulle frontière érigée, nul projet d'exploitation minière n'avait de sens pour les Autochtones ; nulle politique gouvernementale, nulle somme d'argent, nul bulldozer ne saurait les déloger. Plusieurs villages avaient récemment été décimés par des maladies inconnues, apportées par les bâtisseurs de routes et les chercheurs d'or. Ceux-ci polluaient les rivières, pillaient le bois et les racines, écorchaient les arbres pour les saigner de leur sève et perçaient le sol de tunnels aussi efficacement qu'un poignard dans le ventre. Mais la forêt, vaste, indomptable, intraitable, n'acceptait de laisser la vie qu'à de rares initiés.

– Tout de même, hasarda Ernesto… Vous vivez sans électricité, sans magasins, sans réfrigérateurs…

L'homme blanc rit.

– Ah, cela doit te paraître bien inconfortable, n'est-ce pas ? Mais les Autochtones n'ont pas l'usage de tout ceci. Nous chassons, nous pêchons, nous utilisons la nature autour de nous pour subvenir à nos besoins. Le reste ne serait que superflu. Regarde, fit-il en désignant deux jeunes filles qui se moquaient ouvertement d'Ernesto depuis plusieurs minutes, elles sont intriguées par ton short en jean. Ici, nous cousons nos propres vêtements, quand nous n'allons pas simplement nus. L'important est de ne prendre que ce dont nous avons besoin, sans que l'équilibre biologique s'en trouve affecté. C'est le maître mot : équilibre. C'est ainsi que nous est garantie la protection de la forêt.

Il s'interrompit pour porter lentement à ses lèvres son verre en terre cuite.

– Par exemple, tu auras sûrement remarqué qu'il n'y a pas de moustiques ici. C'est parce que le fleuve est acide. Cela n'affecte pas les poissons qui y nagent et que nous mangeons ; mais les moustiques, qui transportent des maladies, restent à l'écart de ces lieux. La nature est bien faite ! conclut-il en riant de nouveau.

C'était déjà ça, persifla le garçon ; au moins, sa peau fragile n'aurait pas à souffrir de piqûres. Il lui demanda comment il connaissait son nom. Il l'avait interpellé en prononçant le mot « Acampora », il en était persuadé. Et d'abord, quel était son nom, à lui ?

– Pour mon peuple, je suis Ago, car cela leur est plus facile à prononcer que mon prénom d'origine. Autrefois, on m'appelait Agostino.

Le vieil homme se tut, sans fournir davantage d'explications. Alors que l'ombre de Gina semblait planer sur l'adolescent citadin un peu empoté à ses côtés, il ne décelait pas chez lui les traits de la dynamique jeune femme qu'il n'avait qu'aperçue, mais dont le regard lui avait immédiatement fait penser aux Amazones, ces farouches guerrières mythologiques. Agostino s'était à de multiples reprises demandé si celles-ci avaient un quelconque rapport avec l'Amazonie, son pays d'adoption, qui exigeait de ses tribus une bravoure et une indépendance sans faille. Il n'était pas outre mesure surpris de la présence d'un Acampora sur ses terres, car il avait rêvé de Gina la veille et avait attendu tout le jour un signe de sa part. Elle lui avait envoyé son fils, et Agostino était curieux de mieux le connaître. Que souhaitait leur communiquer l'univers en orchestrant cette rencontre ? Ce garçon presque adulte lui semblait par contre pétrifié par la stupéfaction et prêt à sursauter au moindre bruit. Son inquiétude se traduisait par un flot continu de questions :

– Et... Si je peux vous demander... Comment occupez-vous le temps, sans journaux, sans télévision, sans cinéma ?

– Cela me rappelle de longues conversations avec un vieil ami, à São Paulo, qui disait qu'un homme devait consacrer sa vie à s'enrichir de connaissances. Mais, vois-tu, j'ai une autre opinion : je pense que c'est l'expérience qui prime. Lire les aventures que d'autres ont menées ne fait qu'ajouter un intermédiaire entre nous et le véritable savoir.

– De toute façon... Vous n'avez pas de livres, ici. Vous n'avez même pas de vêtements ! laissa échapper Ernesto d'un ton qu'il aurait souhaité moins méprisant, et néanmoins vexé des moqueries des jeunes Autochtones à propos de sa tenue.

Ago le détailla comme s'il s'agissait d'une bête curieuse.

– Tu devrais plutôt te demander en quoi cela te gêne. Notre nudité n'a rien d'indécent. Ce n'est pas une tare : Dieu nous a créés ainsi, mais les méandres de l'histoire et des religions ont enfermé les hommes dans un carcan de honte. Il y a autant de corps que d'êtres humains, et nul modèle, nul étalon, qu'il conviendrait d'atteindre. Et en même temps, nos corps sont tous si semblables : chacun abrite en son sein une beauté qui lui est propre.

Ernesto pensa à ses camarades de classe, à leur passion pour la mode et à l'énergie destructrice que chacun consacrait à la standardisation de son image. Tout cela était bien éloigné de leurs préoccupations !

– Cacher la nudité, conclut Ago, c'est cacher l'humanité.

Ernesto tendit son hamac à côté du feu pour se protéger de l'humidité nocturne et contempla les étoiles au-dessus de sa tête. Il n'en avait jamais vu autant : la lumière laiteuse que renvoyait la Voie lactée aurait suffi à s'orienter en pleine nuit. Quelques lucioles luisirent en virevoltant près de lui. Malgré la fatigue du voyage, tous ses sens étaient en éveil : alors que les humains glissaient lentement vers un sommeil commun dans les vapeurs odorantes du brasier, la flore amazonienne bruissait, comme piaffant d'impatience et d'activité ; insectes et oiseaux nocturnes vaquaient à leurs occupations. Ernesto sursauta au bruit d'un grincement de porte. Le craquement se mua en rugissement menaçant qui lui glaça les os. Les yeux écarquillés, il se pencha vers le hamac de son voisin :

– Ago... ? Il y a un fauve qui s'approche du village ! bégaya-t-il apeuré.

– C'est un singe hurleur. Pas d'inquiétude, ils ne s'attaquent pas aux humains. Dors en paix.

Bien sûr, releva intérieurement Ernesto avec sarcasme, quoi de plus facile que de s'assoupir quand on est cerné par une multitude de dangers, après tout ? Sa mère n'aurait jamais accepté d'être hébergée dans ces conditions. Mais la lassitude de son voyage prit finalement le dessus et il sombra dans un sommeil émaillé d'innombrables rêves.

Le lendemain, Ago l'emmena visiter le potager qu'il entretenait avec l'aide d'une femme coiffée d'une couronne de plumes, « son atelier », comme il l'appela. Les plantes semblaient avoir une place prédominante dans la vie de la tribu. La nature sauvage, qui intimidait tant Ernesto, mettait sa puissance au service de qui savait percer ses secrets. Ago cueillit un rameau aux feuilles ovales resserrées et expliqua à Ernesto que, broyées et jetées dans le fleuve, ces feuilles, associées à huit autres espèces différentes, diffusaient un poison qui étourdissait les poissons : ceux-ci remontaient à la surface, et il était ainsi aisé de les ramasser à l'aide de grands paniers tressés. D'autres possédaient des vertus curatives : telle racine éveillait, telle plante endormait, une décoction de telle écorce assainissait, purgeait ou protégeait. Ernesto, s'il voyait difficilement comment une tisane pouvait guérir une maladie sérieuse comme un cancer, était fasciné par le savoir d'Ago.

– La souffrance apparaît lorsqu'un décalage se crée entre l'homme et son esprit, ou avec la nature, à moins que ce ne soit avec son peuple. Là survient le mal.

– Ago… Je dois te parler du but de mon voyage.

Ernesto n'avait pas pu s'empêcher d'interrompre son guide. Tout cela était fort intéressant, mais Gina l'avait investi d'une mission, et Ago ne semblait pas se poser la moindre question sur ce qui l'avait conduit jusqu'ici. Celui-ci prit un air rêveur teinté d'une once d'ironie.

– Voilà, je… Je suis chargé de me procurer de l'artisanat traditionnel autochtone afin de le commercialiser à l'étranger, poursuivit-il d'un ton sérieux.

– Oui, dit Ago, pas le moins du monde étonné.

– Je n'ai pas l'impression que l'artisanat est une spécialité de ta tribu, exposa Ernesto avec une touche de condescendance, sans remarquer le sourcil moqueur que son compagnon avait levé. Mais peut-être que des objets comme la coiffe de plumes de cette dame… Ou bien cette vaisselle de terre cuite que vous utilisez…

– Dis-moi, Ernesto, coupa Ago d'une voix douce, je t'ai raconté que notre peuple est à la constante merci des orpailleurs et des industriels de toutes sortes ; crois-tu vraiment que nous souhaitions attirer davantage d'attention sur nous ?

– Mais… cela vous permettrait d'avoir les moyens de vous défendre, justement !

Ernesto, perplexe, n'osait pas délibérément dévisager son interlocuteur. Ago oscillait du menton avec délicatesse.

– Je sais que ton cœur est au bon endroit. Tu veux bien agir. C'est pourquoi, d'ici quelques jours, je t'indiquerai comment rejoindre un village Matsés, en direction de la vallée de Javari. Tu ne repartiras pas les mains vides : le peuple Matsés fabrique des lances et des bijoux de fibres de palmier qu'on lui achète déjà au Pérou, ce qui incite les jeunes à ne pas fuir vers la ville, car cela les condamnerait à une errance et une marginalisation effroyables. Mais mon peuple, en effet, n'a rien à commercialiser ; nous n'avons pas l'ambition de changer de vie, simplement de conserver nos coutumes, et nous ne saurions que faire d'argent ou de publicité.

La moue renfrognée du garçon illustra son ennui et sa frustration : il allait devoir continuer son voyage, affrontant on ne savait quel danger, avec le risque de faillir à sa mission !

– Tu n'arrêtes pas de dire « nous »… Mais tu n'es qu'une pièce rapportée ici, marmonna le jeune garçon, sous le coup de la déception.

– C'est vrai.

Ernesto regretta presque aussitôt son commentaire mesquin. Ago le transperça du regard, avant de s'asseoir au pied d'un arbre et de faire signe à Ernesto de l'imiter.

– Je suis arrivé il y a près de vingt ans dans ce village. Je n'étais qu'un voyageur avide de sensations fortes, qui ne faisait pas grand cas de son existence. « L'inertie seule est menaçante. Poète est celui-là qui rompt pour nous l'accoutumance… » Connais-tu Saint-John Perse ?

Ernesto dut bien admettre que non, mais cela ne troubla pas le discours du vieil homme, dont la longue silhouette s'était repliée en position accroupie.

– Je suis parti de São Paulo à l'arrière d'un camion. Je voulais être baigné dans la nature tropicale. J'ai traversé des champs, des plantations à perte de vue, des collines aplaties et des plaines asservies qui m'ont glacé les sangs : je voulais l'exubérance, le foisonnement, l'exacerbation d'une végétation sans entraves. Je voulais me confronter à la puissance effrayante des éléments. Et puis je suis arrivé aux confins de l'Amazonie. J'ai vu des troncs si larges qu'il aurait fallu un village entier pour en faire le tour, des nénuphars si grands que les animaux de la forêt les utilisaient comme embarcation, des fleurs qui m'aveuglèrent de leurs couleurs flamboyantes et des singes aussi gigantesques que des ours. J'ai erré longtemps dans la jungle avant qu'un homme de la tribu ne me recueille, alors que la malnutrition me guettait. Les Autochtones m'ont accepté immédiatement, et soigné comme si j'étais l'un des leurs. Et puis, certains ont repéré le sillon très marqué entre mon nez et ma bouche.

Ago caressa d'un ongle le creux en question.

– Ils ont dit que les dieux m'avaient intimé de ne pas révéler leurs secrets, et que l'empreinte de leur doigt s'était imprimée sur mon visage. Ils ont dit que j'étais voué à parler avec les esprits. Moi qui n'avais jamais communiqué avec un autre que moi-même ! Mais peut-être est-ce cette individualité qui m'a aidé à puiser en moi et à réaliser mon destin au sein de cette tribu.

– Ago…

Ernesto posa finalement la question qui lui brûlait les lèvres.

– Quel est ton rôle exactement dans cette communauté ?

Il sourit.

– Je suis chaman, répondit-il.

Libération

Hommes et femmes s'étaient rassemblés autour du feu. Certains étaient allongés, d'autres accroupis, dans une attitude qui évoquait le recueillement, la concentration, voire l'abandon total à une force supérieure. Ago présidait : bien qu'il fût assis à l'intérieur du cercle comme eux tous, sa coiffe de plumes et les multiples colliers qui habillaient son torse maigre désignaient clairement son statut de chaman. Une pipe était posée sur ses genoux cagneux. Il exhala une fumée blanchâtre dans chacun des récipients disposés devant lui, avant de remplir à l'aide d'une cuiller en bois des tasses de terre cuite avec un breuvage infusé de la couleur du fleuve où macéraient des morceaux de plantes. La liane dont elles étaient issues servait à relier le monde des vivants et celui des morts, et on l'utiliserait pour atteindre les esprits. Tout en accomplissant ces gestes répétés à travers les âges, il psalmodiait des chants rituels qu'Ernesto trouva envoûtants. La cérémonie pouvait débuter.

Ernesto, dont la curiosité commençait à supplanter l'angoisse, séjournait depuis près d'une semaine dans la tribu – dépendant de son guide tatoué qui s'était de nouveau évaporé, et sans qui il n'était pas question de poursuivre le voyage. Ago avait tenté de lui raconter les mystères dont regorgeait la forêt. Lui-même avait au fil des années pris conscience que l'Amazonie, source de vie, fournissait à la planète entière l'air dont elle avait besoin et définissait le climat dont elle dépendait. Il convenait d'être à l'écoute de la végétation exubérante qui les entourait : chaque plante était un professeur chevronné, dont le but était d'enseigner aux plus attentifs la clef des énigmes de la nature. Car leur environnement regorgeait de ressources que les êtres humains pouvaient utiliser pour sublimer leurs capacités de divination et étendre leur esprit. Leur devoir, dans un monde étouffé par la pollution et la déforestation, était de conserver la relation symbiotique qui existait entre l'homme et le vivant. La décoction qu'Ago avait concoctée, par exemple, s'appelait hoasca, natem, caapi, ayahuasca ou yagé ; la liane broyée au fond du pot symbolisait la puissance masculine, et les feuilles qui flottaient à sa surface la lumière féminine.

Vêtu de ses attributs de chaman, Ago faisait une forte impression sur Ernesto. L'aura qu'il dégageait était-elle due à la valeur que lui avait reconnue son peuple d'adoption, à la place qu'il lui avait immédiatement accordée au sein de la communauté ? L'ancien chaman de la tribu, quand l'échalas italien s'était présenté à lui, l'avait harcelé de questions afin d'évaluer si ce nouvel arrivant était tout à fait digne de lui succéder ; il approchait les cent ans et ne pourrait pas officier bien davantage. L'Italien avait dû expliquer qu'en tant qu'orphelin, il ne savait pas si ses ancêtres avaient des dons de chamanisme. Au fond de son cœur, il les avait toujours imaginés en criminels, en fugitifs, en bandits de grand chemin ; mais peut-être son père avait été un peu rebouteux, ou bien coupait le feu, et peut-être sa mère avait été un peu sorcière... Qui aurait pu le dire ? Un chaman, de toute façon, ne pouvait se proclamer tel : c'était sa tribu qui devait le reconnaître.

Ago distribua, les yeux mi-clos, les tasses remplies du liquide jaune à l'assistance. Ernesto huma l'infusion d'un air circonspect. Sa voisine fit de même, et ses pupilles roulèrent comme si ce simple fumet la bouleversait. L'ingestion de ce breuvage leur permettrait d'appréhender un lieu au-delà du monde phénoménal, de transcender leurs sens pour atteindre la sphère que peuplaient les âmes des êtres morts, lui avait expliqué Ago. Le chaman blanc se servit alors le contenu d'un bol et, renversant sa tête décorée de bijoux de plumes et de perles, but l'intégralité de la mixture. Sa présence au sein du grand voyage était requise : il était guide à travers les univers, qui saurait parler aux êtres, aux herbes et aux animaux. Il avait expliqué à Ernesto qu'il consommait l'ayahuasca régulièrement, dès qu'un conflit entre les puissances œuvrant dans le monde invisible devait être résolu. Quand, un mois plus tôt, une femme de la tribu avait accouché, il avait dû livrer par esprit une bataille contre Muu, la force responsable de la formation du fœtus, pour la convaincre de libérer le bébé de sa mère. La délivrance s'était opérée sans même qu'il eût touché le corps – le jeune garçon, d'abord attentif, avait émis quelques doutes à cette conclusion.

Ernesto et les membres de la tribu avaient suivi un régime strict avant la cérémonie, afin de préparer leurs enveloppes physiques à accueillir l'ayahuasca. Viande, alcool et excitants divers leur avaient été prohibés, tout comme l'utilisation de produits chimiques – cette recommandation s'adressait tout particulièrement à Ernesto – et les relations charnelles. Il leur avait fallu se contenter d'une maigre pitance composée de riz et de quelques légumes pendant plusieurs jours, puis s'astreindre à un jeûne total. C'était donc affamé et assoiffé qu'Ernesto engloutit avidement le contenu de sa tasse : que risquait-il, après tout, à ingurgiter une tisane ? Il manqua de s'étouffer : le goût, âcre, était très fort, et la consistance de la décoction presque huileuse. Il eut l'impression que le liquide tapissait sa bouche et ses dents, et la muqueuse de ses gencives s'imprégna de son aigreur.

Les incantations du chaman blanc s'accélérèrent, sans qu'Ernesto n'y comprît rien ; il savait simplement que chaque chant avait une fonction précise et les guiderait à la rencontre de l'esprit de la liane. Après quelques minutes, le rythme s'intensifia et la voix d'Ago se répandit dans l'atmosphère, faisant vibrer le vent. Ernesto sentit son ventre gargouiller, et lutta contre un haut-le-cœur. Une vague de fièvre le submergea. À ses côtés, l'une des Autochtones vomit dans sa tasse, sans que cela vînt troubler la méditation commune. On l'avait prévenu que la liane se frayait un chemin vers les entrailles au risque de causer déjections et régurgitations : son but était d'évacuer les poisons, les infections et les pensées toxiques avant de révéler l'étendue de ses pouvoirs. Ernesto fut soulevé par le dégoût que lui inspira la matérialité de son système digestif. Son cœur battait à la chamade, et son crâne était pris dans un étau, comme si son esprit rechignait à débloquer ses secrets, songea-t-il, comme si son corps érigeait une énième barrière pour défendre son inconscient. Combien de minutes – ou d'heures – s'étaient écoulées depuis le premier chant ? L'espace et le temps lui parurent soudain distordus. Il se demanda comment il avait pu se laisser convaincre par un vieil original imbu de ses propres pouvoirs d'ingérer une potion qui au mieux le rendrait malade, au pire l'empoisonnerait. Il maudit dans sa barbe Ago, sa mère, son grand-père et la diaspora italienne dans son intégralité.

Il remarqua alors l'appel assourdissant du piauhau, bien que le soleil ait à peine franchi la ligne d'horizon : le tapage caractéristique de ce petit oiseau se faisait généralement entendre en pleine nuit. La magie dansante des premières lucioles vertes du soir s'ajouta au tremblement des bougies qui les entouraient. Quelques insectes longilignes, beaux et impressionnants à la fois, vinrent caresser ses jambes. Les motifs géométriques du tapis sur lequel il était assis se parèrent de mille teintes : des rayures, des pois et des spirales multicolores se dessinèrent au sol. Ernesto cligna des yeux : tout rentra dans l'ordre un instant. Et puis ce furent des vagues ondulantes vertes, jaunes et roses ; un calque représentant des perroquets et des singes vint se superposer à ce qu'il voyait. La pupille des oiseaux reflétait l'univers entier : Ernesto s'y plongea, médusé, avant d'être distrait par la courbe du dos d'un paresseux dont les bras s'allongeaient à l'infini, dans un tourbillon ponctué de taches de pigment pur. Il contempla un boa s'enrouler autour du torse du chaman blanc, d'abord admiratif, puis effrayé ; puis il se rappela qu'Ago l'avait prévenu de l'intensité des hallucinations qui défileraient devant ses yeux. Il se demanda si ses voisins voyaient la même chose que lui.

Les sons se parèrent d'un kaléidoscope de couleurs. Chaque objet autour de lui devint accessible à ses cinq sens : les brins d'herbe qui chatouillaient ses doigts émirent une mélopée chuchotée, et sans même les regarder Ernesto goûta sur ses papilles leur texture moelleuse. Le rouge des plumes sur la tête d'Agostino vrilla devant ses pupilles, avant de se décomposer en formes géométriques rebondissantes. Il sentit le contact de son corps avec la terre sur laquelle il était assis, le ciel dont le dôme étoilé le protégeait, le feu, l'eau et le bois tout autour de lui. Des orchidées, ainsi que ces fleurs dont les pétales formaient des lèvres écarlates, s'invitèrent dans son champ de vision, renvoyant à Ernesto son regard, créant un lien indéfectible entre elles et lui. Il vit alors cette nature qui lui avait paru si menaçante dénuée de danger, et constituée de la même substance que lui… Les feuilles des grands arbres qui dominaient le village murmuraient entre elles les secrets de la forêt. La sève qui coulait dans leurs veines était son sang, les racines qui creusaient l'humus étaient ses souvenirs, et les branchages qui ondulaient dans la brise vespérale ses aspirations. Tant de chemins s'ouvraient devant lui ! Une boule de feu cogna contre ses tempes comme si elle voulait s'échapper avant de se diffuser en pure énergie dans tout son corps. Illuminé, mais plus conscient que jamais, il réalisa soudain que la nature et les êtres étaient composés du même fluide vital. Peut-être était-ce ce qu'on appelait le *divin*. Il eut la brève impression d'avoir touché là une vérité fondamentale, un savoir ancien, mythologique et oublié.

Le chaman blanc, emporté par la musique de sa voix, oscillait de la tête, les paupières mi-closes. Guidant son peuple, il fit résonner un nouveau chant, en continuité avec le précédent, mais bien plus sonore. Le médecin de l'âme avait du coffre, et une tessiture que nul n'aurait pu soupçonner. La mélodie devint comme une torche à travers l'épaisse nuit qui les cajolait. L'arc-en-ciel qui entourait Ernesto s'étiola : il était temps de franchir l'étape suivante, de voir au-delà de la lave incandescente et nourrissante qui coulait dans ses veines pour creuser davantage et accéder au centre de la Terre. Ago, de sa voix profonde, lui signifiait sa présence à ses côtés, et qu'il resterait là jusqu'à ce qu'ensemble ils rejoignent le lieu où se réfugiaient les âmes quand mouraient les corps, dans l'inconscient collectif, la mémoire du monde, la genèse et l'achèvement de l'humanité.

Les considérations métaphysiques d'Ernesto se transformèrent en voyage introspectif. Ses émotions lui parurent remodelées, et plusieurs épisodes de sa vie lui revinrent en tête, comme s'il se trouvait face à un écran de cinéma ; des souvenirs qu'il pensait évaporés s'agencèrent devant ses yeux en le plaçant en observateur extérieur, de telle sorte qu'il put adopter un nouveau regard sur les événements qu'il avait vécus.

Il perça à jour le manque de confiance de ses camarades du lycée : ils lui apparurent comme les enfants trop vite grandis qu'ils étaient, leur caractère altéré par la virilité exacerbée de leurs pères. N'avait-il jamais remarqué qu'au-delà de leurs airs de matamores, les frêles êtres qui gravitaient autour de lui aspiraient à la simplicité de l'amour partagé plutôt qu'au poids éreintant d'une masculinité toxique ? Toutes les personnes de son entourage perdirent leurs oripeaux. La discorde permanente entre son frère et sa mère lui sembla tout à coup futile : peu importait leurs philosophies de vie. Chacun avait en commun bien davantage.

Ernesto sentit alors des gouttes de sueur perler au bout de ses doigts : elles se transformèrent en billes qui fusèrent depuis ses mains écartées et posées sur ses cuisses. Il frémit à l'idée qu'il ne contrôlait plus aucune de ses pensées. Ses plus obscurs sentiments, ses désirs les plus enfouis furent mis à nu, dépecés, décortiqués, jusqu'aux recoins cachés de son psychisme où ils étaient ancrés. Il se força à lâcher prise : il lui fallait admettre que le psychotrope avait le dessus sur son cerveau, mais qu'il lui permettrait de s'exprimer pleinement avant de s'évanouir. Détaché du carcan corporel et sensoriel, son esprit lui sembla capable de fantastiques prouesses, comme de lire dans les intentions et les comportements passés de ses proches, dans un état de conscience suprême. Il inspira : autour de lui planait l'odeur que dégageait Simon depuis qu'il avait décidé de ne plus quitter son canapé. Les effluves de pourriture l'entouraient, et ce fumet, qu'il sentait bel et bien, le convainquit que malgré l'attrait du confort, la véritable réalisation de soi s'accomplissait en empruntant d'autres chemins. Simon, le deuxième né : Ernesto avait-il occupé trop de place dans le ventre de sa mère, de sorte que ce bébé qui l'avait suivi n'était en réalité qu'une version déliquescente de lui-même ? Ou bien Simon représentait-il le miroir des peurs d'Ernesto, la projection de tout ce qu'il redoutait de devenir à force de végéter ? Il s'avoua être rebuté par son frère jumeau, et se rendit compte qu'il voyait en Simon tous les traits de caractère qu'il essayait de taire en lui-même.

À un sentiment de culpabilité croissante vint s'ajouter, à sa plus grande confusion, une érection visible qui s'étendit jusqu'à la lune blafarde. Il n'avait jamais su maîtriser ce genre de pulsions. Ainsi muni, il fut envahi d'une émotion qui lui était familière : l'impression de déranger, la volonté de rester à l'extérieur de toute décision, le refus de s'engager dans quoi que ce soit. Il revécut des hontes d'écolier, des occasions manquées, des effacements, et cette angoisse sourde qui le tétanisait et s'invitait dans tous ses projets. Ernesto concentra son regard sur le sol et y plongea ses ongles : les sillons de poussière s'arrangèrent pour former le visage de Gina serti d'ailes gigantesques, la transformant en déesse mythologique. Gina qui matait son entourage et intimidait le nourrisson qu'il avait été ; Gina, qui pliait ses pairs à sa volonté, et qui se battait jusqu'à l'épuisement quand ceux-ci lui résistaient ; mais aussi, Gina, qui s'investissait entièrement et infiniment pour qu'enfin, on se souvînt de son bref passage sur Terre, tandis que Marco planait au-dessus d'elle, auréolé de plumes bleutées.

Il essaya de lui parler, mais un mur de verre s'était créé entre lui et la figure d'argile : en touchant la surface transparente, Ernesto fit voler la vitre en éclats de diamant et se retrouva propulsé au sein d'un labyrinthe semé d'obstacles. Il chercha à se cacher en longeant les parois du dédale, mais il ne parvenait pas à contourner les monticules qui lui barraient la route. À bien y regarder, ces monticules n'étaient pas vraiment des obstacles, mais les silhouettes de ses proches, et aussi d'autres personnes qu'il connaissait à peine : Giorgio Tosi – que fichait-il donc dans son inconscient ? –, Marco, et puis un homme buriné au bras d'une très belle femme. Pourquoi s'en écartait-il ? En s'armant de courage, il se redressa et marcha d'un pas fier le long des allées, enlaçant les êtres qui croisaient son chemin.

Les joues d'Ernesto étaient baignées de larmes. Le passé de Gina et de Marco était exposé devant lui comme sur un étal de camelot. Il lui sembla atteindre un niveau de clarté, une compréhension purifiée de ses refoulements, de son refus à prendre des initiatives, comme si les différentes zones de son cerveau s'étaient engagées dans une conversation. Son ego s'étiolait, et son *moi* se fondait dans l'esprit de sa famille. Il ressentit l'anxiété qui sommeillait en Gina depuis sa fuite, et s'identifia au traumatisme de Marco qui, après l'avoir poussé à traverser l'océan, le contraignait à l'inertie. Tous le conjuraient de ne pas laisser la violence, cette violence meurtrière et destructrice qu'ils avaient connue à l'âge d'Ernesto, et dont eux n'avaient pas réussi à échapper, façonner son existence. Le labyrinthe devint alors une spirale, puis un serpent qui se mordait la queue en une ronde infinie. Qu'était-ce que la réalité ? Que faisions-nous du don de vie ?

Il aperçut un noyer. Il grimpa pour se positionner à califourchon sur l'une des branches neuves de l'arbrisseau, qui se mit à pousser, projetant son feuillage vers le soleil. Le premier réflexe d'Ernesto l'incita à redescendre, mais il préféra finalement admirer la sphère incandescente se rapprocher de lui. Puis tout devint noir.

Bien après que l'univers avait repris sa forme initiale, et que le prisme de couleur s'était atténué, Ernesto était resté un long moment sans voix. Autour de lui, les Autochtones partageaient leur expérience, détaillant leur voyage en dedans. Certains étaient allés très loin sur le chemin entre vie et mort, comme lors d'un rêve profond ; d'autres avaient exploré le monde spirituel et transcendé leurs illusions. Ernesto n'avait pas l'impression de revenir d'une réalité parallèle, mais plutôt d'un périple en sa propre conscience. Il ne savait comment interpréter les visions qu'il avait eues. Ago vint s'asseoir près de lui tandis que les autres regagnaient leurs couches. De sa voix éraillée d'avoir tant chanté, il apaisa ses incertitudes : le serpent de ses visions, symbole de la connaissance injustement diabolisé, s'était exprimé en Ernesto à travers des indices qu'il appartenait à lui seul d'accepter ou non. L'ayahuasca ne lui avait rien imposé, s'étant contenté de résoudre l'énigme qu'Ernesto lui avait implicitement soumise. Son esprit était doté d'une grande puissance, lui assura Ago : les éclatantes sensations olfactives et auditives, les images extatiques qu'il avait vues puisaient leur force en ses capacités propres.

– Tu n'as pas cédé au gouffre qui aspire parfois les plus faibles. Tu as atteint la lucidité extrême, ce en quoi je te félicite.

– Est-ce que tu fais ça régulièrement ? Je ne sais pas si je parviendrais à garder les pieds sur terre… bégaya Ernesto.

– Au contraire, sourit Ago. Le voyage intérieur t'apporte la connaissance de toi-même et de tes pairs. Lorsque j'ai traversé l'océan entre l'Italie et le Brésil, j'étais avide de nouveaux horizons, de nouveaux amis, je voulais amasser des richesses et conquérir le monde. Mais m'immerger au sein de ma tribu, ça, ce fut la véritable aventure. Aujourd'hui, je ne voyage plus que par l'esprit.

– Un peu comme mon frère jumeau… Il dit qu'une personne renferme un univers entier, une accumulation d'expériences, d'histoires et de conflits, et qu'il est plus intéressant de découvrir ce monde-là plutôt que le monde physique.

– Je comprends ce qu'il veut dire, répondit Ago en le fixant de son œil inquisiteur. Mais cet univers comporte parfois un tourbillon de sensations et d'images que l'on nous a transmises et imposées sans qu'on le demande. Ainsi, un fœtus peut intégrer des fureurs, des passions, des ardeurs et des regrets qui n'appartiennent cependant qu'à la femme dont il occupe le ventre, et qu'elle a elle-même hérités de ses ancêtres.

– Simon a toujours eu une sensibilité particulière. C'est peut-être cela qui l'immobilise. Il arrive régulièrement que nous pensions la même chose au même moment. Un peu comme si nous étions une seule personne.

– Pourtant vous ne l'êtes pas, énonça simplement Ago. Tout comme tu n'es pas ta mère ni ton grand-père. Nous sommes faits du même fluide, nous sommes dotés d'une force identique, mais sommes tous différents. Tu es un être unique, Ernesto, un être entier.

Ernesto quitta le village le lendemain, en direction des territoires Matsés, en compagnie de son guide taiseux et tatoué qui avait réapparu comme par enchantement. En s'enfonçant aux confins de l'Amazonie, il réalisa que la peur, qui était sa compagne depuis tant d'années, avait été remplacée par une sérénité confiante. C'était comme s'il venait d'apprendre à la fois l'existence d'une plaie ouverte en lui, et la formule de l'onguent qui lui permettrait de cicatriser. Il n'était plus disloqué ni tiraillé entre ses racines et ses désirs : l'univers s'équilibrait enfin. Il accueillit son guide d'une tape amicale dans le dos, avant de se glisser dans sa pirogue, le sourire aux lèvres.

Leur périple s'allongea, et chaque village qu'Ernesto visita était autant de marches qu'il franchit vers la connaissance de lui-même. Son horizon s'élargit considérablement au cours des mois suivants. Il avait écarté les angoisses liées à son manque d'ambition, et ne s'inquiétait plus de ne pas savoir ce dont son avenir serait fait. N'était-ce pas là le sel et le moteur de l'existence ? Il voyait à présent son destin comme une grande page blanche sur laquelle il lui appartenait d'inventer et de rédiger le roman de sa vie. Cette page était certes reliée à un livre énorme dont les chapitres antérieurs relataient le récit de ses origines, et sur lesquels étaient inscrits de lourds secrets à l'encre indélébile. Mais lui seul détenait un pouvoir dont l'ampleur le grisait : manipuler l'intrigue, introduire de nouveaux personnages, cheminer jusqu'à de mystérieuses et vierges destinations et raconter d'alléchants rebondissements. Si les aventures des autres personnages lui échappaient, et qu'il n'était pas question de déchirer les pages précédentes, la sienne restait à découvrir. Cette pensée ne l'effrayait plus, et l'inspirait même au plus haut point. Il se sentait enfin prêt à relever le défi de l'existence.

Bien sûr, les traumatismes de ses aïeux étaient inscrits, qu'il le voulût ou non, dans ses gènes et son âme. Peut-être Marco et Gina avaient-ils placé en les deux jumeaux de déraisonnables espoirs, comptant sur eux pour démêler l'écheveau de leurs névroses, réparer leurs lâchetés, absoudre leurs violences et excuser leurs fuites. L'angoisse et l'incertitude, lorsqu'elles s'ancraient en nous, se distillaient auprès de nos descendants et infusaient tout notre arbre généalogique, imprégnant des générations d'enfants et de petits-enfants. Ernesto, tout comme Simon à sa manière, avait d'abord tenté de se détacher de l'influence parentale, sans réaliser que quelque chose tapi au fond de son esprit l'en empêchait. Il lui avait un moment semblé qu'en s'arrachant à Bela Vida et à sa famille, il s'affranchirait de leurs démons ; mais l'ombre de sa mère l'avait suivi jusqu'à sa rencontre avec Ago, sans qu'il fût parvenu à s'en débarrasser. Alors qu'il ne s'agissait pas de se couper de ses racines, mais bien de prendre conscience du lien indéfectible qui l'unissait à Gina, Marco, et bien d'autres avant eux ! Le voyage intime induit par l'ayahuasca, qu'il consomma à plusieurs reprises par la suite, l'aida à digérer et accepter le lourd passé de ses parents, et lui donna la plume et l'encre qui lui serviraient à continuer l'écriture de son livre. Et lorsqu'un trouble s'invitait en lui, il savait désormais par quel prisme l'analyser et l'accepter. Pérégrinations intérieures et extérieures se complétaient, comme pour enfin dénouer l'histoire.

Il poursuivit donc son cheminement en Amazonie, d'abord accompagné de son guide autochtone, et puis seul ou au gré des rencontres, cédant à l'attrait de l'inconnu. Sans aucun regret à l'idée de laisser ses maigres possessions derrière lui, sans aucune volonté d'en amasser de nouvelles, il ne s'enrichissait plus que de découvertes. Ce que ses parents lui avaient transmis ne lui apparaissait plus comme un poids, une prison, comme une colonisation de son être, mais comme un héritage qu'il accueillait avec sincérité – et d'ailleurs, ne prenait-il pas le même chemin que Marco, qui à son âge avait changé de continent pour atteindre son Eldorado ?

Il arpenta les confins du Brésil jusqu'à la frontière péruvienne sans avoir en tête le moindre plan ni la moindre conscience des mois qui s'écoulaient. Empli de fierté et de courage, il s'agrippait à sa pagaie et se propulsait tout en douceur dans les eaux fertiles des fleuves enserrés de racines et de lianes. Il se complaisait seul et s'épanouissait en compagnie. Son cœur éclatait de bonheur lorsqu'il réalisait que là était sa place. La forêt ne cessait de l'émerveiller, de le surprendre, de remettre en question ses certitudes et d'éclairer sa route. Il était libre.

Et puis, un beau soir, alors que le crépuscule roussissait le ciel et qu'Ernesto remontait avec lenteur un ruisseau aux remous noirs, il fut mû par une intuition qui éveilla tous ses sens. En contournant le marais, il s'enfonça plus profondément dans la jungle, gardant en tête les indications prodiguées par les Autochtones qui l'avaient accueilli les nuits précédentes. Après avoir tiré sa pirogue sur l'une des rives herbeuses, il leva les yeux. Devant lui se tenait une jeune fille dont le visage tatoué l'observait sans la moindre surprise. Son haut front et ses larges tempes respiraient l'intelligence, et l'on avait envie d'embrasser le délicieux renflement de ses paupières inférieures, bombées tels des fruits mûrs, qui lui conféraient une aura insouciante et confiante. Ses yeux étaient des lacs profonds dans lesquels Ernesto s'imagina nager. Le soleil s'adoucit, les baignant d'une chaleur caressante et créatrice. Et le pouls de l'Amazonie s'arrêta soudain, les félins se tapirent derrière les fougères, les singes interrompirent leurs jeux, les oiseaux retinrent leur souffle, les demoiselles suspendirent leur vol, les arbres se figèrent et la promesse d'un univers entier s'ouvrit sous leurs pieds.

Les lacs s'agrandirent, et le garçon ne souhaita soudain rien tant que s'immerger en eux. Quelque chose de farouche dans le regard de la jeune fille le retint : elle n'était pas une apparition éthérée, mais bien un être tangible, avec sa propre histoire et son propre livre, qu'il lui appartenait de partager ou non. Se fondre en l'autre, n'était-ce pas risquer de s'oublier ? Alors, par les mots qu'il prononça, il se livra le premier, entièrement. Ces mots simples le mirent à nu, et, en expliquant sa lignée, en traduisant sa personnalité, offrirent à la jeune fille la clef de son identité. Ces mots sincères, affirmés d'une voix fière et sereine, portaient en eux un aboutissement, une assomption, une libération. Ces mots, comme un secret à la valeur inestimable, percèrent la canopée et les baignèrent d'un halo de lumière.

– Bonjour, dit-il. Je suis Ernesto Acampora.

Nouveaux horizons

Gina raccrocha, le sourire aux lèvres. Son contact à Manaus lui avait communiqué de bonnes nouvelles. Elle avait été, et restait, une mère distante, mais impliquée, et le chemin qu'empruntait actuellement Ernesto l'emplissait de sérénité. Elle était satisfaite d'avoir joué un rôle infime dans sa mise en mouvement, et heureuse qu'il eût pris la décision de poursuivre son exploration de terres encore indomptées, sans que la peur du danger le paralysât. Ernesto se trouvait à l'aube de sa vie, au début d'un parcours qui promettait d'être excitant, lors duquel il créerait et modèlerait son monde ; le sentiment diffus d'une revanche, d'une guérison, s'instilla en elle.

Alors qu'elle s'apprêtait à rentrer à São Paulo, un événement non prévu dans son agenda où s'enchaînaient les réunions dans un ordre millimétré survint : la mort de Rita. Sans manifester une quelconque émotion, Gina contacta la compagnie aérienne pour modifier la date de son vol et décala méticuleusement ses rendez-vous. Elle atterrit à Naples deux décennies après avoir vu l'Italie pour la dernière fois, après avoir vécu exactement la moitié de sa vie hors de son pays natal, sans éprouver le moindre plaisir à l'idée de fouler les lieux de son passé.

Dans le taxi, elle se plongea dans un rapport qu'elle enverrait à ses collègues restés au Brésil, avec les conclusions de son voyage en Europe et les directives qui en découlaient, en s'efforçant de focaliser toute sa concentration sur son travail.

Malgré cette volonté, elle ne put s'empêcher de se remémorer avec émotion ce jour où elle avait fait l'aller-retour en car entre Naples et Casalnuovo pour décrocher son permis de conduire, ce simple papier qui avait tout changé pour elle, son ticket d'entrée pour la liberté. Dans l'aridité de l'été campanien, elle goûta la saveur sépia de l'air et cligna des paupières pour chasser la fine particule de poussière qui s'était déposée sur sa cornée, comme son père presque cinquante ans en arrière. Des nuages sombres alourdissaient le ciel, faisant barrage à la lumière, le soleil ayant décidé de se coucher plus tôt. Gina avait pris soin de troquer ses escarpins contre des chaussures à talons plats, et son tailleur sévère contre une tenue décontractée ; néanmoins, elle détonnait. C'était comme si, en quittant la bulle qui cloisonnait le village en un dôme hermétique, celui-ci s'était refermé derrière elle, sans conserver la moindre trace de son bref passage.

Elle eut tout juste le temps de déposer sa valise à roulettes – idée saugrenue sur les routes pavées défoncées de Casalnuovo – chez ses grands-parents, dont les yeux humides l'observaient à la dérobée telle une bête curieuse alors qu'elle se dépêchait de se changer, avant de prendre le chemin de l'église. Elle ne voulait pas arriver en retard, même si tous les détails des funérailles avaient été réglés à distance entre deux réunions à Paris. Se précipiter l'aida à occulter le malaise qu'elle sentait poindre en elle. Quand ils se dirigèrent vers la place principale, tout le village était déjà amassé devant le bâtiment décrépi. Le visage des femmes était recouvert de voilettes, les hommes, eux, étaient tous vêtus d'un uniforme couleur corbeau : une foule impersonnelle, comme il s'en rassemblait à tous les enterrements de tous les hameaux de toute la région. Ses grands-parents trottinèrent vers leurs deux autres filles dès qu'ils les aperçurent, soulagés sans doute de s'éloigner de cette petite-fille à qui ils ne savaient plus parler. Roberta et Rocchina, les deux sœurs de Rita, gratifièrent d'une accolade méfiante mais affligée une Gina dont la gêne subsistait. Flanquées de leur mari et de leurs enfants que Gina n'avait jamais vus, ainsi que d'une ribambelle de petits-enfants la morve au nez, elles pénétrèrent en troupeau dans l'église figée dans le temps. Le bas-côté droit s'était écroulé avec les dernières intempéries, lui expliqua Roberta d'un air docte, sans évoquer le moindre projet de réfection ; Gina remarqua également qu'une mousse noirâtre pénétrait dans les interstices de la pierre et qu'à l'intérieur, un éclairage supplémentaire aurait été le bienvenu. Une somme importante avait été allouée par les pouvoirs publics à la restauration du patrimoine de Campanie, sans que Casalnuovo en vît la couleur à cause des ponctions de la Camorra, qu'on appelait désormais « le Système » tant ses rouages s'étaient accolés à ceux du gouvernement.

Le cercueil de Rita était ouvert, malgré les consignes précises de Gina qui ne l'avait pas souhaité, trouvant cette coutume morbide : avait-on vraiment besoin d'inspecter le cadavre de sa mère pour constater qu'elle était bien froide ? Elle y jeta un bref regard crispé : Rita avait été habillée avec un jupon de jeune fille qui dévoilait ses mollets de femme de soixante-dix ans et force dentelles. Son visage était fardé à outrance. Elle semblait ridicule et fragile, bien plus petite que dans son souvenir. Les dévots assis au fond peinaient à distinguer l'ecclésiastique, dont la voix fluette ne parvenait pas à ricocher assez loin. Je ne le connais pas, lui, songea Gina en toisant l'homme en robe : sûrement un curé commun à tous les patelins de Campanie dont il faisait la tournée hebdomadaire. Son discours ne laissait transparaître aucun détail personnel : cet homme paraissait ne jamais avoir rencontré Rita, bien que celle-ci, déjà bigote à quarante ans, eût dû se confier à lui bien des fois. L'endroit respirait l'oubli et l'abandon, et Gina se sentit soudain abattue.

Pendant le sermon, bien trop cul-bénit à son goût, elle autorisa ses pensées à dériver vers sa mère. Sa mort, survenant alors que même ses parents étaient encore en vie, était ironique par bien des aspects : Rita n'avait jamais accepté de vieillir. Ancrée dans le passé, elle aimait rabâcher à Gina qu'on l'appelait régulièrement mademoiselle – Gina ne relevait pas que, n'ayant jamais été mariée, sa mère était bel et bien demoiselle – ou bien que les maris, voire les fils de ses amies cherchaient tous à la séduire. Elle aurait adoré l'idée d'un tel rassemblement en sa mémoire, sourit Gina avec une once d'ironie. Tout le village était présent pour l'honorer : anciens prétendants, anciennes rivales, tous inextricablement liés à leur territoire. Elle adressa un signe de tête à Loretta, amie de Rita et fille du menuisier, que son père avait battue pendant toute son adolescence et qui avait troqué son joug pour celui de son mari Vincenzo ; celui-ci se trouvait à bonne distance de sa femme, comme s'ils ne se connaissaient pas. Leurs deux familles étaient-elles encore en froid ? Les origines de cette querelle se perdaient dans les âges, et Gina soupçonnait les deux parties de souhaiter le maintien de cet état de fait. Il était parfois plus facile d'agir selon un code d'honneur imposé que d'analyser une situation par soi-même. Elle esquissa un geste cordial à destination des trois frères Buonanno installés aux côtés de leur mère, Nina, la couturière si timide et si talentueuse du village. La cinquantaine bien sonnée, ils débordaient d'idées et d'énergie et s'étaient associés pour commercialiser les broderies de Nina dans des boutiques huppées de Naples et de Gênes. C'était Fabio, l'aîné, qui lui avait vendu il y a bien longtemps la Fiat 500, lui permettant de quitter Casalnuovo et de traverser la France – puis le monde. Gina, rassérénée à la vue de son ancien ami, se promit d'aller lui parler à la fin de la messe. Elle pensait croiser les tantes d'Agostino, mais conclut en additionnant les chiffres qu'elles devaient toutes être décédées. Elle se tordit le cou pour balayer l'assemblée du regard, sans trouver celui qu'elle cherchait.

Les cloches sonnèrent et l'on sortit de l'église. Devant le bar Milo, dont l'enseigne avait été une énième fois remplacée avant de perdre de nouveau une lettre, se tenait Sergio Milo. Son père mort, sa mère en cavale, sans femme et sans enfants, il avait pour seule compagnie les buveurs invétérés qui hantaient son bistrot et n'avait pas réussi à vendre son établissement pour refaire sa vie. Nul ne se présentait pour l'acheter : Casalnuovo résistait, insistait pour que les choses restent identiques en son sein. Gina fit quelques pas avant d'être abordée par un couple de petits vieux âgés d'au moins quatre-vingt-dix ans et perclus de rhumatismes. Il s'agissait des parents de Vittorio : ils la harcelèrent de questions au sujet de leur fils, dont ils ne recevaient presque aucune nouvelle. Gina avait prévu cette rencontre et avait demandé à Vittorio, sans parvenir à se départir du dédain que lui inspirait le séducteur de Bela Vida, de lui fournir quelques photographies de famille. En apercevant le visage de leurs petits-enfants et de leurs arrière-petits-enfants, les larmes montèrent aux yeux des deux vieux, et leurs lèvres inférieures tremblèrent de concert. Nino, l'oncle de Vittorio, voulut s'en saisir, mais le couple ne le laissa pas toucher la moindre image. Ils se délectèrent d'anecdotes que leur conta Gina comme s'il se fût agi d'une source d'eau claire, avant de se diriger vers le cimetière avec les autres, le dos voûté sur le papier glacé qu'ils manipuleraient jusqu'à ce qu'il tombât en poussière, se soutenant mutuellement. Ils devaient vivre avec le chagrin de savoir que leur fils chéri les avait effacés de sa vie quand eux ne parvenaient pas à envisager le bonheur sans lui. Gina, qu'une bouffée de pitié avait saisie lors de cet échange, reprit ses esprits et scruta la foule, impatiente : elle avait encore une personne bien particulière à voir.

Le cortège arriva finalement au cimetière. Là, le maire voulut prononcer un discours emprunté sur l'importance de figures emblématiques au sein du village, des traditions et d'une histoire commune, qui fit bâiller tout le monde. Pendant qu'il pérorait, Gina le dévisagea : ce n'était pas le gros Moretti, qui avait succombé à un arrêt cardiaque quand Gina avait dix ans, ni le jeune Moretti, qui lui avait succédé, mais l'on retrouvait chez lui des traits semblables à ses deux prédécesseurs. Elle en déduisit qu'il devait s'agir d'un énième Moretti, cette famille n'en finissant pas de se reproduire dans des proportions infinies. Glacée par ces visages identiques et reproduits à l'infini qui lui évoquaient des fantômes enchaînés à leur terre, elle redirigea sans grand succès son attention sur le déroulement de la cérémonie. Rita serait enterrée non loin de la sépulture des d'Amato, qui, ornée d'une salve de roses rouges, faisait comme un écho à la beauté noble de Mme d'Amato. Gina chercha des yeux la tombe de sa grand-mère paternelle : sa mère n'avait pas cru bon d'écrire à Marco lorsqu'on l'avait retrouvée sans vie, recroquevillée dans un massif de fleurs de son jardin. Sa grand-mère avait enchanté tous ceux qui l'avaient côtoyée, et Gina avait été très proche d'elle : quand elle avait appris son décès, il était bien évidemment trop tard pour réserver un vol et assister aux obsèques, et Gina en avait voulu un moment à Rita – elle se rendait compte à présent de la futilité de son ressentiment.

On mit le cercueil en terre sans qu'elle eût versé une seule larme ni desserré ses lèvres pincées. Peu après, les villageois défilèrent devant Gina et sa famille pour leur présenter leurs condoléances. L'ouvrier qui était fidèlement resté aux côtés de sa grand-mère paternelle pendant des années salua Gina, son chapeau fripé entre ses mains. Il semblait sincèrement affecté par la mort de Rita, et transmit des paroles affables à toute la famille sans se formaliser de l'attitude distante des deux sœurs. Gina reconnut avec froideur Sergio et Lorenzo Gallone, deux brutes épaisses dont les yeux injectés de sang trahissaient une addiction tenace à l'alcool. Lorenzo avait eu un fils de l'âge de Gina avec une petite dame apeurée dont Gina avait oublié le nom : l'enfant était l'exacte réplique de son père, qui l'avait appelé Lorenzo. Suivant les deux frères, dont la masse combinée restait imposante, vivotait un homme chauve aux lunettes si opaques que l'on ne parvenait pas à capter son regard : Gino, le fidèle Gino, qui vivotait dans l'ombre de ses compagnons de toujours. La *nonna*, si elle avait enterré de nombreux parents, avait finalement quitté le monde terrestre quelques années auparavant, avec douceur : son rire de corbeau s'était un jour simplement tari. Gina ne put malgré tout s'empêcher d'inconsciemment chercher dans la foule le casque de cheveux blancs, la silhouette de gnome qui caractérisaient la vieille femme emblématique de Casalnuovo. Elle aurait probablement refusé d'entrer dans l'église.

Enfin, Gina aperçut celui qu'elle tenait à revoir : Alfonso, l'ami de Marco qui lui avait prêté l'argent nécessaire au voyage au Brésil sans la moindre hésitation, vint de lui-même se présenter devant Gina. Le fauteuil roulant du vétéran qui avait perdu ses deux jambes était poussé par une dame au port digne et avenant, et Gina fut rassérénée de constater qu'un amour tardif ensoleillait la fin de sa vie. La femme d'Alfonso se prénommait Livia, et entama avec naturel une discussion avec Gina, qu'elle était ravie de rencontrer : Rita, affirma-t-elle d'une voix musicale, parlait sans cesse de sa fille et de ses succès. Ces paroles laissèrent la principale concernée dubitative. Rita ne connaissait ni son métier, ni son entreprise, ni son train de vie, elle en était persuadée : Livia voulait sûrement se montrer polie, rien de plus. Ils devisèrent plaisamment, et au moment de se quitter, Gina glissa une enveloppe à Alfonso sous les yeux surpris de Livia puis tourna les talons. Alfonso l'ouvrit : il s'agissait d'un chèque adressé à son nom, à hauteur – cela était précisé au dos du document – de la somme qu'il avait, plus de quarante ans auparavant, prêtée à son ami, additionnée des dix pour cent d'intérêt promis.

On se dispersa, qui au bistrot, qui chez soi – la journée était entamée, et malgré son chagrin, il fallait bien cuisiner le dîner et faire les carreaux. Tous considéraient Gina d'un œil qu'elle estima d'abord suspicieux, mais où brillait néanmoins un soupçon d'admiration. Ses tantes avaient demandé à Gina de trier quelques affaires dans la maison de son enfance, qu'elles voulaient vendre au plus vite – la charcuterie avait fermé depuis bien longtemps, les deux vieux viendraient loger chez l'une ou chez l'autre. Elle crut détecter un éclat cupide dans l'expression des sœurs, qui lui apparurent alors comme deux hyènes : sa mère était à peine en terre que l'on se déchirait déjà ses modestes possessions.

En pénétrant dans la maison où elle avait vécu, dérangeant les grains de poussière en suspension qu'un rayon de soleil illuminait, Gina ressentit très nettement la présence maternelle. Elle entendit les geignements de Rita, se plaignant tantôt de ses voisins, tantôt du gouvernement, englobant les pontes industriels et ministériels dans un grand « Ils » vers qui se dirigeait tout son venin, et qui avait pour elle une existence aussi tangible que celle de Dieu. Quand sa fille lui téléphonait, en général pour la Noël, Rita s'embourbait dans d'incompréhensibles explications au sujet de querelles d'un autre âge, avant de commenter les nouvelles que Gina lui donnait par une phrase guindée du genre « il est bien normal que quelqu'un ait fini par t'faire des enfants, t'es pas moche », ou bien « je m'étonne de ton succès, t'es trop maigre, si seulement t'avais quelques formes, tu pourrais atteindre des sommets ». Rita lui en voulait surtout de ne jamais avoir amené ses fils à Casalnuovo pour qu'elle les rencontrât. Elle n'exprimait jamais la moindre curiosité envers le Brésil ou la raison qui avait contraint sa fille à abandonner ses études en France, mettant ces lubies sur le compte du comportement inconscient de la jeunesse et glissant néanmoins à Gina le conseil bien avisé de se méfier des Brésiliens – des voleurs et des paresseux, surtout les Noirs. Gina n'était même pas sûre que sa mère fût capable de placer le pays sur une carte du monde.

Elle avait tant souhaité être une mère différente pour ses fils. Bien sûr, elle avait tout fait pour être présente sans les étouffer, pour les aimer sans être possessive, malgré ses affaires, malgré sa vie de femme qu'elle n'était pas préparée à reléguer au second plan. Elle aurait voulu qu'ils ressentent l'ampleur de l'amour qu'elle leur portait, dont l'intensité lui faisait parfois mal à la poitrine. Elle refusait d'être une fleur carnivore, une mère surprotectrice et entièrement dévouée à sa famille, mais souvent, elle ne pouvait s'empêcher d'avoir peur pour eux, et redoutait constamment de ne pas en avoir fait assez pour eux. Finalement, elle comprenait – un peu tardivement – le comportement de Rita à son égard : peut-être son manque d'implication dans la vie de sa fille était-il le plus simple moyen de barricader son cœur.

Elle grimpa lentement les escaliers qui menaient à la chambre qu'elle partageait jadis avec sa mère et ouvrit la porte. Du lit soigneusement plié se dégageait une impression de familiarité que son esprit dissipa par réflexe : rien ne servait de s'apitoyer, de se laisser envahir par une envie doucereuse de stabilité, par cet appétit tiède et mièvre. Elle se souvint des nombreux moments où elle avait surpris sa mère en train d'épier ses voisins à travers les rideaux, un rictus méfiant défigurant son visage autrefois beau et des jurons déformant sa bouche délicate. Rita reposait-elle en paix ? Avait-elle été fière de sa fille ? Peu importait, finalement, et Gina se refusait à accorder de l'importance à de telles questions : elle avait chèrement gagné sa liberté et sa capacité à se détacher du jugement parental. Et puis, Marco était là pour elle : il lui avait démontré que les ambitions étaient propres à chacun, que chacun avait une notion différente et personnelle de la réussite, et qu'elle n'aurait jamais trouvé le bonheur en empruntant le chemin que sa mère souhaitait pour elle.

En se rapprochant de la fenêtre, elle demeura interdite : sur son petit bureau étaient soigneusement empilés ses romans de science-fiction. Ils y étaient tous : *Un bonheur insoutenable*, *1984*, *Le Meilleur des Mondes*, tous ses Philip K. Dick et ses Primo Levi. Rita avait conservé ce qui comptait le plus pour sa fille unique. Sur le tas de livres était découpé un article de journal qui faisait le portrait de Gina Acampora, une femme d'affaires à suivre. Elle saisit un roman à la couverture mauve élimée, sur laquelle était dessinée une grande planète que surmontait le titre : *Les Dieux eux-mêmes*, d'Isaac Asimov. Prise au dépourvu, Gina sentit sa carapace se fissurer, laissant entrer en elle un flot de souvenirs et de regrets qui remplirent ses yeux de larmes ; et un son puissant envahit ses oreilles. Il faudrait désormais qu'elle apprît à l'écouter, car ni concert ni conférence ne pourrait plus jamais le faire taire. Tremblant de tous ses membres, elle s'effondra, secouée de sanglots, sur son lit d'enfant.

Marco enfonça ses orteils dans le sable toujours chaud : le soleil le dispensait de ses derniers rayons, caressant son dos et le poussant vers la mer infinie qui s'étendait devant lui.

La semaine passée, il avait conversé longuement avec un Alfredo enthousiaste qui l'avait abreuvé d'informations au sujet de la prochaine biennale qui se tiendrait à Luz. Alfredo pétillait, et depuis quelques années paraissait bien plus en paix avec lui-même – même si de grands pans de sa vie restaient inconnus à ses amis. Bientôt serait organisée la première marche des fiertés de Sampa, mais cela, Alfredo l'ignorait encore : il serait alors temps de présenter Jose à Marco et Vittorio. D'autre part, les préparatifs du carnaval battaient leur plein : l'école de samba de Bela Vida travaillait d'arrache-pied pour son spectacle de février, qui inonderait la ville de couleurs et de joie. Giorgio, la quarantaine sublime, mènerait une troupe disparate mais très douée, dont il restait le danseur le plus élégant.

Vittorio avait rejoint ses amis peu après : il venait d'avoir des nouvelles de Carmela et de son mari Tiago par téléphone. Tiago avait trouvé un emploi à Miami quelques mois auparavant, et cela avait été une véritable renaissance pour leur couple, qui avait finalement laissé de côté son envie obsessionnelle d'enfants pour déménager et repartir à zéro, dans une vie sans langueur et sans regret. Maria devait s'y rendre prochainement : apparemment, Carmela ne pouvait se passer des *pasta* à l'italienne cuisinées par sa mère, et Vittorio se réjouissait *in petto* de se débarrasser provisoirement de son dragon de femme. Son grand jardin lui prenait le plus clair de son temps, à présent ; il avait amené à ses amis un spécimen des fleurs qui venaient d'y éclore. Les arabesques colorées et les délicats pétales leur avaient arraché des sifflements d'admiration. Vittorio, en se consacrant à ses plantes, rendait hommage au vivant sous toutes ses formes. Marco sourit de toutes ses dents à son souvenir.

Perdu dans ses pensées, il songea à ses parents, à son père si vaillant et brave, à sa mère si aérienne et poétique, à sa fille, forte et ambitieuse, à ses petits-fils qui se cherchaient encore, mais qui ne tarderaient pas à trouver leur chemin. Il songea à sa vie : ses jeux d'enfants, les bêtises dont il se repentait et celles qu'il assumait, ses hontes et ses échecs, mais surtout ses innombrables rires, ses joies et les aléas de son cœur ; et puis la guerre, les déportations, l'enfermement, le deuil de son innocence et la fureur de prendre son destin en main qui s'était emparée de lui. Il songea ensuite que tout, après, s'était déroulé bien plus facilement qu'il ne l'avait ressenti de prime abord : la traversée en bateau, l'installation à Bela Vida et même les longues journées sans manger s'étaient avérées surmontables, grâce à l'énergie folle de ses voisins et à l'amour de ses amis. Bien que d'un caractère résilient et empathique, il n'avait plus jamais été passif ; et la rencontre avec sa fille avait comblé un manque qu'il ne savait pas avoir.

En regardant autour de lui, il constata que la plage se vidait des derniers promeneurs, et que le couple qui flânait au loin s'était éclipsé quelques minutes plus tôt en pouffant de rire, dans leur bulle de désir. Marco esquissa un sourire : il les avait observés quelques instants, et il était manifeste qu'ils prenaient soin l'un de l'autre, qu'ils cherchaient à pénétrer le monde de l'autre en apprivoisant ses peurs et ses envies. L'amour était la force vitale qui l'avait mû, depuis les campagnes arides d'Italie jusqu'ici, sur cette plage de la côte brésilienne, dans le pays qui l'avait accueilli avec exigence et hospitalité. Voilà pourquoi son existence lui apparaissait aussi clairement, et avec autant d'enchantement, maintenant qu'elle touchait à sa fin.

Le soleil se coucha derrière lui et les cieux déployèrent un camaïeu de rose. Une lumière douce peignit le sable d'un éclat ocre. En contre-jour se découpait la géométrie émeraude des palmiers, d'où s'envola une salve d'ibis rouges au moment où l'astre franchit l'horizon. La surface lisse de l'eau qu'aucune brise ne troublait reflétait dans une kyrielle de paillettes les nuages aux formes mystiques s'évaporant au-dessus d'elle. Le croissant étincelant d'une lune timide se dessina délicatement sur la voûte céleste, et la mer épousa la teinte nacrée du ciel. Marco sentit son âme vaporeuse rejoindre les milliers d'autres âmes de rêveurs et de voyageurs pour se fondre en elles, alors qu'il glissait avec grâce dans l'onde claire pour ne faire plus qu'un avec l'océan.

Eldorado

L'Eldorado et le voyage sont intimement liés.

Le voyage, en ce qu'il nous ouvre l'esprit, permet d'étancher quelque peu l'immense soif de connaissance qui veille en chacun de nous. La lecture d'ouvrages mystérieux, l'échange entre différentes cultures, l'apprentissage de modes de vie et de langages étrangers constituent des expériences qui remettent en question nos certitudes. Il convient alors de se dépouiller de ses oripeaux, de ses filtres et de ses préjugés pour épouser l'univers de ses nouveaux compagnons. On gagne ainsi en humilité, en résilience, en sérénité… en liberté.

Le voyage consiste parfois à déployer toute sa volonté, à exploiter tous ses talents, à s'adonner à des activités qui permettent à ses capacités et à son potentiel de s'épanouir pleinement. Faire de son mieux, se réaliser, s'accomplir, dénicher au fond de soi le trésor qui y est enfoui : peut-être est-ce là la véritable aventure.

Au-delà des plaisirs fugaces, on traque l'amour où qu'il se trouve pour s'en délecter comme d'un nectar divin, on prend soin des siens, et de soi-même ; en rencontrant de nouvelles âmes, si proches et si lointaines de nous, en partageant avec l'indispensable autrui, on voyage aussi dans son esprit. L'autre est un monde à part entière, le territoire inexploré par excellence, dont les frontières sont bien gardées.

Mais le véritable Eldorado s'atteint en étant connecté.

Connecté au présent, sans s'appesantir sur le passé et sans trop attendre du futur, un présent dont les indices sont semés par la mémoire, l'instinct, les coïncidences et les synchronicités. Connecté au pouls du monde terrestre et onirique, branché à ses mouvements et à ses balancements – même s'il convient de ne pas s'oublier dans les tourments temporaires de nos pairs. Connecté et lié à d'autres âmes, que l'on rencontre dans ce monde ou dans un au-delà. Connecté au diapason de la nature, qui peut tant nous enseigner. Connecté à ses aïeux et ses successeurs, dans une transmission entre générations où un enfant apprend autant à ses parents que l'inverse. Connecté, enfin, à soi-même, lorsque le corps, l'esprit et l'âme sont en harmonie, et que la paix nous envahit.

Remerciements

Je tiens à remercier infiniment Odile d'Amato, sans qui ce roman n'aurait jamais vu le jour : merci mille fois d'avoir pris le temps de me raconter le parcours de Mario, qui m'a inspirée pour le personnage de Marco Acampora, de ses cousins installés au Brésil et des rêves et ambitions qui ont mis en mouvement toute une génération d'Italiens. Merci également à Marie-Rose Piotte, qui me régale régulièrement d'anecdotes en tout genre, dont je me suis nourrie pour décrire le quotidien de Marco et Rita dans les années 1950. Un conseil : demandez à vos grand-mères de vous raconter des histoires !

Je remercie également Julie Desbuquois, pour la confiance qu'elle accorde à de jeunes écrivains et écrivaines, pour son accompagnement bienveillant et pour ses encouragements chaleureux. Merci à toute l'équipe de Kaplume : c'est grâce à vos précieux conseils et à vos remarques toujours pertinentes qu'*Eldorado* a vu le jour.

Un immense merci à mes parents et leurs suggestions saugrenues (désolée, aucun personnage n'aura perdu d'œil tout au long de ce roman), et à Franck Bezairie, correcteur scrupuleux à l'affût de la moindre faute d'orthographe, qui le premier m'a donné l'idée d'écrire.

Enfin, merci à toi, ami lecteur, et merci à tous ceux qui conseilleront ce livre à leur entourage ! Grâce à vous, je réalise un rêve d'enfant. J'espère que l'histoire de Marco, Gina et Ernesto vous fera voyager : là sera ma plus belle réussite.

Table

www.editions-kaplume.com

Couverture : Eloïse Pouget

Correction et composition : Lucille Sonntag

ISBN : 978-2-9569407-8-4

Achevé d'imprimer par
Dupli-Print à Domont (95)
en mars 2022
Dépôt légal : avril 2022
N° d'impression : 2022031654

Imprimé en France